噂を売る男

——藤岡屋由蔵《よしぞう》

梶よう子

PHP

噂を売る男　目次

噂を売る男

——藤岡屋由《よし》蔵《ぞう》

装丁……泉沢光雄
装画……宇野信哉

第一章

軒《のき》下《した》の古本屋

一

江戸家老の屋敷に召し出された佐古伊之介《さこいのすけ》は、その不機嫌な顔を見るなり平伏した。案の定《じょう》、家老の怒声が頭上に降ってきた。

「一体貴様はなにをしておるのだ。まだなにもわからぬのか!」

「も、申し訳ございません」

伊之介は、額《ひたい》を畳に擦《こす》り付けた。

北陸の大藩《たいはん》、加賀前田家の聞番《ききばん》に抜擢《ばってき》されたばかりの伊之介だった。聞番とは、諸藩でいう留守居役《るすいやく》のことである。加賀藩では古くからそう称している。伊之介は二十二だ。隠居した父親の跡目《あとめ》を継いで、数カ月のうちに役目を拝命した。

「早くなんとかせぬか。ともかく喜代乃《きよの》がうるさくて敵《かな》わん。ふた言目には大奥との違いを言い立て、今日も朝から、わしのもとに飛んできて、器の模様が気に入らないの、朝餉《あさげ》の味付けが姫には合わぬの、魚の骨が一本残っていたのと大騒ぎだ」

あの女中頭《がしら》が嫁入ったわけでもあるまいし、と家老は声を荒らげる。

伊之介は、ご苦労は重々承知しております、と頭を下げたままいった。

昨文政《ぶんせい》十年（一八二七）十一月、加賀前田家に、大きな祝い事があった。十一代将軍徳川家斉《いえなり》の息女、溶《よう》姫が輿入《こしい》れしてきたのだ。家斉はこれまでの歴代将軍の中でも、早世した子を含め五十三人もの子沢山《こだくさん》で、溶姫は二十一女だ。前田家の藩主斉泰《なりやす》は十七歳、溶姫は十五歳。金屏風《きんびょうぶ》の前に座るふたりは、まるで男雛《おびな》と女雛《めびな》のような愛らしさだった。夫婦の仲も睦《むつ》まじく……。

喜代乃は、江戸城大奥から遣《つか》わされた溶姫のお付き女中頭だ。十年近く溶姫に仕《つか》えている。細《ほそ》面《おもて》に涼やかな目許《めもと》、通った鼻筋と、見映《みば》えのよい穏やかそうな三十路《みそじ》の女子《おなご》だが、見た目と裏腹に口から出るのは、雑言《ぞうごん》ばかり。女中頭の喜代乃がそうであるからか、溶姫につき従って来たお女中の態度もどこか傲慢《ごうまん》で、御守殿番《ごしゅでんばん》の者たちも辟易《へきえき》していた。

家老は扇子《せんす》で口許を隠しつつも、

「上さまも自分のお子を次々と他家に入れるのはいたしかたない。とはいえ」

次第に声が高くなる。

「大名家に婿《むこ》養子だ嫁入りだと、ただの押し付けだ。むろん、お子たちに罪はないが、いまさら松平姓を賜《たまわ》ったところで、嬉《うれ》しゅうもなければ、誉《ほま》れでもない」

「ご、ご家老、声が高《たこ》うございます」

伊之介が諫《いさ》めると、家老はむっと顎《あご》を引き、ややあってからため息を洩《も》らした。

「おかげで、姫さまの輿入れのために新たに御住居も建てねばならなかった。あたりの町家まで引き払わせてな」

その掛かりがどれほどになったか、と家老はげんなりしながら肩を落とす。

将軍家の息女を嫁に迎えるときには、赤い門の造営が許されるのだが、

「あの赤門ひとつでどれだけ金子《きんす》が出ていったか」

と、嘆いた。

溶姫のお付き女中の行列、豪華絢爛《ごうかけんらん》な嫁入り道具、本郷《ほんごう》通りにある加賀藩上《かみ》屋敷の沿道には見物人が押し寄せ、その輿入れは錦絵《にしきえ》にもなった。

「それでも、幕府より姫さまのお化粧代にお付き女中の手当も頂戴《ちょうだい》しているではございませぬか。なによりご夫婦が仲睦まじくされているのはよいことでございます」

「そんなことはどうでもよい。ともかく、将軍家の権力を笠《かさ》に着て、前田家が女中ひとりに愚弄《ぐろう》されておるのだ。だいたい溶姫とて、殿になにをねだっているか知っておるか？　上屋敷に歌舞伎役者を呼べといっているのだ」

それは無理だと溶姫に告げ、能ならば舞台もあると斉泰がいうや、

「能など退屈で、あくびがでます」

と、溶姫は返したらしい。

とはいえ、溶姫を直《じか》にたしなめることは出来ない。

「だからこそ、女中頭の喜代乃をなんとかせねばならん。どんなことでもよいのだ。弱みを握るのだ。あの大年増《おおどしま》がひと言もいい返せないような弱みだ。さすれば、こちらのいうことにも多少は耳をかたむけよう」

喜代乃なら溶姫にいい聞かせることも出来るかもしれない、と家老が鼻からふんと息を抜く。

他人《ひと》の弱みを握るなど、なんと卑劣《ひれつ》なと思いつつも、家老はよほど馬が合わぬのだろう。正直、伊之介としてはいいとばっちりだ。

もうひとり、数十年に亘《わた》り聞番を務めている安井数左衛門《かずざえもん》がいるが、齢《よわい》七十の高齢に加えて、腰痛持ちであることから、藩主登城の折の随行《ずいこう》や、細かな文書作成、訪ねて来た幕臣を酒肴《しゅこう》でもてなすといった面倒な仕事はほとんど伊之介任せだ。嬉々《きき》として出掛けて行くのは、加賀藩の支藩である富山藩や大聖寺《だいしょうじ》藩の留守居役との会合だ。

江戸でも屈指の料理屋で行われる会合、というよりいわば宴会であるが、そこで他藩や幕府についての情報交換をする。こちらが本藩であるということもあるが、そこはやはり年の功、どんな些末《さまつ》な事でも聞き出してくる。それに一縷《いちる》の望みを抱《いだ》いていたのだが、

「さすがに富山藩、大聖寺藩の留守居役も大奥の内情までは知り得なかったようで。安井さまも無理なものは無理とおっしゃられ」

伊之介のそのひと言が火に油を注いだのか、家老の怒りが爆発した。

「ええい、知り得なかったで済ますな。御坊主衆《おぼうずしゅう》でも、旗本でも、奥右筆《おくゆうひつ》でも、誰でもいい。ともかく聞き込め。いっそのこと我が藩も留守居役組合に入ればよいのだ」

「そんな無茶な」

伊之介が眉尻《まゆじり》を下げると、家老は、しまったという顔をした。

留守居役組合は、大名が城中で控える座敷によって組が編成されている。

前田家は、御三家や井伊《いい》家、保科《ほしな》家などと並び、常時、城に詰めている城中付という者がいるため、絶えず情報を収集出来る立場にある。従って、諸藩のように留守居役組合には加わる必要はない。百万石の大藩が組合に入るなどといえば、諸藩に煙たがられるどころか、さりげなく爪《つま》弾《はじ》きの憂き目《うきめ》にあう。

「大奥は伏魔殿《ふくまでん》。噂話ひとつでも、そうそう洩れるものではございません」

と、伊之介は家老にすがるような声でいった。

「そこをなんとかするのが、聞番ではないのか」

家老は扇子を取り出し、開いては閉じ、開いては閉じを繰り返す。その度《たび》に、ぱちりと鳴る。耳障《みみざわ》りな音だ。家老の苛立《いらだ》ちが高まったときにやる癖《くせ》だった。今日はいつもより回数が多い。伊之介は上目遣《うわめづか》いに家老の顔色を窺《うかが》った。鬢《びん》の白髪《しらが》がめっきり増えたような気がする。心労が溜《た》まっているのだろう。伊之介なりに気の毒に思えた。だとしても、同じ聞番の安井も呼び付ければいいものを、と少々恨《うら》んだ。

「聞番とはどういう役だな？」

「はっ」

伊之介は再び眼を伏せた。

「聞番とは――」

留守居役同様、諸藩や幕府との折衝役《せっしょうやく》である、と伊之介は応《こた》えた。

武家社会には様々な慣例、慣習がある。それを円滑《えんかつ》に進めるため、あるいは物事を自藩に有利に進めるため、聞番、留守居役はあらゆる情報を得なければならない。先例というのもとくに大事だった。武家は先例を重んじるきらいがあるからだ。

たとえば、暴風雨で上屋敷の一部が崩れた。幕府に五百両の拝借金を頼みたい。だが、ただ修復のための金子を貸せといっても幕府も簡単に金子は出さない。そこで、先例が必要になる。旧《ふる》い届け出でも構わない。上屋敷修復のための拝借金を得ている藩を探すのである。そうした先例を見つけ出せば、幕府も嫌《いや》だとはいえなくなる。

そのため、武家から世間からあらゆる情報を手に入れ、頭に叩《たた》き込んでおかねばならない。

「わかっているなら、その役目を果たせというておるのだ」

「あの……ご家老」

伊之介はおずおずといった。

「じつは、先日御成道《おなりみち》を歩いていたときのことでございますが」

家老がむすっとしながら扇子を開き、すぐに閉じた。座敷に響くくらいの音だ。

伊之介は背に汗が滲《にじ》むのを感じながらも、顔を上げた。

「御成道に並ぶ店の中に足袋屋《たびや》がございまして」

ふう、と家老が苛々と息を吐《は》いた。

「御成道は賑《にぎ》やかな通りだ。足袋屋の一軒ぐらいあるだろう」

伊之介は、それが、と膝《ひざ》を進めた。

「その足袋屋は路地角にありまして、その路地を入った軒下にひとりの男が筵《むしろ》を敷いて座っておりました」

家老は顔をしかめた。

「物乞《ものご》いであろう？　いい加減にしろ。話をすり替えるな」

伊之介は、お聞きくださいとさらに膝を進めた。

「その足袋屋の軒下の男を囲むように武士が三人ほどいたのでございます」

家老が不機嫌そうに唇《くちびる》を曲げ、脇息《きょうそく》に腕を預けると、面倒臭《くさ》そうにいった。

「その男が何か仕出かしたのであろうよ」

「違います。その男に皆、銭《ぜに》を支払っておりました。しかもその中に、城中で見掛けたことのある顔がありまして」

伊之介は、そのときの様子を話した。

筵の上には古本が積まれ、男は素麺箱《そうめんばこ》を文机《ふづくえ》代わりにし、なにかしたためながら、武士と何事か話をし、銭を受け取っていたと告げた。

武士は古本を買っているようでもなかったと、さらに付け加えた。

家老がわずかに興味を示す。

「はて、城中で見たことのある武士というのは、何者だな？」

「どこぞのお留守居役だったかと」

「面妖《めんよう》な。書物も買わず銭を払うのか……皆そうであったのか」

はいと頷《うなず》きながら、以前、と伊之介は続けた。

「世間の噂話を売る男がいるという話を耳にしたことがございます。もしかしたら、その男がそうなのかもしれません」

「世間の噂話、だと？」

「まことかどうか私にはわかりませんが、そうした者がいるとかいないとか」

家老が、うむむと唸《うな》りつつ、扇子を再びぱちりと鳴らした。

「たわけ！　たかが町人風情《ふぜい》になにが出来るというのだ。お前自身が大奥は伏魔殿だというたばかりではないか。ともかくあらゆる手を尽くせ。なんなら小間物屋《こまものや》にでも扮して大奥に潜《もぐ》り込んでも構わん。あるいは喜代乃の生家でもよい。あちらが将軍家を笠に着るなら、前田家を笠に着て、探れる処《ところ》はすべて探り尽くせ」

「しょ、承知しました」

伊之介は弾かれるように急ぎ家老の居室を出た。

二

「ようよう、桜も散ったってのに、相変わらず暇《ひま》そうにしていやがるな。古本なんぞ売れやしねえだろう？」

手許《てもと》に影が落ちて、由蔵《よしぞう》は筆を運ぶ手を止めた。読売屋《よみうりや》の仙太《せんた》だ。童顔《どうがん》で、二十歳《はたち》を過ぎているのに、まだ前髪を残している。言葉もぶっきらぼうで、遠慮会釈《えしやく》もない。初めて会ったのは、昨年の日本橋の晒《さら》し場だ。坊主が女犯《にょぼん》の罪で縄《なわ》に繋《つな》がれていたのを見物に行ったときだった。

仙太は、襟《えり》をだらしなく開いて、ぼりぼりと胸のあたりを掻《か》き毟《むし》っている。汚《きたね》えな、湯屋にいっていねえのか、と由蔵は上目遣いに仙太を窺《うかが》う。

「そう怖《こわ》い顔すんなよ。なあ、いい種《たね》はねえかよ」

由蔵は視線を再び下げて、口を開いた。

「読売屋に売る種はねえ、といつもいってるはずだぜ。お前らは、どんな種でも面白おかしく書けばいいと思っている。そうでなきゃ売れねえからな」

あからさまな舌打《したう》ちが聞こえた。

「いいたいことといってんなあ。おれとおめえさんとは似た者同士じゃねえか。世の中に転《ころ》がっている種を扱っているんだ。ところでよ、滅多《めった》に入らねえ話を手に入れたんだ」

「なら、お前が、売ればいいだろう。読売屋なんだからよ」

由蔵はぶっきらぼうに返した。

「そうじゃねえ。下手《へた》打てば、こっちの手が後ろに回るかもしれねえ代物《しろもの》なんでね。おめえさんに任せてえ、というか、交換してえんだ」

仙太はぺろりと一片の紙切れを由蔵の前にかざした。

由蔵は興味なさげに、紙片に眼を走らせた。が、思わず呻《うめ》いた。こいつがほんとなら大事件だ。仙太がそれを見てとって、にっと唇の間から白い歯を覗《のぞ》かせた。

「こいつの出所《でどころ》はどこだ？」

由蔵が声を低くすると、仙太は、さあねと空とぼけた。由蔵は綴《と》じ帳を取り出し、丁《ちょう》を繰《く》る。

「わかった。こいつと交換だ」と、綴じ帳を仙太に差し出す。仙太は書かれた一文に眼を落とす。

「へえ、去年の坊主、武家に脅《おど》されてたってのかい？　妾《めかけ》を囲っていた坊主も悪だが、そいつを知って、十五両せしめる侍《さむらい》もさもしいねえ。世も末だ。こいつはいいや。貰《もら》っとくぜ、由蔵さん。早速、師匠《ししょう》ん処で文を練ることにするよ」

嘘《うそ》かまことか、仙太の師匠は、『青林堂《せいりんどう》』という版元を営《いとな》む為永春水《ためながしゅんすい》という戯作者《げさくしゃ》らしい。

仙太は表通りに出ると、「ああ、風が強《つえ》えなぁ。御成道は土埃《つちぼこり》が舞うから嫌ンなる」と、ぼやきながら去って行った。

御成道は、徳川家の菩提寺《ぼだいじ》のひとつで、上野にある東叡山寛永寺《とうえいざんかんえいじ》に将軍が詣《もう》でる際に使用することから、そう呼ばれる。火除地《ひよけち》である下谷広小路《したやひろこうじ》から、筋違橋御門《すじかいばしごもん》まで町家が並ぶ繁華《はんか》な通りだ。

ったく、うるせえ男だと、ひとりごちながら、紙片を再び読み返す。

こいつが、まことのことなら、ご公儀は大騒ぎになる。仙太のいう通り、こんな種を下手に売れば、お縄になるかもしれない。由蔵の手が思わず震えた。いや、こいつは武者震いだ。裏を取れるか？　証《あかし》を見つけられるか？　由蔵は唸った。

由蔵の店は、足袋商『中川屋』の軒下にある。ここで古本商《あきな》いを始めてから、ようやく三月《みつき》が経《た》った。

中川屋は、御成道の西側、神田旅籠町《かんだはたごちょう》一丁目だ。店先には足袋を象《かたど》った看板が下がっていた。看板には屋号があり、裏面には「大丈夫」と記されている。大層丈夫だという洒落《しゃれ》だ。足袋屋では、足袋も誂《あつら》えるが、股引《ももひき》も扱っている。中川屋もそうした店だが、御成道沿いという地の利もあり、常連客が多い繁盛店だった。

空を見上げると、陽射《ひざ》しが西に傾き始めた。そういえば、九ツ（正午）の鐘が聞こえてからどのくらい経ったろう。道理で腹の虫が騒ぐはずだ、と由蔵は、穂の禿《は》げた筆を瀬戸焼きの墨壺《すみつぼ》に放り込んだ。

「ねえねえ、由蔵」

軒下にやって来たのは中川屋の娘、おきちだ。由蔵は眉間《みけん》に皺《しわ》を寄せる。

「あのな、おきち坊、いつもいっているだろう？　大人をつかまえて呼び捨てにするのはよくねえぞ。おれは優《やさ》しいから怒らねえだけだ」

おきちはそんな小言《こごと》は聞き飽《あ》いたとばかりに、平然とした顔で、

「お使い付き合ってよ。おっ母《か》さんにいいつけられたんだ」

といった。

「おれは腹が減ってるんだ。蕎麦《そば》でもたぐりに行こうと思ってたんだよ」

「なら、なおいいじゃない。ね、付き合って」

おきちが由蔵の袖《そで》を引いた。

「なにを買いに行くんだ」

「味噌《みそ》こし」

由蔵は額に皺を寄せた。

「味噌こしなら、振り売りがくるだろう？　わざわざ買いに行くことはねえ」

おきちは、ううんとかぶりを振る。

「おっ母さんがいうには、振り売りのおじさんの味噌こしは、目が粗《あら》くて弱いんだって。破れちゃったのよ」

ふうん、と由蔵は生《なま》返事をした。

「そりゃ、おっ母さんの力が強すぎるんじゃねえのか」

ころりと下駄《げた》の音がして、おきちの母親のおたもが姿を見せた。

「また由蔵さんの邪魔をしているのかえ？　それと由蔵さん、あたしの力がどうしたって？」

おたもがきつい眼を向けてきた。たいした地獄耳だ。

「いやいや、なにもいっておりませんよ。おきち坊、行こうか」

と、立ち上がった。おきちがにこっと笑う。

「あら、由蔵さん、おきちには買い物を頼んだのよ」

「おれが腹減っていたんで、おきち坊に蕎麦屋へ付き合ってもらおうと。いいですかい？　連れていっても」

由蔵が訊《たず》ねると、おたもは、首を傾《かし》げ、考え込んでから口を開いた。

「そうねえ、職人が先になっちまったから、おきちも昼食《ちゅうじき》はまだなのよ。こっちからお願いしたいくらいだけど」

「なら丁度《ちょうど》よかった。行ってきます」

と、由蔵が草履《ぞうり》を突っかけたとき、

「あ、お内儀《かみ》さん。おれの店――」

おたもはあからさまに眉間に皺を寄せる。

「そんな砂埃《すなぼこり》だらけの古本を誰が盗っていくもんかね」

「それでも商売物ですから」

おたもは、そりゃそうだけど、と頬《ほお》に手をあて、考え込むようにした。

「じゃあ、風呂敷《ふろしき》をかけておけばどうだえ？」

ああ、と由蔵は古本を包んできた風呂敷で上から覆《おお》った。でもこれでは飛んじまう、とあたりを見回すと、おきちが小石を拾ってきた。

「お、おきち坊、気が利《き》くな」

由蔵はおきちの小さな手から小石を受け取ると四隅《よすみ》に置いた。

「行こう行こう。由蔵」

「だから、呼び捨てはよくないぞ」

「気にしないの」

おきちは由蔵の手を引いた。十一の娘っ子に振り回されている自分が可笑《おか》しかった。ただ、子どころか、三十半ばを過ぎていまだ女房持ちでない由蔵には、おきちの我《わ》が儘《まま》もこまっしゃくれた態度も愛らしく思える。

江戸の町で、この商いは必ず成り立つと由蔵は信じていた。筵を敷き、古本を積んで、素麺箱を文机代わりに書き物をしていれば、それとなく人目《ひとめ》を引く。

少しずつではあるが、口伝《くちづ》てに客も増えてきていたし、信用もついてきたような気がする。いまは、それをがっちりと固めることだ。

まずは常連客を作ることが先決だ。

大袈裟《おおげさ》に面白おかしく綴《つづ》った瓦版《かわらばん》とは異なる。きちんと裏を取った種でなければならない。

そのためには、手足になってくれる手伝いがほしいが、まだまだ人を雇《やと》うほどの儲《もう》けは出ていない。

江戸の町には、物も人もわんさか溢《あふ》れている。その中で足りないのはなにか――。

由蔵の頭に故郷の光景がぼんやりと浮かぶ。

だらんとぶら下がった足に、取りすがって泣く母親に負《お》ぶわれている自分がいる。

おれは、あの光景をどこから見ていたのだろう。

しゃくしゃく、しゃくしゃく。

あの音は、蚕《かいこ》が桑《くわ》を食《は》む音だ――。

「天ぷら、天ぷら。かき揚げ、穴子《あなご》に海老《えび》にしらす」

おきちが妙な節回しでうたいながら通りを歩く。

褄《つま》を取った小粋《こいき》な姐《ねえ》さんが、くすりと笑いながら、すれ違う。

「おきち坊。大声でうたいながら歩くなよ。笑われてるじゃねえか」

おきちが由蔵を見上げ、首を素早く回した。

「へえ、由蔵はああいう玄人《くろうと》の姐さんが好きなんだね」

「そうじゃねえよ。往来でうたうなといってるんだ」

玄人とは恐れ入る。まったくどこで聞き齧《かじ》ったものかと、由蔵は口許を緩《ゆる》めた。

「ねえ、好きなんだろう」

「しつっこいな、おめえも」

おきちは由蔵へ眼を向けながら、唇を尖《とが》らせた。困ったもんだ。十一の娘っ子でも、女なのだと、由蔵は思う。

「好きじゃねえよ。化粧臭いし、だいたいああいう女は嘘がうまいからな」

「嘘は嫌い？」

「ああ、皆、そうだろう。嘘をつかれていい気分になる奴《やつ》はいねえよ」

おきちは、ふうんと首を傾げた。

「お父《と》っつぁんは、嘘にも色々あるといったよ。ついてもいい嘘と、ついちゃいけない悪い嘘」

おきちの父親は太助《たすけ》という。足袋屋に奉公して一人前になって、表店《おもてだな》を出した。いまは住み込みの奉公人がひとり、通いの職人がひとりいる。軒下を貸してくれといったとき、商売はこつだ、道端《みちばた》から始めるなんざ、見上げたもんだと、ふたつ返事だった。

もっとも、おたもは、素性《すじょう》の知れない男を軒下に置くなんてと嫌がったようだ。

ひとり娘のおきちが、由蔵に懐《なつ》いているのもあまりよく思っていないのが、時折《ときおり》口調にも表れる。

「お父っつぁんは難しい事をいうんだな。おきち坊は、どういう嘘ならついていいと思う?」

おきちは、うーんと唸って考え込んでから、口を開いた。

「今日のおっ母さんはいつもよりきれいだよっていうのはいい嘘だ。おっ母さん、喜ぶからさ」

そいつはいい、と由蔵は笑った。

「おれも使う事にしよう」

「駄目《だめ》だよ。幾度も同じ嘘をつくと嘘だってわかっちまうよ」

「なるほどな。でも、おきち坊。嘘もつき通すと、いっている本人も嘘をついてないと思うようになっちまうこともある。そうなると厄介《やっかい》なんだがな」

「ほんと?」

おきちが眼を見開いた。

「でも、あたいにはわかんないや」

「そうだな。そのうちわかるようになるよ」

お城に巣食っている面々とか、大店《おおだな》の主人とか、嘘をつき続けて、本当にしてしまうのが得意な連中はたしかにいるのだ。

御成道はいつも通りの賑わいだ。少し歩けば、下谷広小路に出る。より一層、人出がある。

「由蔵、飴《あめ》買っておくれよ」

床店《とこみせ》の飴細工《ざいく》が気になったのか、おきちが由蔵の手を引いた。

「駄目だ駄目だ。蕎麦を食べるんだろう」

「じゃあ、そのあとでもいいよ。きれいだよね。あたい、鶴《つる》の形の飴がいい」

由蔵は息を洩らして、おきちを見る。

おきちが小首《こくび》を傾げて、にこりと笑った。敵わねえなあ、と由蔵は苦笑しながら、眼についた蕎麦屋へおきちとともに入った。

三

おきちは一人前どころか、小海老のかき揚げまでペロリと食べ、満足そうに腹をさすった。いい食べっぷりだ、お父っつぁんもかたなしだ、と蕎麦屋の主人にいわれ、「お父っつぁんじゃないよ、うちの軒下の居候《いそうろう》だよ」と、おきちは頬を膨《ふく》らませた。主人は眼をぱちくりさせて、

「そいつは悪かったなぁ、嬢ちゃん」と苦笑した。ったく、居候とははっきりいいやがる、由蔵は憮然《ぶぜん》として、蕎麦屋を出ると、味噌こしと飴細工を買い、中川屋に戻った。

「由蔵に買ってもらったの、おっ母さん」

鶴を象った飴を舐《な》めながら、おきちは下駄を飛ばして、家に上がった。

「こら、行儀が悪いぞ」

父親の太助が足袋の型取りをしながら、怒鳴《どな》った。

「すいませんねえ、由蔵さん。おきちが我が儘いったのでしょう。お代は？」

「おれが、おきち坊に付き合ってもらったんですから。気になさらず」

由蔵が軽く頭を下げて、軒下に戻ろうとしたときだ。

「あ、そうそう」

と、おたもが怪訝《けげん》な顔をしながら由蔵を手招いて、小声でいった。

「あんたさ、ほんとはなにをしてるのさ」

由蔵は空とぼけ、「古本の商いですが」と応えた。

「だってさ、あんたとおきちが出て、少ししてから若いお侍が来たのよ。軒下でじっと立っているから、薄気味《うすきみ》悪くなって声を掛けたのよ」

「いつも来る顔ぶれとは別の侍ですか？」

おたもは困ったように唇を曲げた。

「いつもまじまじ見てるわけじゃないから、そこまでわからないけど、ここに噂を売る男がいるかって訊ねられたの」

噂を売る男、か。由蔵は心の内で笑う。

「ねえ、由蔵さん。あたしたちには読めないような難しい本を並べているでしょう」

「いやいや、読本《よみほん》もありますし、おきち坊でも楽しめる絵本もあります」

おたもは、そんなことはどうでもいいとばかりに、由蔵へ疑り深い眼《まなこ》を向ける。

「漢字だらけの難しい本があるからお侍が買いに来てると思っていたのよ。でも、噂を売るってどういうこと？　瓦版でも作っているの？」

さあ、と由蔵は首を傾げる。おたもは、むっと唇を結んで、

「ともかく厄介事はご免ですからね。もし、妙なことにうちまで巻き込まれたら、すぐに引き払ってもらうからそのつもりでいてね」

取りつく島もないようなきつい口調でいった。

「わかりました。ご迷惑はおかけいたしません」

「そうしてちょうだい。うちだってようやく暮らしが楽になってきたんだから」

おたもはまだぶつぶついいながら、店の中に引っ込んだ。

今日のおたもさんはいつもよりきれいだなどと、嘘でもいえやしねえと由蔵は片頬を上げた。

軒下に入り、四隅に置いた石を除《の》けて、風呂敷の覆いを取った。

筵の中程、ぽかりと開いた場所に由蔵は腰を下ろした。

さあっと風が地面を舐めて、乾いた土を舞い上げる。春の終わりの生温かい風だ。積まれた古

本の表紙がぺらりとめくれる。

朝陽《あさひ》はあたるが、軒下は北側なので、夏になっても日陰になってちょうど良い。本が陽に灼《や》けることもない。なにより、由蔵自身が陽に灼けずに済む。中川屋を選んだのは、そういう面もある。

「ちょいといいかね」

町家《ちょうか》の隠居だ。身につけている衣裳《いしょう》や物腰《ものごし》にも品がある。ここのところよく顔を見せていた。

「今日は書き物をしていないのかえ」

「いま、蕎麦をたぐって帰《け》ぇってきたところなんで」

「ああそうかい」

隠居は本を眺めながら、顔をしかめる。

「相変わらず本は汚《きたな》いねぇ。それなど、表紙が破れているよ」

「中は破れておりませんよ」

隠居は一冊の綴じ本を手にして丁を繰る。

「これはまた、酷《ひど》い写本だねぇ。なんたってみみずがのたくったような字だ。これじゃ読めやしない」

口許を歪《ゆが》めた。ふと、由蔵は隠居の身体《からだ》越しに視線を感じた。探るように、通りの向こうからこちらを窺っている。たぶん、おたもがいっていた若い侍だろう。じつはもう五日もああしているのに気づいていた。

「まあ、写した本人が読めればよかったんでしょう」

隠居は由蔵の言葉に、「それもそうだ」と呆《あき》れ返りながら応える。

「一応、西鶴《さいかく》ですよ。おっしゃる通り酷い写本なんでお安くしておきます」

「ははは、あまりに字が下手っぴいなのでいらないよ。さてと、また来るからね、お邪魔さま」

隠居が去ると、さらに視線が強くなった。

通りを挟《はさ》んだ天水桶《てんすいおけ》の陰から、顔を出したり、引っ込めたりしている。なんとも間の抜けた侍だった。由蔵は呆れて、大声で呼び掛けた。

「そこのお侍さま。おれに何か用ですかい？」

へっと奇妙な顔をして、あたりをきょろきょろ見回す。

「そちらさましかいらっしゃいませんよ。古本ですか、それとも」

と、いいさしたとき、侍が通りを突っ切って慌《あわ》てて駆け寄ってきた。

由蔵の前に立つと、ごくりと生唾《なまつば》を呑み込み、「おまえが、噂を売る男か？」と、訊ねてきた。

「そんな話を、どこでお聞きになったんで？」

「そ、そういう噂が流れておるのだ。噂を売る男がいるという噂がな」

といって、なんだかややこしいなと、ひとりごちた。

「噂など、売っておりませんよ」

由蔵がさらりというと、侍は急に焦《あせ》り出した。

「私はここに三人の武家がいるのを見かけたことがある。そのうちのひとりはある藩の江戸留守居役だ。こんな露天《ろてん》の古本屋に武家が来るのはおかしいではないか。すると、別のところから、噂を売る男がいると聞き、きっとここだと思ったのだ」

「まあ、大っぴらに買えないこうした本もおいてありますのでね」

由蔵は、古本の山の下のほうから、一冊抜き出した。

「どうです？　歌麿《うたまろ》の艶本《えんぽん》ですよ。手に入れるのに苦労しました。中もきれいです」

由蔵が丁を繰ると、侍は「やめろやめろ、このような場所で」と赤面して叫んだ。

なかなか真面目《まじめ》な侍のようだ。小藩の田舎《いなか》侍というふうでもない。定府《じょうふ》の者だろう。しかしながら、眼の下にはくまがくっきり浮かび、頬もげっそりとして、なにやら病《やまい》でも持っていそうな雰囲気だった。

と、いきなり侍が大刀《だいとう》に手を掛けた。

思わず由蔵は身構えたが、侍は鞘《さや》ごと腰から大刀を引き抜くと、地面に膝をついた。大刀を右側に置き、いきなり頭を下げた。

「な、なにをなさいます」

「もし、おまえが噂を売る男ならば、ぜひとも頼みたいことがある。我が藩存亡の危機を救ってほしいのだ」

存亡の危機とは大層な話だ。だいたい藩が危機に瀕《ひん》しているなら、軒下の古本商いの怪《あや》しい者に、そんな頼み事をするのもどうかと思う。由蔵は、息を吐く。

「なにか勘違いをなさってはおりませんか？　見ての通り、おれは古本商いをやっております。お召し物が汚《よご》れますよ、どうかお立ちください」

「いや、おまえがうんというまではこのままでいる。なにも得ることなく、屋敷に帰るわけには参らん。幾日もここを探っていたのだ」

困ったお人だ。頼み事は扱っていないのだが。

「おい、由蔵。お侍になにをさせてるんだ」

路地に顔を覗かせたのは、北町奉行所の定町廻《じょうまちまわり》、杉野与一郎《よいちろう》だ。着流しに黒の巻羽織《まきばおり》、御番《ごばん》所《しょ》の者であるのは明らかだ。若い侍は慌てて立ち上がり、膝についた土を払った。

「これは、杉野さま。ご苦労さまです」

由蔵が頭《こうべ》を垂《た》れる。余計なときに来てくれたものだと、杉野をちらと窺う。

「どこぞのご家中の方ですか」と、杉野が訊ねるや、若い侍は「あ、ああ、そうだが」と困惑した表情をする。杉野が由蔵を見て笑った。

「商売繁盛だな。また武家を相手に種を売っているのか？　おれのはどうしたよ」

するとと若侍が大声を出した。

「やはり、そうなんだな。種というのは噂のことだな。藩名はいえぬが、私は聞番なのだ。ご家老の命を受け、こうしておまえの許に参ったのだ」

聞番……。由蔵は心の内でほくそ笑《え》んだ。

「頼む。話だけでも聞いてはくれぬか」

侍の眼が血走っている。

「そこもとからも、頼んでくれぬか」

杉野にまで懇願《こんがん》し始めた。

「由蔵。ずいぶんお困りのようだぜ。新しいお客は大事にしねえと。軒下の店なんぞ、とっぱらうのは簡単なんだからな」

「そいつはひでえよ、杉野さま。これでもお役に立ってるつもりですからね」

「なにがある。見せてみろよ」

由蔵は傍《かたわ》らに置いた綴じ帳を杉野に渡した。杉野はぺらぺらとそれをめくっていたが、そこからパラリと紙片が落ちた。仙太から受け取った種が書かれた物だ。

「そいつは、まだ」

わざとらしく慌てる由蔵をいなすように、杉野はそれを拾い上げると、眼を走らせた。杉野の顔が次第に青ざめてくる。

「こいつは、まことか？」と、杉野が由蔵を睨《ね》めつける。

「それはわかりません。あくまでも噂ですから。あとは御番所でお調べください」

「だとしたら、大《て》ぇ変なこった。即刻、お奉行に報《しら》せねばならん」

杉野は表通りで待っていた小者《こもの》を連れ、急いで駆け出して行った。

しかし、助かった。あんな種は杉野に任せるに限る。いい具合に裏を取ってくれるに違いない。裏が取れれば、この綴じ帳に書き留《と》められる。

国禁の地図が何者かによって城内から持ち出され、異国人に手渡された——。仙太はどこからこの種を得たものか。

眼前の慌《あわ》ただしい様子にぽかんと口を開けていた若い侍に、「こういうことです」と由蔵はいった。

「それならば、私にもその綴じ帳を見せてはくれぬか？」

はっと我に返った若侍はいった。

「一文《ぶん》、見るなら二十文《もん》いただきます。こいつはおれが様々な伝手《つて》を辿《たど》って得たものを書き留めている覚え帳ですから。ただというわけには参りません」

由蔵はにこりと笑った。

ううむと唸った若侍は、では、大奥の話はないか、と訊ねてきた。

さすがに由蔵も眼を丸くした。

「大奥？　それはまた大層な。この覚え帳にはございませんね」

「ならば、調べてくれ。おまえのその伝手を使ってなんとかならんか」

「そういわれましても、大奥までは」

と由蔵は大袈裟にため息を吐《つ》いて難色を示した。だが、由蔵はかつて『埼玉屋《さいたまや》』という店の寄《より》子《こ》となっていたことがある。寄子は店の主人を寄親にして、仕事を世話してもらう立場の者だ。埼玉屋は江戸城の御広敷番《おひろしきばん》を担《にな》っており、大奥の庭の手入れや警固《けいご》などをしている。

そのとき耳に入ってくる噂の数々は、とてもじゃないが世間に流せるものではない。女子《おなご》同士の争い、嫉妬《しっと》、憎悪《ぞうお》はなんと恐ろしいものかと思った。大奥の井戸に投げ込まれた女子がいるとか、いつの間にやら消える娘がいたとか、顔をわざと傷つけられるとか、そんな話は尽きることがなかった。幽霊《ゆうれい》に女が多いのも頷ける。

由蔵は、覚え帳を開き、侍に向けてある一行を指し示した。そこには、前田家の婚礼のことが記されていた。留守居役をいまも聞番というのは、加賀百万石の前田家とわずかな藩しかない。

「あ」と、若侍が唖然《あぜん》とした。

「なぜ、私が前田家の者だとわかったのだ」

「先ほど、聞番とおっしゃったではありませんか。ご自身で素性を明かしたも同じでございますよ」

しかも、婚礼の一行を見て、声を出した。加賀藩の方に間違いないと思ったと由蔵はいった。

「留守居役といえば、よかった。我が藩の恥ともいえる内情を知られず探って欲しかったのだが」

はあ、と大きく息を吐いた若侍は、加賀前田家に仕える佐古伊之介だと名乗った。

恥を忍んで、留守居役組合の会合にも顔を出し、大奥に出入りをする小間物屋にも訊ね、喜代乃の生家にも行ったが、逆に歓待され、なにとぞよろしくと頼まれてしまい、なにも聞けずに終わった。

その苦労の一部始終を話し、なおかつ喜代乃の傍若無人《ぼうじゃくぶじん》な振る舞いを諫めるために、なんとかしたいのだと伊之介は告げた。

由蔵は、いちいち頷きながら伊之介の話を聞いた。

「佐古さま。ご事情はわかりましたが、ご存じのように大奥は閉ざされた場所。町人の、それもたかが古本屋風情がすぐにどうこう出来るものではございません。あまり期待をせずにいていただきとうございます」

　わかった、と伊之介は頷いた。

「ともかくどんな些細《ささい》なことでも構わん。嘘でもまことでもどちらでもよいのだ」

「嘘もつき通せば、まことになるということですか。酷いやり方でございますね」

　伊之介はむっとして由蔵を睨《にら》む。

「買っていただいた種をどう使おうが、それは好きにしてくださって結構です。けれど、その出所だけは内密にしていただきたい。とくに大奥の種は、下手をすればこちらもとばっちりを受けます。商売が続けられなくなりますのでね。その場合、おれのほうにも考えがあります」

　伊之介は眼をしばたたいた。

「百万石の大大名になにをするというのだ?」

「噂、風聞《ふうぶん》は怖いものです。中でも醜聞《しゅうぶん》はいくらでもひねり出せますので、そのところをよくよくお考えください」

「なんと。おまえも酷いではないか。あいわかった。頼む、もうそこもとにすがるしかないのだ」

　では、と由蔵は軽く頭を下げ、三日後においでください、といった。

四

夕刻、由蔵は古本を包み、筵を丸めると、中川屋へ挨拶《あいさつ》をして、すぐ裏手にある長屋へと戻った。荷をおくやいなや、砂埃だらけの小袖《こそで》を着替え、髷《まげ》も整えて、家を出る。

「由蔵、出掛けるの？」

店の前で遊んでいたおきちが声を掛けて来た。

「昔の仲間の処だ」

「由蔵にも仲間がいたんだね」

うるせえなぁ、と心の内で思いつつも、由蔵は手を振って、御成道を南に歩き、筋違橋御門を潜《くぐ》って、神田鍛冶町《かじちょう》へと向かった。埼玉屋が寄子を住まわせている宿がある。

由蔵が宿の前に立つと同時に、ひとりの若い男が出て来た。男はすぐに由蔵と気づいて笑みを向けてきた。

「由蔵の兄ぃ。久しぶりだ」

「よう、清次《せいじ》、ちょうど良かった。ちょいと面《つら》貸してくれねえか」

「こんな面でよければいつでもいいいぜ」

清次は早速、舌舐めずりした。

「誰が酒呑《の》ませるっていったよ」

「あれ、違うんですかい？」

ま、いいかと由蔵は近くの居酒屋の縄のれんを潜った。埼玉屋の寄子をしていたときから来ていた店だ。

「あら、由蔵さん。ご無沙汰《ぶさた》。古本商いはうまくいってる？」

「ぼちぼちだよ」

女将《おかみ》のお里《さと》に笑いかけ、奥に通してもらう。三畳の小部屋だ。ここなら、誰にも話を聞かれることはない。由蔵は座敷に腰を下ろし、酒と肴《さかな》が来るまで待った。それまでは、埼玉屋の主人の話をしながら、場を繋いだ。

「お待ちどおさま」

お里が肴を見繕《みつくろ》って運んできた。

「由蔵さんの好きな焼き筍《たけのこ》よ」

「そいつはありがてえな」

お里が去るのを見計《みはか》らって、由蔵がちろりに指を掛け、早速清次に訊ねた。

「御広敷番はまだやってるのか」

「ああ、相変わらずだよ。牝狐《めぎつね》どもがうろうろしてるぜ」

「ところでお前、溶姫付きの喜代乃って大年増のことは覚えているか？」

「あの騒がしい女だろ。前田家に溶姫と一緒に行っちまって、みんな清々《せいせい》してるぜ」

「そうか。大奥でもほっとしてるってわけか」

「もしかして、前田家でもやらかしてるのか」

「察しがいいな。悪いが、喜代乃のことで頼みてえ。ちいとばかり噂を集めてくれ」

清次はにっと笑って、任せとけといった。

由蔵は清次の猪口《ちょこ》に酒を注《つ》いだ。

二日後、清次から文《ふみ》が届き、すぐに眼を通した。やはり清次は種取りに使えると、由蔵は思い、すぐさま記されていた芝《しば》の寺院に裏を取りに出掛けた。


風で一冊本が飛んだ。

喜代乃の噂を買い取った佐古伊之介は幾度も礼をいい、喜び勇んで戻って行ったが、後日、喜代乃について別の話が飛び込んできた。

「由蔵さん、商売物を飛ばしちゃいかんなぁ」

いつもの隠居が、飛ばされた本を拾い上げて、近づいて来た。由蔵は隠居に本を手渡され、礼をいった。

隠居は幾冊かに眼を通したが、めぼしい物がなかったようだ。

「おや、可愛《かわい》らしい娘が一緒だね。お子かい？」

「違うよ。あたいは、足袋屋の娘」

「それは失礼したね。今日は日記をつけないのかね」

由蔵は、愛想《あいそ》笑いを向けた。

「さっきまで書いてたんだよ、ね」

おきちがいうと、由蔵は覚え帳を素早く閉じた。

――某大藩の女中頭、学僧との密会が噂になり、自害をはかるが、一命を取り留める。

五

おきちが、石蹴《いしけ》りをやっていた。ぴょんぴょん飛び跳《は》ねながら、幾度も往復している。

「ねえ、由蔵もやろうよ」

「あのな、おきち坊、おれはここで商いをしているんだ。その前で遊ばれちゃ困るんだがな。客が寄り付かねえ」

おきちは、石を拾って、由蔵の前にしゃがみ込んだ。

筵敷きの上に古本が山積みされて、その間に文机代わりの素麺箱。その上には、瀬戸焼きの墨壺と紙。おきちはわざとらしくあたりを見回す。

「お客なんか誰も来ないじゃない。由蔵も座ってばかりだと、膝が痛くなるよ。お父っつぁんがそういってた」

「心配してもらってありがとよ。いまのところ、おれは、なんてことねえよ」

おきちが膨れっ面をした。

「うちのお父っつぁんは若い頃から、座りっぱなしで足袋作ってるんだよ。だから歳《とし》取ってから膝にきたんだ」

由蔵は身を乗り出して、おきちに顔を寄せて、笑った。

「どこか遊びに連れて行ってほしいんだろう？　駄目だ駄目だ。おれはここで商いをしているんだからな」

唇を尖らせたおきちが、そっぽを向いたときだ。

「あ。あの人また来てるよ。ほら由蔵。天水桶の陰」

おきちが指差すと、佐古伊之介があたりを見回し、さっと天水桶に身を隠す。

伊之介という男は慎重《しんちょう》なのか、大胆《だいたん》なのかわからない。いやこの際、こちらにばれるように見ているのだから、間が抜けているというべきか。

向こうから近寄ってくるまではと、あえて黙っていたが、

「聞番さま。過日はありがとう存じました」

いつまで待っていてもしようがないかと声を掛けた。

伊之介は、まさかという顔をして飛び上がりそうになりながら、足早に通りを渡ってきた。

「そう呼ぶな。どこで誰が聞いておるかわからんだろう？」

伊之介は再びあたりをきょろきょろと見回した。挙動不審《きょどうふしん》な伊之介に構わず問うた。

「たしか、加賀藩はお留守居役組合には入っておられないのですよね」

「うむ。留守居役組合は、城中で詰める座敷によってわかれているのでな」

そう答えてから、なぜ、おまえにそのようなことを話さねばならんのだ、と、眉をひそめた。

「いえね、大変なお役目だと思ったまでで」

「ねえ、由蔵。この人もお留守番の人？」

「お留守番の人？」

さらに伊之介が眼を剝《む》いた。

「子どものいうことにそう目くじらを立てることもありませんでしょう。ほら、おきち、商いだからあっちへ行ってくれ」

「ふーんだ」

おきちは由蔵にあかんべをして、軒下を離れた。

おきちを見送った伊之介がいきなりしゃがみ込んで囁《ささや》くようにいった。

「お留守番の人というのは、留守居役のことか。ははは、子どもは面白いな」

ところで、と伊之介が声を一段低くした。

「我が藩の、例の、あのことだが、あれも、売り物になるのか？」

伊之介の顔が強張《こわば》っている。

なるほど、過日の喜代乃の一件が世間に広まっているかどうか探りにきたのだろう。由蔵は、ふと笑みを浮かべた。前田家としては、あまり知られたくはないお家の事情だ。公儀に知られれば、ややこしいことにもなりかねない。

由蔵は伊之介に向かって、小声でいった。

「お女中さまの自害の一件でございますね」

伊之介は、ひっと身を反《そ》らせた。由蔵は、身を捻《ひね》って積んである覚え帳の一冊を手にして、丁をめくった。ある一文に、伊之介の眼が吸いついた。

「まさか……これは」と、伊之介が由蔵の顔色を窺う。

由蔵は、にっと笑った。

「あまり売れそうにない種、ですが、そちらさまなら売ってもようございますよ」

伊之介が得心《とくしん》して、いくらだ？　と訊《き》いてきた。

「九十八文になります」

「これで、この種はないものとしてもらえぬか？」

「ようございますよ。話の出所をうちも突つかれたくないんでね」

大奥の噂話など、そうそう表に洩れることはない。つまり、大奥に忍び込んだ者がいるか、あるいは出入りの商人《あきんど》、職人といった類《たぐい》がすぐに疑われる。

大奥に出入りをしている埼玉屋が詮索《せんさく》される可能性は十分にある。要は、なかったことにするのが一番の良策だ。

「お命は取り留めたのですから、それほど大きな話にすることもないでしょう」

前田家としても、将軍家斉の娘溶姫のお付き女中が自害をはかったなどと知れれば、経緯《いきさつ》はどうあれ、輿入れした姫の婿である藩主が江戸城に召し出されるのは必至だ。

由蔵が穂の禿げた筆でその一文に墨を入れる。伊之介は、ほうと息を吐く。

「すまぬ。恩に着る」

この言葉を待っていた。小さい貸しでも、百万石の大大名の前田家との繫がりが出来ることは大きい。

それに、佐古伊之介という聞番は優しい顔立ちの誠実そうな男だ。油ぎとぎとの出世欲にまみれた留守居役とも、如才《じょさい》なく立ち回る留守居役とも違う。うまく利用することが出来そうだ。

「今後もご贔屓《ひいき》にお願いいたします。お困りのことがあれば、ぜひ。では」

由蔵は丁寧《ていねい》に頭を下げた。

承知した、と伊之介は、銭差《ぜにさ》しを出した。麻や藁《わら》の紐《ひも》に一文銭を九十六枚差したものだ。

「二文足りませんがね、これだと」と、由蔵は受け取るや、そういった。

「なにをいう。これは九十六文で百文として通用するのだぞ。むしろ二文得するではないか」

伊之介がむっとして返してくる。由蔵は伊之介の馬鹿正直な反応を楽しみながら、いった。

「冗談ですよ。たしかにお代はいただきました。それで、例のお女中はその後いかがなさっておりますか？」

ああ、と伊之介は口を開いた。

喜代乃はまだ臥《ふ》せってはいるが、家老の見舞いを受け、いたく恐縮しているという。

「ならば聞番さま。これは特別にお教えいたしましょう。お女中の喜代乃さまですが、増上寺《ぞうじょうじ》の参代の折にお会いしていた学僧は、まことの弟御《おとうとご》でいらっしゃいました」

「そうなのか。つまり我らは喜代乃さまをたばかったのか」

由蔵が伊之介へ伝えたのは、喜代乃が徳川家菩提寺への代参のたび、若い学僧に会っていたということだけだ。それは嘘ではない。

「ええ。妙な醜聞で追い落としを謀《はか》ったようで後味が悪いですかね」

「当たり前だ。貴様、なにを考えておる」

伊之介が怒鳴り声を上げた。

「噂をどう使い、信じるかは買われたお方次第。おれのせいじゃありません。これで、ご関係は良好になりましょう」

むむ、と伊之介は唸った。あのご家老が素直に喜代乃へ詫《わ》びを入れるかどうか、とひとりごちながら、眉間に皺を寄せた。

「それは、商売としてのお訊ねでございますか。それとも独《ひと》り言《ごと》で？」

由蔵が問うと、伊之介が恨めしそうな顔をした。

「独り言にしたいところだが、ご家老と喜代乃さまの向後《こうご》が気になってな。良策がないものかと」

「ご家老さまから、お見舞いの品でも贈られればよろしいのでは？」

由蔵が少々面倒そうにいうと、伊之介は、それは妙案、と両手を叩いた。が、

「相手の気に染《そ》まぬ物を贈ってもしかたなかろうしなぁ。喜代乃さまの好物やら趣味嗜好《しこう》がわかると良いのだがなぁ」

と、わざとらしくいって、由蔵をちらと見る。

「うちは古本商いが生業《なりわい》でしてね、種を集めるのは、ただの道楽でやっているだけで」

「なんだと？　では道楽をおまえは売り物にしているのか？」

伊之介は少々色をなす。

「おれの綴った話がほしいといわれりゃ、そりゃただだってわけにもいきませんよ」

これでも、伝手を使い、高札場《こうさつば》を回り、触書《ふれがき》を書き写し、近所で面白そうなことが転がっていれば、拾い集めるといった苦労をしているのだ。

「ですから、こいつは覚え帳なんですよ」

と由蔵は、綴じ帳を掌《てのひら》で叩き、伊之介にはっきりといった。

「お調べ役に使われたんじゃ、たまりませんや」

そのとき、中年の武家がするりと軒下に入って来た。由蔵が眼を向ける。

「これは、滝口さま」

六

滝口主計《かずえ》は信州二万石の小藩の留守居役だ。由蔵がここに店を開いてから、なにげなく覚え帳に眼を留めて、「その種を売ってくれ」と最初に喰《く》いついてきた者だ。

以来、ことあるごとに、由蔵の許を訪れる。

「それにしても、先日は助かった」

「なんでございましたっけ？」

「あれだ、水戸《みと》藩だ」

昨文政十年（一八二七）十二月、水戸藩の小石川《こいしかわ》の上屋敷が焼失した。その火事見舞いをどうするかで各藩の留守居役たちは額を付き合わせた結果、見舞い金は一律になった。

「ところが、あやつが抜け駆けし、奥方とお付きの者に菓子を贈ったことを教えてくれたであろう」

滝口は声を低くした。あやつというのは、他藩の留守居役組合の者だ。

そうでしたね、と由蔵はさらりといった。

「いや、まったく人は信じられんと思ったものだ。皆と同じにすると決めておきながら、こそこそ先んじるとは卑怯《ひきょう》の極《きわ》み」

ああ、と由蔵は頷いた。滝口の怒りはもっともだが、どうもこの世は誰もが皆と同等であることに安心をするようだ。それを破る者がいれば、卑怯だ姑息《こそく》だと陰口を叩く。叩かれた者は孤立するか、叩いた者たちに懸命に弁明し、仲間として再度認めてもらうしかない。

武家の世界は、ことさらそれを重んじる。面倒なものだ。

と、滝口が、ようやく伊之介に気づいて会釈をした。

「これは先客がござったか。私は滝口主計と申します。お見知りおきを。そこもとは」

「私はその……」

「ああ、気になさるな。ここではどこそこの家中だの、役は何だの皆いわぬのが定めのようになっておりますのでな」

滝口は、ははは と突き出た腹を揺らした。

「ではあらためまして、佐古伊之介と申します」

「貴殿も、由蔵の種を拾いにきたのであろう」

「そんなところでございます」

伊之介が頭を下げるその横で、すぐさま滝口がぐっと顔を由蔵に寄せてきた。

「どうだ。此度《こたび》は我らに役立つような種はあるかの?」

さあて、滝口さまは手厳しいですから、お気に召すかどうか、と由蔵は積まれた覚え帳を手に取る。

「角力《すもう》の阿武松緑之助《おうのまつみどりのすけ》が横綱を張ったという話がございます。長州藩のお抱え力士ということで、ご祝儀など差し上げてもよかろうとは思いますがね」

ふむ、と滝口は剃《そ》り跡の青い顎を撫《な》でる。

「公方《くぼう》さまのお孫さまの元服《げんぷく》の儀はすでに伝わっておりましょう」

滝口がうむと頷いた。

いまの将軍家斉は、子沢山で、男子は養子に娘は嫁にと大忙しだ。養子先は家格を上げたり、嫁入り先は御殿を建てさせたりと好き放題。果たしてそれが政《まつりごと》かと首を傾げる。伊之介が不意にうんざりした顔をする。まさに姫を押し付けられた藩のひとつだからだろう。このままでは、日本中が徳川の親戚になってしまうのではないかと笑っているが、将軍家にとっては血筋を絶えさせないことがなにより優先されるのであるから、いたしかたない。が、養子だ嫁入りだで、幕府の費《つい》えも相当なものになると聞く。

「では横綱と我が殿を対面させるか。長州藩と付き合いが出来るのは、悪くはないが、覚え帳も見せてはくれぬか」

由蔵は滝口に数冊まとめて手渡した。滝口は指を舐めて、丁を繰り始める。

と、滝口が額に皺を寄せた。

「な、なんだこれは。またもや水戸か」

事が事だけに声が低くなっていた。由蔵は空とぼけた。

「さあ、本当かどうかは知りません。ただ、臥せりがちなのはたしかなようですよ。むろんいますぐ危《あぶ》ないということではありませんが」

「こらっ。しれっとした顔で吐《ぬ》かすではない。とはいえ、斉脩《なりのぶ》公は、もともとお身体が丈夫ではない。子もいないと聞いてはいたが。やはりのう」

この種は水戸藩上屋敷近くの薬種屋《やくしゅや》の奉公人から聞いたものだ。現当主の斉脩には子がない。それで世嗣《せいし》問題が持ち上がっていた。そのうえ、広敷番の清次が聞き齧ったところによれば、現将軍家斉の二十番目の子を水戸家の養子に出すという話もあるらしい。水戸藩主斉脩の正室は家斉の娘であることから、姉弟で水戸藩に入り込むことになる。

しかし、水戸藩には斉脩の弟紀教《としのり》（後の斉昭《なりあき》）がいる。すでに三十にもなろうかという歳だが、どこぞへの養子話もない。藩内ではこの紀教を擁立《ようりつ》しようとする派がいるという。

「うーむ、これは難儀な話よ。どちらに付く付かないは色々差し障りがあろう。紀教さまは気性が激しいといわれておるが、英明なお方と耳にしている。で、由蔵、誰が誰を推《お》しているのかもわかっておるのかの」

滝口が探るような視線を放つ。由蔵は手を差し出した。

「なんだ？　もう耳に入っておるというのか？　しかたがないの」

滝口が銭差しを取り出す。「次の丁ですよ」由蔵がいうや、滝口が覚え帳を繰る。

「むっ、これはなんと」

幕府から派遣された水戸藩の付家老《つけがろう》が、家斉の息子派、紀教派は儒学者会沢正志斎《あいざわせいしさい》、藤田東湖《とうこ》といった水戸藩の頭脳といわれるふたりが先頭にいた。

「やれやれ。こいつは厳しいことだな」

水戸藩は、家斉の娘を正室に迎えたこともあり、幕府からの拝借金免除など、優遇を受けている。

「水戸もあからさまに拒絶は出来ぬ。さりとて上様のお子をふたりも入れるのは避けたかろうが。まあ、いずれ、弔《とむら》いと祝いがひと息に訪れるのはたしかだ。やれやれ、また金がかかる。勘《かん》定方《じょうかた》に文句をいわれそうだ」

そうぼやきながら滝口は由蔵に別の件を質《ただ》した。

「水戸藩の異国船の話はお前の耳にはあれから入ってはおらぬか？」

四年前。水戸領の大津浜《おおつはま》に英吉利《イギリス》国の捕鯨船《ほげいせん》の水夫が上陸した騒ぎだ。結局、幕府の指示により、水と食糧を与えたが、じつは侵略であったとしたらどうするのか、幕府の対応が手ぬるいと水戸藩は大いに怒った。水戸藩はこれを機に、海防、異国への警戒を強くした。

「もうあれからは、入ってはおりませんね。もっとも、あの騒ぎが元で幕府は異国船を打ち払うようお達しを出したじゃねえですか」

由蔵は滝口から返された覚え帳を後ろ手に自分の背面に置くと、文机代わりの素麺箱の上を整え始める。

では、また頼むぞ、と滝口は軒下から離れた。

「毎度、ありがとうございます」

立ち去る滝口の背に声を掛けた由蔵に、伊之介が遠慮がちにいった。

「あのな、私はどうしたらよいのだ」

由蔵は上目遣いに伊之介を見て、ため息を吐く。

「先ほど、申し上げた通り、おれは自分の好きな種を拾っていやす。それを必要となさる方々がいらっしゃるから売っている」

人に注文を受けてからやる仕事ではないと、伊之介を見据《みす》えた。

「ならば、なぜ喜代乃のことは探ってくれたのだ。おかしいではないか。いっていることとやっていることが矛盾《むじゅん》しておるぞ」

伊之介は声を荒らげた。

「そいつは、佐古さまご自身でお考えくださいまし」

伊之介の眼が吊《つ》り上がる。由蔵は風呂敷を広げ、古本を包み始める。

「それならば教えてくれ。おまえはなんのために、ここで何をしているのだ」

由蔵は古本を包み終えると、風呂敷を背負い、素麺箱を裏返して、墨壺や筆、半紙を入れ、腕に抱えた。

「さあ、なんのためと問われると返答に困りますがね。ですが、江戸には、多くの人がいて、多くの物が溢れている。しかし、足りない物があると、おれは思っております。それを埋めることが出来るかもしれねえと」

「足りない物を埋める？」

伊之介は真顔《まがお》で首を傾げた。

「さ、いつまでも突っ立ってねえで、お屋敷にお帰りなさいまし。おれはおれで、一旦《いったん》、宿に帰りますんでね」

由蔵が路地を奥に歩き出すと、待て待て、と伊之介が追ってきた。

「おまえのいうことは、わかった。しかし、喜代乃の見舞いに何を贈ればよいのかわからん」

由蔵は、はあとため息を吐いて、天を見上げた。空は青く、すでに初夏を思わせる陽が路地裏までも明るく照らしている。

「由蔵、あのな、わずかでよいから足を止めてくれ。喜代乃の実家を私が訪ねたときだ。喜代乃の母によれば、喜代乃には祖母《ばば》さまがいてな。喜代乃はその祖母に舐めるように可愛がられていたそうだ。祖母はもう米寿《べいじゅ》で記憶も定かではなかったのだが、喜代乃の気が強いのは、上州《じょうしゅう》の空《から》っ風のせいだといっていた」

しかし母親は、祖母は上州生まれでも喜代乃は江戸の生まれだという。

上州……か。

由蔵の脳裏に、藁の家がぼんやりと浮かんでくる。稲刈りが終わった後、藁を積み上げ、家のような形にする。しゃくしゃくと桑の葉を食む、生きた白い宝――。

「上州の、どこ生まれだか聞いておられますか」

伊之介は、由蔵が応えたことに力を得て、由蔵の前に立ちはだかるように回り込んで来た。

「上州の地理はよくわからんが、その祖母さまはおしゃべりでな、きしゅう、ではない、よしゅうでもないが、き、がつくのはたしかだ」

「ならば、桐生《きりゅう》でございますかね」

「おお、それだ、桐生だ。よう知っておるの」

では、と由蔵はぼそりといった。

「桐生絣《がすり》の反物《たんもの》を差し上げてはいかがでしょう。きっとお喜びになると思います」

伊之介は、えっと眼を見開いた。

「桐生絣は、上州の生糸《きいと》で織られているものです。西の西陣《にしじん》、東の桐生、といわれている上質な織物。上州生まれの祖母さまなら身につけていらしたはず。祖母さまに可愛がられていた喜代乃さまでしたら、懐かしく思われることでしょう」

「桐生絣、か。わかった。さっそくご家老に報せよう」

伊之介は慌てて銭を取り出そうとしたが、由蔵はそれを止めた。

「たいした種じゃございません。覚え帳に綴るほどのものじゃない。お代は結構です」

由蔵は、伊之介の横をするりと抜けた。

「いずれ、恩返しを期待しておりますよ」

ああ、と伊之介は面食《めんく》らった顔をして足早に歩く由蔵を見た。

第二章
記憶の底

一

赤城《あかぎ》、榛名《はるな》の両山からの山颪《やまおろし》が吹く。冬から春先にかけて、山を駆けおりてくる空《から》っ風は上州の名物でもある。

そうした山々を眺めながら、由蔵《よしぞう》が育ったのは、上州藤岡宿《ふじおかじゅく》だ。藤岡は、中山道《なかせんどう》の脇往還《わきおうかん》として栄えた町だった。また養蚕《ようさん》の地として知られ、繭《まゆ》の生産は日《ひ》の本《もと》一を誇っている。笛木町《ふえきちょう》と動堂町《ゆるぎどうちょう》で開かれる絹市《きぬいち》では、生糸《きいと》を入れた大きな袋が通りを埋め尽くす。絹織物なども売られ、江戸や京からの商人で賑《にぎ》わった。

由蔵の実家は表通りに店を構える生糸問屋《どんや》だった。養蚕の地というだけに、ほとんどの者が蚕《かいこ》にかかわっていた。生糸問屋ももちろん多かった。

父親の庄助《しょうすけ》で四代目。老舗《しにせ》とはいえないが、庄助の正直で真面目《まじめ》な人柄もあってか、問屋の主人衆からも可愛《かわい》がられていた。しかし、その話も由蔵が十《とお》を過ぎてから聞かされたもので、当時の由蔵の暮らしはそれとはまったく違ったものだった。

由蔵は息を吐いた。昔を思い出しても詮《せん》ないことだ。寒さも厳しく、客もないため、八ツ（午後二時頃）には切り上げ、荷を背負って裏店《うらだな》の門を潜《くぐ》った。あとは湯屋に行って身体《からだ》を温め、二階で、軽く飯《めし》を食おうと思っていた。湯屋の二階は男だけが入れる座敷がある。碁盤《ごばん》や将棋《しょうぎ》盤などの遊具もあって、軽食も頼める。由蔵は他人と話をしながら、町の噂を拾う。

「おや、今日も早いね、由蔵さん」

井戸端《いどばた》で洗い物をしていた大工《だいく》の女房が声を掛けてきた。

「ちょいと身体が冷えて、疲れちまって」

由蔵はぎこちない笑《え》みを見せる。

「なにいってんのさ。うちの亭主なんか四十《しじゅう》も過ぎてんのに元気すぎて困っちまうよ」

「あら、おたみさん、それはあっちのほうじゃないのかえ」

別の女房がからかう。

「おや、そういうお宅だって、ゆんべは張り切っていたろう？」

あはは、と女たちのあけすけな会話に閉口《へいこう》した由蔵は軽く頭を下げ、家に入った。

古本が隅《すみ》に積まれている以外は、衣裳行李《いしょうごうり》と夜具《やぐ》だけの板敷きの一間《ひとま》だ。

由蔵は、素麺箱《そうめんばこ》をまず置いてから、背の荷物をどさっと乱暴に落とした。

こんな気分になったのは、伊之介《いのすけ》のせいだ。

上州――か。

由蔵は、瓶《かめ》に汲《く》んである水を柄杓《ひしゃく》ですくって飲み干した。顎《あご》から喉元《のどもと》に向かって流れ落ちる水を拭《ぬぐ》うと、履物《はきもの》を脱《ぬ》ぎ飛ばして上がり、ごろりと横になった。

古本の臭いが、家の中に満ちている。初めのうちはかび臭さが我慢出来なかったが、いまではすっかり馴《な》れてしまった。

人はこうして、その場所でなんとか生きていけるものだと思った。

湯屋に行く前に、ちっとだけ腹に何か入れとくかと、むくりと起き上がり、お櫃《ひつ》に残っていた飯を手づかみで食った。飯を食いながら、祖母の言葉を思い出す。

「江戸に行けば白いまんまが食えるからよう。ここにいちゃおめえはいつまでたっても、うそっこきの由蔵だ。そんなん、嫌《いや》だんべ？」

江戸に出る直前にいわれた。

うそっこき由蔵——。

なぜ、おれがと、いつも疑問ばかりが湧《わ》き上がっていた。祖母はなにも教えてはくれなかったからだ。父親がいないことも、母親がいないことも、みんな胸の中に収めていたのだ。

「うそっこき由蔵」

「うそっこき！」

幼い頃、由蔵が、遊んでいる近所の子どもらに仲間に入れてくれと近づくと、必ずいわれた。

「うそっこき由蔵」

「帰《き》ゃあれ、帰ゃあれ」

由蔵の周りをとり囲んで、ぐるぐる回りながら皆で囃《はや》し立てた。由蔵はその場にしゃがみ込んで、泣いた。なぜこんなことをいわれ続けるのか、さっぱりわからなかったからだ。

「こら、なにしてるだ」

祖母が駆け寄って来ると、子どもらはわっと叫んで散り散りに逃げて行く。

「大丈夫か？　ひっぱたかれてねえか？」

由蔵が頷《うなず》くと、小石が飛んできた。子どもらが、木の陰から次々投じてくる。祖母が由蔵を守るように抱く。

「うそっこき由蔵」

「うそっこきばばあ」

甲高《かんだか》い笑い声は木々の間をこだまして、小鬼《こおに》たちが騒いでいるようにも聞こえた。

「おら、なにか悪いことしたんべか？」

「なにもしてねえ。おめえはなんもしてねえ」

「なら、お父ちゃんとお母ちゃんか？」

祖母は黙った。

「おら、ほんとのことが知りてえ。おらはうそっこきでねえ。なんで、おらがうそっこきになるんだべ」

由蔵は祖母を詰《なじ》るようにいった。

「由蔵、帰ゃあろう。おめえの好きなうどんを作ったからよ」

祖母は由蔵を立たせた。

由蔵は、祖母の兄の屋敷の道具小屋を借りて暮らしていた。由蔵にとっては大伯父《おおおじ》にあたる。夜具はなく、藁《わら》を敷き詰めた上に布を掛けただけのものだ。囲炉裏《いろり》などむろんない。小さな火鉢《ひばち》を借りて、煮炊《にた》きをしていた。

「すまねえな。母屋《おもや》におめえたちを入れると、女房が嫌がるもんでな。ここで我慢してくれ」

祖母の兄は、ふたり分のお菜《かず》を持ってくるとき必ずそういった。

大伯父は養蚕業をしていた。広い田を持ち、蚕屋もたくさん持っていた。

このあたりでは、白い虫をお蚕さまと呼ぶ。暮らしの糧《かて》となるお蚕さまは大事な大事な宝の虫だった。

由蔵は子どもらとは一切《いっさい》遊ばなくなった。祖母とともにお蚕さまの世話を始めた。

蚕の餌《えさ》は桑《くわ》の葉だ。桑の葉を採取し、蚕屋に入れる。蚕は四度脱皮をする。その度《たび》に大きくなっていく。成長した蚕は二寸（六センチ強）以上になる。そうなった蚕は、竹を編んだ平たい籠《かご》に入れて育てる。

由蔵が暮らしていた道具小屋にも三枚の平籠《ひらかご》が入れられた。静かな晩に、

「しゃくしゃく、しゃくしゃく」

蚕が桑の葉を食べる音がする。

蚕が、平籠を出てくることはないが、由蔵は自分の身体の上を這《は》われているような気がして、祖母の胸倉《むなぐら》に顔を埋《うず》めて眠った。

すっかり成長すると、蚕はほとんど桑を食べなくなる。

「お蚕さまが、なにやら考え事しとるような顔になると、繭になるのも近い」

祖母は笑う。

由蔵はその度に、蚕が考え事などするものかという思いに囚《とら》われる。結局は、糸を吐き、繭になって、煮込まれて死ぬだけだ。

そんな自分を儚《はかな》んでいるのだったら、蚕に訊《たず》ねてみたいものだと由蔵は思う。

人並みに扱われない、おいらをどう思うか、と。

由蔵は年が明けて、十になった。

正月には、繭玉に似せた米粉《こめこ》の団子《だんご》を木の枝などに刺して飾る。これは、蚕がよく育つように

祈願するためのものだ。

その年、由蔵は繭玉を作っていた。大きな繭玉と小さな繭玉を十六個ずつ枝に刺す。米粉をこねてくるくる回すのが楽しかった。

そこに、大伯母《おおおば》がいきなり入ってきて、

「おめえ、なにしてる?」と厳しい声で訊ねてきた。

「繭玉」と応《こた》えると、大伯母の表情ががらりと変わった。

「おめえに、繭玉を作られたんじゃ、お蚕さまが死んじまうだ」

そういって、由蔵の手から枝ごとむしり取るようにすると、足で踏み潰《つぶ》した。

「なにするだ、おばさん」

大伯母はものすごい形相《ぎょうそう》で、

「おめえの父親がなにをしたか知らねえか。こんなもののんきに作りやがって。おめえらが、ここにいるのだって、こっちは迷惑しているんだ。うっちゃることだって出来たのに、うちの人が可哀想《かわいそう》だというから、置いてやってんだ。ちっとんべえでも、うちのことを考えたことがあるんか!」

怒鳴りながら由蔵に近づいてくるや、いきなり手を上げた。由蔵は眼をまん丸くして、大伯母を見上げた。

「これ、由蔵になにしとるん」

大伯父が慌《あわ》ててやってきた。

「おめえは、桶《おけ》を取りに来ただけだろう」

「由蔵が繭玉作ってたんだよ。腹を立てたっていいだろう。うちもとばっちりを食ったんだ」

「もう、よせ。由蔵はなんも悪くねえんだ。おばさんはな、ちょっと正月の支度《したく》でくたびれただけだ。許してやってくれ」

由蔵は叩かれた頬《ほお》に手を当てた。

「教えてくんない。おらのお父ちゃんとお母ちゃんはなにをしたんだべか。おらは、おらは……うそっこきとずっと呼ばれて……ばばさまも話してくれねえだ」

教えてくんない、と由蔵は立ち上がり、大伯父の襟元《えりもと》にしがみついた。

もう六つや七つの童《わらべ》じゃない、おらは十になった。なにを聞かされても構わない。知らないでいるほうが、辛《つら》い、と由蔵は声を張り上げた。

大伯父は困った顔をして、由蔵を見た。その眼には、半分哀《あわ》れむような、あと半分は憤《いきどお》りがあるような気がした。

「おめえは、母屋に戻ってろ」

ふん、と顎を突き上げた大伯母が道具小屋から出て行った。

「座れ、由蔵」

大伯父に命じられ由蔵は素直に筵敷《むしろじ》きの上に背筋を伸ばしてかしこまった。

「おめえのお父ちゃんは生糸問屋の若旦那《わかだんな》で、おめえのお母ちゃんは養蚕の百姓の娘だった。それが縁で、祝言《しゅうげん》を挙《あ》げた。庄助さん、おめえのお父ちゃんだが、働き者でな、跡を継いでからも店を守《も》り立てた。普通は若いとやっかまれるが、生来の人の好さがあったんだろうな、他の問屋の旦那衆からも一目《いちもく》置かれていたよ」

表通りにある立派な店だった。由蔵が二年後に生まれ、店では大喜びだった。

「けどな」

大伯父は顔を曇らせた。

「おめえのお父ちゃんは、もっと店を大きくしたい、もっと養蚕を盛んにしたいと、仲良くしていた信州の生糸問屋へ相談に行った」

その店にたまたま、蚕の卵を売りに来た行商人がいた。

「蚕の卵は見たことがあるか？　紙に貼り付けて売られているんだ。その中に、ちっとんべえ色の変わった卵があった」

これはなにかと訊ねると、品種の違う蚕だといったらしい。清国《しんこく》で蚕をずっと扱っている偉《えら》い学者先生が品種の改良を成功させたが、手に入れられたのはわずかに数個。貴重な物だといったという。白い繭が黄味がかり、金糸《きんし》が出来るというのだ。信州の問屋の者はいかさまだと相手にしなかった。が行商人は、これは本当だ、皆信じてくれないので困っている、これが売れないと、私の暮らしもなりたたなくなりますと、懇願《こんがん》した。

「おめえのお父ちゃんは、それは気の毒だと行商人から、すべて買い取り、藤岡に帰ってきた」

大伯父の声が段々小さくなった。

由蔵はなんとなく感じた。お父ちゃんはその行商人に騙《だま》されたのだ。

「その卵を、これは珍しい繭を作るらしいと、皆に分け与えてな。むろんお母ちゃんの実家《さと》にもだ。その後、なにが起きたかわかるか？」

ひとつしかねえと、由蔵の身が震えた。声まで震えた。由蔵は俯《うつむ》いて、応えた。

「お蚕さまが死んだんだべ。卵の色が変わっていたのは病《やまい》のせいだんべ」

大伯父が頷いた。

「お蚕さまは弱い虫だ。一匹が病になると一斉《いっせい》に広がる」

その年の蚕は全滅だった。

「だが、おめえのお父ちゃんは偉かった。自分の身代《しんだい》を処分して、養蚕の百姓に分け与えた。けんど、そんなものは焼け石に水じゃ。百姓たちの怒りは収まらず、屋敷には石が投げ込まれ、蚕の病を広げたうそっこきだと、ののしった。お母ちゃんの実家もな。酷《ひで》えことだ」

それで、ある朝、庄助は納屋《なや》で首を縊《くく》ったという。由蔵は唇をきつく噛《か》んだ。

「うそっこきの由蔵」

あの言葉が浮かんできた。

その後、ずっと実家に謝り続けた母親は、心労が重なって流行《はや》り病にかかり、あっという間に死んだ。由蔵が四つのときだ。

「それから、ずっとおばばが、おめえの面倒を見てきた」

そういうことだ、わかったか、と大伯父がいった。

由蔵は、大伯父をきっと見つめた。

「お父ちゃんは馬鹿だ。うそっこきに騙され、自分もうそっこきになった。けんども、おいらは違う。うそっこきでねえ」

いくら人が善くても、騙されたほうが悪い、口のうまい行商人の口車《くちぐるま》に乗せられたんだ。きっと、変わった蚕でひと儲《もう》けしようと考えていたんだ。欲をかいたのがいけねえ。

「おらは、人のいうことをたやすく信じねえ。自分が心から信じられるものだけしか信じねえ」

大伯父が眼を剝《む》いた。

「おめえ、お父ちゃんをそんなふうにしか見ねえのか?」

「いい加減な話かもしれねえのに鵜呑《うの》みにしたんだべ? それで皆を困らせた。もしそんなことをお父ちゃんがしなければ、お母ちゃんだって生きていたかもしれねえ」

小屋の外で嗚咽《おえつ》が聞こえてきた。

「入って来い」

大伯父がいうと、祖母が頰を濡《ぬ》らしたまま由蔵を抱き寄せた。

「お父ちゃんを悪くいうのはやめておくれ。たしかに騙されちまったけんど、おめえのことやお母ちゃんの行く末を考えていたからだ」

抱き寄せられながら、由蔵はいった。

「ばばさま。おら、わかったよ。おらをうそっこきと呼んでいた奴らも、ほんとは知らねえでいってたんだ。ほんとのうそっこきはお父ちゃんだったんだから」

「由蔵――」

祖母のしゃくりあげるような泣き声が由蔵の耳に響いた。けれど、これがほんとなのだ。

噂やいい加減な話は人を貶《おとし》める。

信じるか、信じないかではないのだ。本当か嘘《うそ》かを見極めることが大切なんだ、と知った。首を縊った父親の足。すがる母親。それを、負ぶわれていた由蔵はたしかに見ていたのだ。

大伯母が病で死んだのは、由蔵が十三のときだった。その後、年が明けてすぐに、大伯父が倒れた。祖母は、大伯父の看病をするため、ようやく自分の実家の敷居《しきい》をまたぐことが出来た。

「由蔵、おめえはどうするん？」

一緒に畑に出ていた従兄《いとこ》が桑の葉を刈る由蔵にいった。

「おめえの親父《おやじ》がしたことは、もう昔のことだんべ？　おめえも生糸を扱う仕事をしたらどうかと思ってよ」

「生糸を扱う仕事？」

「ああ、表通りにある生糸問屋で奉公人を探してるって話だ。もともと生糸問屋の倅《せがれ》だったんだ。やってみたらどうだ？」

「……なあ、従兄《にい》さん、おめえ算盤《そろばん》出来るか？」

「ちっとんべえならな」

「教えてくんない」

従兄は、おらがか、と驚きつつも嬉しそうだった。

由蔵は寺子屋にも通っていない。算盤も文字も知らなかった。

それから、懸命になって学んだ。相変わらず由蔵の住まいは道具小屋で、冬になると手足が凍《こお》るほど寒かった。

暖かくなれば、蚕と一緒に眠った。

中山道は、山城《やましろ》、近江《おうみ》、美濃《みの》、信濃《しなの》、上野《こうずけ》、武蔵《むさし》を繋《つな》ぐ。その間には、絹を運ぶ道がある。利根川《とねがわ》の舟運《しゅううん》もある。

信州や武蔵北部でも養蚕は盛んに行われている。藤岡にいたっては、周囲の生糸の集積地になっていた。どこの生糸がどのくらいの値《ね》がつくか、相場がわかる。

由蔵は大伯父を後見人として、一軒の生糸問屋で奉公を始めた。

大量に生産しすぎても、質が悪くても相場は下がる。由蔵は、各地の生糸の相場をくまなく調べ、やがて藤岡での売値《うりね》を決めることまで任されるようになった。

話に齟齬《そご》があれば、実際に生糸の質を見に行った。人の口から出たものなどは、信用するに足りずと思った。すべて自分の足で養蚕地を巡《めぐ》り、噂話は裏を取ってたしかめた。

それを続けているうちに問屋の主人に気に入られ、十九のときには、番頭《ばんとう》格にまで出世していた。

しかし、そうした由蔵に妬心《としん》する者も多くいた。ある日、店の中で不意に、

「うそつき由蔵」

と、呟《つぶや》かれた。振り返ると、生糸を納めに来た百姓だ。よくよく見れば、幼い頃、由蔵をそう呼んでいた子どものひとりだった。父親の庄助のことが知れるのも時を要さなかった。

それから、由蔵の周囲ががらりと変わった。

店を乗っ取るのではないか、主人の娘を狙《ねら》っているのではないかなど、ありもしない噂を流された。酷《ひど》いのになると、病の蚕をばらまくなと面と向かっていわれもした。

まもなく由蔵は主人に呼び出された。

「私は、おまえが庄助さんの倅だと知った上で雇ったんだ。おまえに罪はないからね。しかし、いまだに事件を忘れずにいる者が大勢いる。その中でうちの店には生糸を納めないといってきた百姓もいる」

それを聞いた由蔵は、ここにはもういられない、おれの居場所はないと即座に感じた。不思議と怒りを感じてはいなかった。

これが、世の常なのだ。

噂に惑わされ、躍《おど》らされ、果ては大勢が信じ込み、噂が噂でなくなっていく。誰もが知ったふうに語り、伝え、世の中の真実はこうして出来上がる。どうやって嘘を見破る？　それは真実と違うのだと、どう叫べばいい？

ならば、おれが惑わされなければいいのだ。

真実と見るか、噂、風聞の類《たぐい》と見るのか、見極めるのは他人の勝手だ。おれは、おれしか信じねえ。

二十歳《はたち》になった由蔵が店をやめると報告したとき、病床《びょうしょう》にある大伯父も祖母もなにもいわなかった。

「これから江戸に行きます」と、由蔵は告げた。

「江戸でなにをするつもりだい？」

大伯父が驚いた顔をした。

「じつは、先日、店にふらりと立ち寄った旅人で、口入屋《くちいれや》の埼玉屋《さいたまや》さんという方がおりまして」

埼玉屋は、ならず者や家がないなど、様々な事情がある者たちの親代わりになり、幕府の御用などを務めている店だった。

「江戸では、おらを誰も知らねえ。うそっこきの由蔵ではねえから」

祖母は由蔵に近づき、手を取り「明日の朝餉《あさげ》は、白まんまにしよう」と、優しくいった。

「江戸に行けば白いまんまが食えるからよう。ここにいちゃおめえはいつまでたっても、うそっこきの由蔵だ」

そんなん、嫌だもんなぁ？　祖母は目尻《めじり》に涙を溜《た》めていた。

二

「由蔵、由蔵」

その声に由蔵は跳ね起きた。眼が潤《うる》んでいた。なんてこった。過去を思い出してなにに浸《ひた》ってるんだ。由蔵は自嘲《じちょう》して、急いで目尻を拭った。油障子《しょうじ》を開けると、おきちが立っていた。その背後には、背が高く、総髪《そうはつ》をくわい頭に結《ゆ》った医者か学者のような男がいる。

初めて見る顔だった。高い鼻で鋭いきりっとした眼をして、顎が長く唇が薄い。こうした顔貌《がんぼう》は怜悧《れいり》な者が多い。身なりもきちんとしていたが、由蔵は、わずかに身構えた。

「どちらさまでございましょう」

「突然に押し掛けて恐縮です。足袋屋《たびや》さんの軒下《のきした》にお姿がありませんでしたので、不躾《ぶしつけ》とは思いましたが、こちらのお嬢さんに頼んで連れて来てもらいました」

お嬢さんだなんて、とおきちはもじもじしながら照れくさそうにしていた。

「おきち坊、ありがとうよ。悪いが、おっ母《か》さんに茶葉を分けてもらいてえんだが」

由蔵がいうと、

「はい。由蔵さん」

おきちが、さん付けにした。お嬢さんといわれたことがよほど嬉しかったに違いない。にしても、女子《おなご》は幼くてもちゃっかりしているとあらためて思う。

「そんなお気遣いは無用です。お嬢さん、よいからな。用事が済んだら、すぐに帰るのでな」

男がおきちに優しくいった。

「わかりました。ともかく上がっていただいたら？　由蔵さん」

おきちがこまっしゃくれた口を利《き》いた。由蔵は苦笑しつつ、まあ、散らかっておりますが、と男を招き入れた。

「じゃあ、由蔵さん、ごめんください」

おきちはきちんと頭を下げると、障子を閉めた。

「しっかりしたお嬢さんだ。きっと、足袋屋できちんと躾《しつ》けられているのでしょう」

さて、どうだか、とおきちに感心しきりの男を見つつ、由蔵は、自分の周りに置かれていた書物を片付けた。

由蔵の家の中は、衣裳行李がひとつと、夜具、あとは書物が壁際《かべぎわ》に山積みになっており、それ以外のものは板敷きの部屋を覆《おお》い尽くすくらい散らばっている。

お邪魔いたします、と男は額《ひたい》を当てぬよう頭を下げて入ってきた。背丈《せたけ》がずいぶんあるのだ。

男はさりげなくあたりを見回し、部屋には上がらず、三和土《たたき》に立ったまま、

「私は、幕府天文方《てんもんかた》に勤めております高橋作左衛門《さくざえもん》と申します。ぜひとも、御成道《おなりみち》の達磨《だるま》、由蔵さんにお訊ねしたき儀があり、参った次第でござる」

と、頭を下げた。

聞き慣れない口調だった。おそらく西のほうの者だろう。

由蔵の様子を感じとったのか、作左衛門が、

「ああ、やはりわかりますか。私は大坂《おおざか》の生まれでして。少々、江戸の方とは言葉つきが違っておりますがご勘弁ください。父の跡を継いでから、このお役目に就《つ》いております。これでもずいぶん江戸弁には馴れてきたつもりなのですがね」

そういった。なるほど大坂か。大坂から幕府天文方に父子世襲《おやこせしゅう》で就くということは、よほど優秀なのだろう。そのような者が、なにゆえ軒下の古本屋に訊ねたいことがあるのか、不思議に思えた。

幕府天文方は、毎年の暦《こよみ》の編纂《へんさん》や改暦《かいれき》、測量、地誌制作などに従事する他、洋書の翻訳も行っている。浅草にある天文台では天体の観測を行っていた。

由蔵は、それとは別に作左衛門がいった「御成道の達磨」という言葉が気になった。きっと、自分のことだろうが、いままでそのように呼ばれたことはない。

由蔵が唇を曲げると、作左衛門のほうが妙な表情をした。

「なにか失敬なことを申し上げましたでしょうか？」

ちっとばかり、と由蔵は作左衛門へ素直に訊ねた。

「御成道の達磨とはどういう意味か教えてもらいてえんで。どうしておれがそんな呼び名になっているのか教えてくれませんかね」

作左衛門がきょとんとして眼をしばたたいた。

「それはいつも軒下にじっと座って書き物をしている姿がまるで達磨大師《だいし》のようだと、そうおっしゃる方がいましてな。そうではないのですか」

達磨大師といえば、洛陽《らくよう》郊外嵩山《すうざん》の少林寺《しょうりんじ》で壁面に向かい九年間に亘《わた》り坐禅を組んでいたという禅僧だ。由蔵はわずかに笑みを浮かべる。

「おれは、表店《おもてだな》も持てねえ古本屋で、そんなお偉い者じゃございませんがね。ですが、どなたから、おれのことをお聞きになったんですかい？」

そう応えつつも、由蔵は少しずつ自分のことが広まっているのだという感触を得た。御成道の達磨か、誰が付けたものか、と由蔵はほくそ笑んだ。

作左衛門は、失礼するといって、部屋には上がらずに板敷《いたじ》きに腰を掛けた。

「滝口主計《かずえ》どのは、ご存じかと思われますが」

滝口は、由蔵が軒下に店を出したときの最初の客といっていい。なるほど滝口さまならいかにもいいそうだ、と由蔵は思った。

「滝口さまのお知り合いですか。それなら合点《がてん》もいきますよ。調子の良いお方ですからねぇ。しかし、何をおれにお訊ねになりたいんで？」

「貴殿は、古本商《あきな》いとは別に、滝口どののような留守居役《るすいやく》や御番所《ごばんしょ》の役人などに噂や風聞を売っているのであろう？」

それも滝口に聞いたのだろう。

「失礼ですが、天文方といえば空模様《そらもよう》だろうが、蘭語《らんご》だろうが自分たちで調べちまうお役人さまじゃございませんか。噂や風聞などというものはちゃんちゃらおかしいんじゃありませんか。まあ、ほうき星を見たなんていう話はありますがね」

由蔵は、多少皮肉を込めていった。

「いや、天候や天災などは、人智を超えるもの。我らがいかに、星の運行からなにかを導きだそうと懸命になっても、天に及ぶものではない。じつは、お訊きしたいことというのは、私自身のことでござる。この、私の、噂はお手許《てもと》に入っておりませんかな？」

はあ？　と由蔵は頓狂《とんきょう》な声を出した。自分の噂だと？　こんなことを訊《き》いてきた奴《やつ》は初めてだ。高橋作左衛門という名は、これまで聞いたこともなければ、覚え帳に記した記憶もない。

「おれの処には、高橋さまの御名《おんな》も噂も入っておりませんが」

作左衛門は、そうかとほっと胸を撫《な》で下ろした。

「逆にお伺いいたしますが、なにゆえ、ご自分が噂になっていると思われたのですかね？　なんともおかしな話じゃございませんか」

それは、と作左衛門が言葉を濁《にご》した。

由蔵は相手の顔色をじっと窺《うかが》いつつ、さらに続けた。

「高橋さまのように、自分の噂はないかと訊いてきたお方は初めてなもんで」

「すまぬな」

「詫《わ》びられても困りますが」

由蔵の口調に剣呑《けんのん》なものを感じたのか、作左衛門が俯いた。その後は、なにか思案しているようで、なかなか口を開かなかった。

今日は日本橋の高札場《こうさつば》に行くつもりでいた。高札場には、お上《かみ》からのお達しやお定めが板札に記され、掲《かか》げられている。それを写しに行くつもりだったのだが、不意の珍客のせいで行く気が失《う》せた。

由蔵は立ち上がり、水瓶《みずがめ》の上の棚から湯呑み茶碗をふたつ取った。

作左衛門は視線を落としたままでいる。

由蔵は火鉢から鉄瓶《てつびん》を取り、湯呑み茶碗へ湯を注ぐ。ひとつを手にして、作左衛門の横に置いた。

「うちには茶葉がございませんもので、白湯《さゆ》で失礼します」

作左衛門は、首を横に振り、白湯に手を伸ばし、ひと口啜《すす》った。ごくりと喉が鳴る。

「たいしたことではないのだが、少々、気になることがあったのだ。近頃、誰かに尾《つ》けられているような気がしてな」

「ほう。高橋さまが」

由蔵はさほど驚く素振《そぶ》りは見せずに、さらりと流すようにいった。

うむ、と作左衛門は再び白湯を飲むと、意を決したかのように険《けわ》しい表情で口を開いた。

「私を尾けている者が誰なのか突き止めてはくれまいか？」

突然の言葉に面食《めんく》らった由蔵は、思わず、なんです？　と訊き返していた。

「私は誰かにつけ狙われている。頼む。突き止めたなら、その者を教えてほしいのだ」

作左衛門の声がかすかに震えていた。

「身の危《あや》うさを感じるのだ」

湯呑み茶碗を置き、腕を伸ばした作左衛門が由蔵の袂《たもと》を摑《つか》んだ。その眼は見開かれ、焦点が合っていなかった。先ほどまで落ち着いていた作左衛門の様子からは想像もつかないほどの豹変《ひょうへん》振りだ。尋常《じんじょう》ではないものを由蔵は感じ取った。

「なにか勘違いなさっておりませんかね。そういうことは、おれの商いじゃございません。もし、万が一お命を狙っている者がいるとするなら、剣術使いの用心棒でもお雇《やと》いになったほうが手っ取り早いですぜ」

思い込みが激しく、わずかなことでも大袈裟《おおげさ》に捉《とら》えてしまう性質《たち》の者が時折《ときおり》いる。作左衛門もその類ではないかと疑った。

　ふっと作左衛門から力が抜け、由蔵の袂を摑んでいた指を離した。

「そうだな。お主《ぬし》のいう通りだ。私は一体どうしたというのだろうな」

　深い息を吐いた作左衛門は、自嘲気味に笑った。

「しかし、身の危うさまで感じるというのはよほどのことだ。なにか、狙われるようなお心当たりがあるんですかい？」

　由蔵は少し冷静になった作左衛門に問い掛けた。

　作左衛門の顔が一瞬曇る。

「いや、そのようなことがないだけに、私も当惑している」

　そういいつつも、その物言《ものい》いはどこか歯切れが悪かった。

　天文方は、蘭書の翻訳もしている。古本商いの由蔵にとって蘭書も魅力的ではある。もちろん由蔵にはちんぷんかんぷんな文字の羅列《られつ》でしかないが、蘭学を修める者もずいぶんと増えた。そうした者なら、喉から手が出るほどほしいだろう。少々厄介《やっかい》そうな人物だが、蘭書を入手できる方法を知っているかもしれない。由蔵は、ちょっとばかり欲を出し、試《ため》しに訊ねた。

「ところで、高橋さまはやはり星空を観ていらっしゃるのですか？」

「いや、私は蘭書を和訳する御用を務めている」

「では阿蘭陀《オランダ》語の書物をお読みになっていらっしゃる？　そいつはすげえ」

由蔵が驚いた顔をしていうと、作左衛門は薄く笑ったが、

「休んでいるところをすまなかった。忘れてくれ」

と腰を上げ、由蔵に頭《こうべ》を垂《た》れ、障子に指を掛けた。

由蔵は舌打ちした。この男はなにしに来たのだか。とはいえ、幕府の役人では蘭書を容易《たやす》く入手出来る方法など教えてはくれないだろう。

やれやれ、無駄な時を費《つい》やした、と由蔵は再びごろりと寝転《ねころ》がった。

騒いだ挙げ句、去り際はあっさりして、由蔵は肩すかしを食った気がした。まったく人をなんだと思っていやがると、つい口を衝《つ》いて出た。滝口さまも余計な奴に話をしたもんだと、今度現れたら皮肉のひとつも投げつけてやろうと思った。

屋根の梁《はり》が剝き出しの天井《てんじょう》を見上げ、由蔵は、ふうと息を吐く。

だが作左衛門の「身の危うさを感じる」という言葉にはなぜか引っ掛かりを覚えていた。

天文方の役人をつけ狙う者がいるとしたら、どうしたことが考えられるだろう。

天文方は、渋川《しぶかわ》家、吉田家、高橋家など八家が代々世襲で務めているが、蘭書を和訳しているといっていた作左衛門は蛮書和解御用《ばんしよわげごよう》に就いているということだ。蘭学者同士の諍《いさか》いもあるかもしれない。または、蘭学を修める者もいる一方で、蘭書を蛮書として認めない者もいる。蘭学嫌

いから、眼をつけられていることもある。

とはいうものの由蔵にはかかわりがないことだ。種として扱えるような情報はなにひとつない。もっとも、作左衛門が本当に命を落とせば事件になる。それは、覚え帳に綴《つづ》ることにはなる。

そんな思いを巡らせているうちに、なんとなく目蓋《まぶた》が重くなってきた。


遠くから自分を呼ぶ声がした。振り返ると、祖母の姿があった。

「由蔵、気張れや」

涙声を交《まじ》えながら、祖母が絞《しぼ》るようにいった。

振り分け荷物と笠《かさ》を着け、大伯父の家を出た。

由蔵は幾度も首《こうべ》を返した。祖母はまだ門の前に佇《たたず》み、由蔵を見送っていた。薄闇《うすやみ》に光っていた星々が姿を隠し始め、東の空が次第に白《しら》みがかってくる。

「ばばさま、もう家に入れ。風が冷てえ。おらのことは心配するな。大丈夫だ」

祖母が幾度も頷くのが見えた。

腕を上げて祖母に向け手を大きく横に振った。祖母も由蔵も、これが今生《こんじょう》の別れになるだろうと互いに感じていた。だが、

「おらが江戸で一旗揚げて帰《け》ぇって来るまで、ばばさま、しゃんとしててくれよ」

あたりに響き渡るほど、由蔵は声を限りに叫んだ。

「わかってるよぉ。待ってるからよぉ」

祖母がわずかに笑みを浮かべているように思えた。

由蔵は、それからは振り返らず、前を向いて歩き出した。上州藤岡の賑やかな通りを眼に焼き付けながら、足を速めた。

はっと目覚《めざ》めた由蔵は、首を左右に振った。あたりは闇に沈んでいる。板橋《いたばし》宿の安宿だ。

生まれ故郷に帰って来られるかどうかは、由蔵にもわからない。けれど、追い立てられるように尻尾《しっぽ》を巻いて江戸から逃げ戻るのはご免《めん》だった。

なにが自分に出来るのか――。

これまで、藤岡の生糸問屋で培《つちか》ったものが役に立つのか、それすらも不安だった。

それでも、由蔵の背を押したのは、江戸が百万もの人がひしめき、将軍さまがおわす日の本一の町ということだった。そこでは、由蔵のことなど誰も知らない。由蔵の父がどのような不祥《ふしょう》事《じ》を引き起こしたのか誰も知らない。

由蔵は、江戸で生きていくと決めた。

藤岡の記憶を頭の隅に追いやり、誰も自分を知らない町で生きるためには、一切語らないことだ。知られないことだ。

由蔵にはひとつだけ心に刻《きざ》み込んでいることがある。生糸問屋でもそうだったが、真実を見極めることだ。

人も風聞もまずは疑ってかかる。父親のように、人を疑うことをせず、結果命を自ら絶つような真似《まね》をするのは一番馬鹿らしい。

信用や信頼など、実体のないあやふやなものだ。いつでも覆《くつがえ》し、裏切り、そっぽを向くことが出来る。

信じていいのは、自分だけだ。江戸になにを望む？　なにを求める？

由蔵は、暁闇《ぎょうあん》をついて一路、江戸へ向かった。


中山道を歩き、日本橋の本石町《ほんこくちょう》に店を構える埼玉屋に着いたのは四日後だった。

間口《まぐち》はさほど大きくはなかったが、埼玉屋と染め抜かれた大暖簾《おおのれん》が下がっていた。

由蔵が暖簾を潜ると、帳場に座る眼鏡《めがね》を掛けた初老の男が、顔を上げた。

「文《ふみ》は届いておりますでしょうか？　おら、上州藤岡の由蔵と申します」

初老の男が眼鏡をはずして、笑みを浮かべた。

「あんたが、由蔵さんかい。待ってたよ。あたしは埼玉屋の番頭で栄之助《えいのすけ》だ。生憎《あいにく》、旦那はお城に上がっていてね」

と、そこへ若い男がひとり暖簾を潜って来た。歳《とし》は由蔵と変わらなそうに見えた。

「ああ、留吉《とめきち》。ちょうどよかった。新しくうちに来た由蔵さんだ。宿まで連れて行ってやっておくれ」

「へえ、新入りか」

留吉はにっと口角《こうかく》を上げると、

「よろしくな、由蔵さん」

強く肩を叩《たた》いてきた。手荒い挨拶《あいさつ》に思わず前につんのめった由蔵を留吉が、おっと、すまねえな、と腕で支えた。

「まったく、留吉は乱暴で困るよ。先日もおまえがやった煤払《すすはら》いがちゃんと出来ていないと組頭《くみがしら》からお叱りを受けたぞ」

留吉は、むっと唇を曲げた。

「どうせ、大奥の大年増《おおどしま》が騒いでるだけだろう、番頭さん。それより大年増に、色目を使うなといってくだせえよ。おれぁ年増好みじゃないんでね」

嫌な顔をする番頭を見ながら、留吉は笑い、由蔵に在所を訊ねてきた。

「おまえさん、在所はどこだい？」

「上州藤岡の生まれです」

そうかい、と留吉が嬉しそうにいった。

「おれは沓掛宿《くつかけ》だ。ちっと離れてるが、似たようなもんだ。よろしく頼まぁ。さ、宿へ案内するぜ。宿は神田鍛冶町《かんだかじちょう》だ。こっから歩いて四半刻《しはんとき》（約三十分）くれえかな」

留吉は由蔵の背を押した。由蔵が戸惑っていると、栄之助がいった。

「無事に着いたことはあたしから旦那さまに伝えておくからね。うちが請負人《うけおいにん》として町内に人別《にんべつ》を出しておくから心配はないよ。早く荷を解《ほど》いて、湯屋で汗を流すといい。仕事はおいおい始めてもらうことになるだろうからね」

よろしくお願いします、と由蔵は頭を下げ、留吉とともに埼玉屋を出た。

三

藤岡も賑やかな処《ところ》だと思っていたが、江戸はまず人が多い。荷車や騎乗の武士、駕籠《かご》などもたくさん通り過ぎていく。往来はひっきりなしだ。もたもたしていたら、ぶつかっちまう、と由蔵は思った。だが、なんといっても、武士の姿を幾人も見かけるのが不思議でしょうがなかった。

由蔵がきょろきょろと忙《せわ》しなく首を動かしていると、

「おれも江戸に着いたときは驚いたさ。なんたって、江戸には日の本中のお武家が集まっているからな。初めのうちは怖いくらいだった。ま、馴れちまえば、人の多さも気にならなくなる。この賑やかさが楽しくもなる」

留吉は懐手《ふところで》をして歩を進めつつ、いった。

「けどよ、おまえさん、藤岡宿だろう？　あそこは蚕の町だ。それで十分食っていけたんじゃねえか？」

まあ、と由蔵はあいまいな返事をして口を結んだ。

留吉は、その様子を見てとったのか、

「人には色々あるからな。話したくねえこともあるだろうよ。おれも、その口だ」

そのあとは黙って歩いた。「ほれここだ」と、留吉が立ち止まる。

二階建ての旅籠《はたご》のような造りだが、埼玉屋の寄子《よりこ》が暮らしている宿だという。

「初めのうちは大部屋暮らしだが、ちっとずつ仕事が増えると、部屋持ちになれる」

吉原《よしわら》のようだろうと、留吉は笑った。

「吉原の妓《おんな》も、位《くらい》が上がると、大部屋から部屋持ち女郎《じょろう》になれるからな」

由蔵がただぼんやり宿を眺めているのを見て、「吉原を知らねえのか？」と、訊ねてきた。由蔵が頷くと、留吉は、そうかそうか江戸は初めてだものなと、ひとり得心《とくしん》するように頷いた。

「きれいな女がわんさといる、男にとっちゃ極楽《ごくらく》のような処よ。堀で囲まれた、ひとつの町になっているんだぜ。おまえさん、幾つだい？」

「二十です」

「おれは二十二だ。江戸に来たら、まずは吉原見物だな。そのうち連れて行ってやらぁ」

由蔵はふと思い出した。江戸から正絹《しょうけん》を買付けに来ていた商人《あきんど》が、吉原の話を語っていたことがあった。

「夜も昼間のように明るくて、音曲《おんぎょく》が絶えずどこからともなく流れてきて、きれいな女たちが、赤い格子《こうし》の向こうから袖《そで》を引きやがる」

と、目尻を下げて、いっていた。

そのとき由蔵はまだ十四で、江戸にはきらびやかな処があるのだと思っただけだった。それが遊郭《ゆうかく》というものだと知ったのは、まもなくではあったが、あまり興味を持たなかった。

女子に心を惹《ひ》かれたことが一度だけあった。生糸問屋に奉公していたときだ。店の近くにあったうどん屋の娘だ。

うどんを食いに行く度、その娘は由蔵の丼《どんぶり》にだけ、ねぎやかまぼこを多く載《の》せてくれた。

初秋に行われる諏訪《すわ》神社の祭りで、互いに示し合わせて会った。二基の神輿《みこし》が威勢のいい掛け声とともに通り過ぎる。群衆の興奮と熱気の中、どちらからともなく手を握りあった。娘の温《ぬく》もりが、結んだ掌《てのひら》を通じて由蔵の身体を駆け巡った。

その後、「うそっこき由蔵」の噂が広まり、娘に会うことはむろん、店に入れば娘の母親から侮蔑《ぶべつ》の眼を向けられた。

思い切れなかった由蔵は、見知らぬ女児に菓子を与え、娘に文を届けさせた。会えたのは江戸へ発《た》つ前日だった。娘は俯いたまま、黙っていたが、涙が足許に幾つも落ちた。由蔵はたまらずその身を抱き寄せたが、もう藤岡には戻らないと告げることしか出来なかった——。

「なにぼんやりしてるんだよ。早く荷を降ろして、上がれよ」

留吉がいった。


留吉は細面《ほそおもて》で、少々険《けん》のある目付きをしていたが、見た目とは裏腹に明るく気のいい男だった。由蔵が草鞋《わらじ》を解くと、宿にいる仲間たちに由蔵を会わせ、埼玉屋の寄子はほとんどが大奥の広敷《ひろしき》勤めが仕事だと教えてくれた。庭の草木の手入れ、長局《ながつぼね》から御殿に至る廊下の掃除、女中部屋の煤払いなどがあるといった。

「大奥ってのは、上さまの家っていうか、ご生母や御台所《みだいどころ》さま、お子が暮らしている処だ。中には上さまのお手付きになるお女中もいるが、それ以外は、上さまの家族の世話だ」

留吉は声をひそめて、

「女だらけの場所だから、これがもう大変でな。さっきも店で文句を垂れたが、男日照《ひで》りで色目を使ってくる女もいるから、気をつけろ」

二十の男なんて、大好物だ。飛んで火に入るなんとやらさ。年増女に可愛がられないようにしろよ、とにやついた。

仕事が始まったのは、それから二日後のことだった。埼玉屋の主《あるじ》、仙右衛門《せんえもん》は、よく来たな、と歓迎してくれた。

「おまえさんは算盤も得意だと聞いた。広敷は事務方もあるから、そうしたお役に就くことも出来るぞ」

大奥とはいえ、大名や旗本といった武家たちと同じく、江戸城で働くということがまず驚きだった。江戸に着いたときにも城は見えたが、目《ま》の当たりにすると、身が竦《すく》んだ。上さまがおわす江戸城は、由蔵の想像をはるかに超えていた。

御広敷御門から、留吉とともに入る。広敷番の人足《にんそく》を取り仕切る役人がいて、掃除の場所、仕方などを長々説明された。

「あいつ、いつもうるせえんだよ」

留吉は由蔵の耳許で囁《ささや》いた。

仕事は思ったよりも楽だった。生糸問屋で相場を調べ、買付けの行商人とどう応対するか算盤を弾《はじ》いて頭を捻《ひね》るのに比べれば、雑巾《ぞうきん》を絞り、廊下や柱を拭くことはなんでもないことだ。

「おれん家は貧乏《ち》でよ。ここでもらった給金を親に送っているんだ。さんざ迷惑かけたからよ。由蔵はどうなんだ？」

庭を竹ぼうきで掃きながら、留吉が訊ねてきた。

「これといったことは考えてねえんで」

「もう二十だろう？　考えろよ。おれは、そのうち、埼玉屋のような口入業をやりてえと思っているんだ。ここは、一癖《ひとくせ》も二癖もある奴らっていうか、世間から爪弾《つまはじ》きにされた者ばかりだ」

それを旦那はわかった上で雇ってくれている。自分が請負人になって、性根《しょうね》を叩き直してくれる。掃除や仕事を真面目にこなせば、給金もあがる。宿から出して裏店にも住まわせてくれる。

「その代わり、裏切ってみろ。旦那は怖いぞ」

仙右衛門は伊賀者《いがもの》だという。

広敷の警固はもちろん、大奥の不祥事を探るお役目も担《にな》っているという。

伊賀者は、江戸幕府を開いた東照大権現《だいごんげん》（徳川家康）が、織田信長が討たれた本能寺《ほんのうじ》の変に際し、領国の三河《みかわ》へ帰還する際の身辺警護をした者たちだ。

「つまりうちの旦那はその末裔《まつえい》なのさ。だから、大奥を守ることは、上さまをお守りしているのと同じことなんだ」

大奥への付届け、商人の出入りはとくに厳しく、すべて仙右衛門のような伊賀者たちが取り締まっている。

「大奥の内情、上さまの噂も表に洩《も》れないようにしているというわけだ」

なにかが出来《しゅったい》すれば、ただちに支配役である若年寄《わかどしより》に伝えられるという。

それが単なる噂にすぎないものだとしても、裏を取って動く。

「大奥は伏魔殿《ふくまでん》だからな。女たちの欲やその女たちを使って立身を企《たくら》む奴らも大勢いる。女が大奥入りするとき、誓詞《せいし》を取るが、それだって女中奉公であれば、外に洩れることもある。宿下がりのときも同じだ」

広敷の伊賀者は常に眼を光らせ、情報を収集しているのだ。なるほど、と由蔵は思った。伊賀者は間者《かんじゃ》としての役目をいまもしているのだ。

「ま、ここで見たこと、うっかり聞いたことも一切外では話すなよ」

そう釘《くぎ》を刺された。


五年が経ち、仲間ともそこそこ付き合い、これといったこともなく時が過ぎていった。清次《せいじ》という新参者が入り、今度は由蔵が面倒を見た。清次は深川生まれのまだ十一の小僧《こぞう》だ。悪戯《いたずら》好きで飽《あ》き性《しょう》。奉公先で小銭を盗み、辞めさせられた。少額だったので奉公先で事を収めたらしい。親からも見放されたも同然の男児だったが、埼玉屋の仙右衛門に拾われて、寄子となった。

由蔵も「兄ぃ兄ぃ」と、慕《した》われて、このまま、ここに留《とど》まるのも悪くはないとまで思い始めていたが、ある日、留吉がお縄《なわ》になった。

埼玉屋の宿に奉行所の捕り方が押し入ってきて、いきなり留吉に縄を打ったのだ。

「なんだ、なんだ」

「留がなにをしたっていうんでぇ」

寄子たちが捕り方に食ってかかった。

十手《じって》を振りかざした与力《よりき》は、「黙れ！」と一喝《いっかつ》した。

寄子たちは埼玉屋に駆け込み、仙右衛門へ次々と言葉を投げつけた。

「うるさい。留はな――」

長局に入り込み、女中たちの装飾品や着物を盗み、売り飛ばしていたという咎《とが》だといった。

由蔵は耳を疑った。

親許に銭《ぜに》を送り、口入屋を出したいといっていた留吉がそのような盗みを働くはずがない。

「ちゃんとお調べなさったのですか！」

由蔵が前に出ると、他の寄子たちも、「そうだそうだ」と、声を荒らげた。

「上臈《じょうろう》のおしまさまが、若年寄さまに訴えられたのだ。庭から長局へ忍び込んだ姿を見たとな。そのうえ、盗まれた着物や簪《かんざし》なども古手屋《ふるてや》や質屋から出てきた」

「留が売りにいったのなら、そこの主人も顔ぐらい覚えているだろうぜ。大奥の着物なんざ、上等なものに決まってるからよ」

仙右衛門は首を振った。

「売りに来た者がいたのはたしかだが、顔までは覚えていないと、皆いったそうだ」

「旦那はそれを信じるんで？」

「おしまさまが見たとなればそれを覆すことは出来ないだろうな」

仙右衛門も苦々《にがにが》しい顔をしていった。

「留はそんな奴じゃねえのは、おれが一番よく知っている」

「なら、どうして連れていかせたんです」

「黙れ。止められるはずがねえだろう。まず聞け。おれの処に入ってきた話だが——」

留吉は居酒屋で酔うと、おしまという上臈は色惚《いろぼ》けばばあだといいふらしていたという。おかしい。留吉は、酒は舐《な》める程度しか呑《の》まない。一度、泥酔《でいすい》して堀に落ちてから、懲《こ》り懲《ご》りだと笑っていた。

それに、大奥の内情は外で洩らすなと由蔵にいった留吉だ。自分からそれを破るような真似はしないはずだ。

誰かに嵌《は》められたのだ。

由蔵は、留吉をなんとか救い出したい一念で、仲間の寄子たちと話し合った。

中年の寄子が、ぼそりといった。

「あいつ、年増に眼をつけられているといってたろう？　冗談半分に聞いていたが、案外本当のことだったんじゃねえか」

由蔵ははっとした。ひと月ほど前、庭掃除のときに現れた、あの女。

親しげに留吉に話し掛けていたが、留吉は迷惑そうな顔をしていた。女は庭に降りて来ると留吉に近寄り、何かを握らせた。

そういえば、あのとき何を渡されたのだろう。

その後で「わたくしに恥をかかせるでないぞ」、そういった。あの女が、おしまという上臈なら——。

「留吉さんの荷物を調べてみましょう」

「ああ、おれと同じ部屋だ。行李がひとつあるだけだ」

それでも藁をも摑む思いだった。

由蔵は、留吉の部屋に入ると行李を開けた。

思いの外《ほか》、書物が多かった。もちろん、絵本のようなものばかりだが、中には合巻《ごうかん》ものもあった。一冊一冊を取り出し、丁《ちょう》をめくる。

「由蔵の兄ぃ。なにを探してるんで？」

「証《あかし》だ、証」

もしかしたら、留吉は万が一のことを考えて、あのとき渡された物を残したままにしているかもしれない。いや、万が一など考えるだろうか？　自分に降り掛かるなにかを予想出来るだろうか？

由蔵は懸命に探った。小袖の袂、銭入れ、お守り袋の紐《ひも》も解いた。

他の寄子たちも由蔵の姿を見て、呆気《あっけ》に取られていたが、「留のためだ」と、皆で行李の中身をぶちまけた。

半刻（約一時間）ほども探したが、それらしき物は見当たらなかった。

「由蔵さんよ、やっぱり古手屋と質屋に行こうじゃねえか。上等な品物を売りに来た者の顔を覚えてねえというのはおかしいぜ」

仲間の言葉に由蔵は息を吐いた。たしかにそのほうが早いかもしれない。

「あれ。兄ぃ。この小袖の襟。ここんとこだけごわごわしてる」

清次が首を傾げた。由蔵は、小袖を清次から引ったくるように、取り上げた。触れると、右の襟の一部に妙な感触があった。

「はさみだ、はさみを持ってきてくれ」

由蔵は叫んだ。

出てきたのは、二つ折りされた紙片だ。開くと、池之端《いけのはた》の茶屋の名と日付が記されていた。

これか――。留吉は女に付け文を渡されていたのだ。皆がなんだなんだと紙片を覗《のぞ》き込んできた。

「こいつは女文字じゃねえか」

ひとりが絶句した。やはり、留吉は万が一を考え、これを隠し持っていたのだ。

と、階段を急ぎ上がってくる音がして、皆が一斉に首を回した。

「どこだい」

番頭の栄之助の声だ。ひとりが立ち上がり、

「番頭さん、どうしなさった。皆、ここにおります」

と、障子を開けた。由蔵は紙片を差し出した。

「番頭さん、これを見てください。留吉さんは、おそらく」

座敷に入ってきた栄之助は紙片を取り、眼鏡を動かした。

「これがなんだというのだね?」

「おれは、ひと月ぐらい前、大奥の御庭掃除のとき、留吉さんが女から何か渡されたのを見たんです。その女がおしまという上臈だと考えられませんか？」

「だとしたら執念《しゅうねん》深い女だ」

中年の寄子が忌々《いまいま》しげに吐き捨てた。

「名がないよ。おしまさまかどうかはわからない」と、栄之助がいう。

「じゃあ、留吉さんに訊いてください」

由蔵は番頭の栄之助の肩を摑んで揺さぶった。栄之助が、ため息を吐いた。

「死んだよ」

場が一瞬凍りついた。

留吉は番屋でのお調べですべてを白状したという。その後で、自分の帯を牢《ろう》の鎖《くさり》掛《か》けにかけて、首を縊った、と栄之助が淡々といった。

本当に留吉は自ら首を吊《つ》ったのか。由蔵の脳裏に父親のだらんと下がった足が浮かんでくる。

なぜだ。なぜだ。由蔵は、栄之助の肩から手を離し、そのまま頽れた。

騙された奴が悪いのか。陥《おとし》れた奴はそのままでいいのか。そんなことは、あっちゃならねえ。嘘で固められた「真実」など、あっちゃいけねえんだ。

由蔵は悔《くや》しさに身を震わせた。

いい加減な嘘や噂で人が死んだり、追い詰められたりするのは真《ま》っ平《ぴら》ご免だ。

留吉は自ら命を絶ったと聞かされたが、それも信じられない。おしまは、自分を袖にした男が憎くてたまらなかったのだろう。

留吉は殺されたのだ。

だがなんの証もない。それがなにより悔しかった。由蔵は、その日のことを書き留めた。


由蔵は、鼾《いびき》と歯ぎしりの響く座敷で、文机《ふづくえ》の前に座っていつものように筆を走らせていた。

「なあ、由蔵さんよ、もう灯《あか》り消してくれねえか。もったいねえし、眠れやしねえ」

八畳間には五人が眠っている。話し掛けてきたのは由蔵の隣にいる老爺《ろうや》だった。身寄りもなく、行き倒れ寸前だったところを埼玉屋に拾われたのだ。人の情けを初めて知ったと、埼玉屋でもう二十年以上、働いている古参の爺《じい》さんだ。

「すいやせん、これを終えたら、すぐに寝ますから」

由蔵が首を回して会釈《えしゃく》をすると、老爺が身を起こした。

「おまえさん、そういやいつもそうしてなんか書いてるよな」

と、由蔵の手許を覗き込んできた。

「在所にいた頃からの癖っていうか……まあ、覚え書きみたいなものです。忘れちまわねえように」

「おれは、かなしか読めねえが、おまえさんはすげえもんだなぁ。さらさら漢字まで書いていやがる」

由蔵は苦笑した。

「若い頃、お店で帳付けなどをやっていましたので」

老爺がしょぼついた眼を見開いた。

「由蔵さん、お店者《たなもの》だったのかえ？　真面目なお店者がどうしてこんなとこで」

ええまあと、あいまいな返事をした。

「在所で色々ありまして、江戸に出て来たんです」

「ああ、そうかい。ここにいる奴らはみんなそんなようなものだ。誰にも知られたくねえ昔がある。そういう奴らの吹き溜まりみたいな処だ。あ、もう知ってるか」

うへへ、と老爺は苦笑いをする。

「けれど、皆さん、きちんと働いていらっしゃる」

「だってよ、ここを追い出されたら、もう行く処がねえからだ。それに人別をとってくれた旦那の顔を潰すことは出来ねえだろう。一歩間違えれば、三尺《じゃく》（九十センチ強）高い木の上に載せられちまうかもしれねえしな」

それは獄門《ごくもん》になり首を晒《さら》される、つまり悪党の道へ入ってしまうということなのだろう。それだけここにいる者たちは切羽詰《せつぱつ》まった暮らしをしてきたのだ。

「へへへ、大ぇ丈夫《でじょうぶ》さ、ちゃんとしてここを出る奴も大勢いる。女房もいて、子も持ってよお。たまにこの宿が懐かしくなって遊びに来るのもいるけどな」

老爺は話しているうちに眠気が飛んでしまったのか、ぺらぺらとよく喋《しゃべ》った。

「親爺《おやじ》さんは、なぜここを出なかったのですか?」

「そりゃ、おめえ、ここの旦那には恩義も感じているしよ、なによりもうこの歳だ。なにかしようって気力がねえよ。嬶《かかあ》も子もねえし、この身ひとつしかねえからな。なぁんのしがらみもねえ。あとはおっ死《ち》ぬだけだよ」

そんなこともないでしょうと由蔵は慰《なぐさ》めにもならないと知りつついった。当然だろう、六十も過ぎてからでは、あらたなことをやろうなどという気は起きないのかもしれない。給金を得て、雨露《あめつゆ》を凌《しの》げる宿もある。いまの暮らしを続けていけるだけで満足なのだろう。

「だがよ、おまえさんはまだ若い。ここで覚えた仕事がどれだけ役立つかは知れねえが、こうと決めたら、さっさと出ることだ」

由蔵は小さく頷いた。若いといっても、もう二十五歳だ。

「留みてえによ、牝狐《めぎつね》に化《ば》かされて命を落としちまうことにならねえうちに、身の振り方を考えな。あいつはよ、旦那のために死んだんだ。埼玉屋は大奥の見張り役みてえなものだからな」

留吉が首を縊ったというが、ここの誰も信じていない。亡骸《なきがら》も見ちゃいない。よしんば留吉が自ら命を絶ったとしても老爺のいう通りだ。埼玉屋を守るためだ。

由蔵の父親も首を吊って死んだ。母の背中に負ぶわれていたが、その光景はぼんやりと覚えている。番頭が父親を梁から下ろし、床《ゆか》に横たえさせた。母はただ大声で泣いていたが、父の首許を細い指先で撫でていた。首許にはくっきりと縄の痕《あと》が赤く残っていた。

ただ、それもあとから祖母に幾度も聞かされたせいで、まだ赤子《あかご》だった由蔵が直《じか》に見た記憶ではなく、刷り込まれたものにすぎないのだろう。

父親は自らの死でなにを贖《あがな》うつもりだったのか。自分の女房と倅の行く末はこれっぽっちも頭をよぎらなかったのか？

留吉の亡骸は番屋で早桶《はやおけ》に納められて、早々に埋葬されたらしい。それがどこの寺の墓地なのか、埼玉屋の仙右衛門も番頭も堅く口を閉ざし、教えてくれなかった。それが余計に皆の不審を募《つの》らせている。

亡骸に手を合わせることも、線香一本上げることも出来なかったのだ。

別に形見《かたみ》わけなどという大袈裟なことはなかった。せいぜい着古した小袖や半纏《はんてん》、股引《ももひき》などを皆でわけた。由蔵は、誰も見向きもしなかった書物をすべてもらった。

留吉とは、江戸城大奥の中庭と廊下の掃除、草木の手入れをやっていた。仲がいいかと問われれば、まあまあだった。たまにはふたりで飯を食うこともあったし、留吉の酒に付き合うこともあった。

留吉はさほど酒に強くない。一合《ごう》も呑むと赤くなった顔で必ずこういった。

「由蔵、わかってるか？　他人を信じちゃ駄目《だめ》だ。いい顔して近づいて来る奴ほど、まず疑ってかかれ。そのほうが、裏切られたときも傷が浅くて済むからよ」

由蔵は足許がおぼつかない留吉に肩を貸し、夜道を支えて歩く。

「けどよ、おめえはなんでそう、なにも話したがらねえんだ。仲間内じゃ、おめえのことを、だんまり由蔵って呼んでるぜ」

「これといって、話すこともねえし、面白い話が出来るわけでもねえんで」

由蔵がぼそぼそ応えながら留吉を支え直すと、ふうんと顔を向け、酒臭い息を吐いた。仲間か、と由蔵は心の内で嗤《わら》う。人を信じるなといっている留吉自身が、埼玉屋の寄子を仲間と呼ぶのが可笑《おか》しかった。

留吉はかつて、手酷《てひど》く他人に裏切られたことがあったのだろう。それが心の澱《おり》となって、酔うと本音《ほんね》を吐き出したくなるのかもしれなかった。留吉は逆をいっているのだと思っていた。本当は誰より、人を信じたいのだ。ひとりになってしまうのを恐れているのだ。

幼い頃から、嘘つき呼ばわりされ続けてきた由蔵は、信じるとか、信じない以前に、他人から信じられることが怖かった。

その分、妙な枷《かせ》が出来てしまう。

だんまり由蔵で、ちょうどいい。藤岡の自分を知る者は、ここにはいない。それだけで十分だ。

「親も同じだぜ。生まれ落ちたときから、おれはおれ、親は親。母親が腹を痛めて産んでくれたにしてもよ、この世に出ちまえば、人間皆ひとりなんだからよ。けど、育ててもらった恩がある。そいつは返さなきゃと思っているけどよ」

留吉がどのような暮らしをしてきたのか、最期《さいご》まで知ることはなかったが、それでいい。聞いたところで、他人のために出来ることなど、そうそうない。

他人の思いを抱えるのは、こっちも辛くなる。ただ、人を騙すような悪人や、騙されるようなお人好しにはならないと、由蔵は固く決めている。人と話をするのは苦手ではないが、他人に心の中にまで入り込まれるのは嫌だった。そのためには、口をなるべく閉ざしていたほうが楽だ。

筆を動かしているうちに、ふと藤岡の光景が甦《よみがえ》った。頭の奥底にしまい込んだはずでも、こうして出て来るのが、時折うっとうしく思う。

あんなに嫌がっていた蚕も、いま思えば可愛いものだったのかもしれない。

蚕は成長すると、糸を吐き、繭玉を作る。それをよく煮詰めたものを、糸車《いとぐるま》で撚《よ》りながら、細い細い糸を作る。そうして真っ白く輝く糸が出来る。芋虫《いもむし》のような形をした虫が、こんなにきれいな糸を作ると誰が最初に知ったのか、昔々の人々のほうが知恵を捻り出し、工夫をしてきたのかもしれない。いまの世の中は、それを受け継ぎ、多少簡便《かんべん》にするだけのことだ。

生糸を収めた袋が、時季になると藤岡の通りを埋め尽くすように並ぶ。それぞれの問屋は、買付けに来た者たちと値《ね》の交渉をする。由蔵には駆け引きで他の問屋の番頭に負けない自信があった。相場を知り尽くし、ときには相場より安く売ることで、儲けを出す。

生糸は様々な土地に運ばれ、絹織物になる。

庶民は、とくに百姓は絹織物などとは縁がない。木綿《もめん》を洗い張りし、幾度も縫い直す。自分たちが作り出した物が衣裳になっても一生、袖を通す機会には恵まれない。

米作りをしても、自分たちは雑穀《ざっこく》を食べている。米は年貢《ねんぐ》として納めるものであって食料ではないのと同じだ。養蚕も自分たちの衣裳ではなく、暮らしを支える仕事だ。

由蔵は、江戸に来て、町人が白い飯を食べ、絹物を身に着けていることに驚いた。

生産する側と消費する側、世の中の均衡《きんこう》はこうして保《たも》たれているのだと知った。

江戸は大きな消費地だ。ここで足りないものを由蔵は、埼玉屋の寄子として働きながら探し始めていた。

日記を綴り始めたのは、生糸問屋にいた頃からだ。養蚕農家を巡り、蚕の生育、数を把握し、絹市毎《ごと》にどのくらいの値がついたかを詳細に書き残した。商人や店の噂、天候も毎日記した。相場に役立てるためだ。それを数年続けるうちに、周期のようなものが見えてきた。確実とはいえないまでも、相場の上がり下がりがわかるようにもなってきた。

日々の出来事の積み重ねは、様々なことを教えてくれることを知った。

江戸に来てからは、仕事のやり方、決まり事、役人の性質などを書いていた。留吉と大奥の上臈のことも残してある。そういえば、大奥の庭であの上臈に会ったとき、留吉が「あのくそばばあ」と吐き捨てていたことも記した——。

老爺はいつの間にか眠っていた。墨もちょうど切れた。由蔵は行灯《あんどん》の火を吹き消して夜具に潜《もぐ》り込んだ。

四

由蔵の日記は年を追う毎に詳しくなった。日本橋の高札場に行き、お上の触《ふれ》を書き写し、晒《さらし》刑《けい》や、打ち首も見に行った。

両国広小路《ひろこうじ》で駱駝《らくだ》の見世物《みせもの》があるといえば飛んで行き、本所《ほんじょ》で両頭の蛇《へび》が出たと聞けば、群衆に紛《まぎ》れて見物した。

両端に頭がある蛇は、長さ三尺、色薄黒く、背に薄白く筋《すじ》ありと、書き込み、画《え》も描いた。

ときには瓦版《かわらばん》も買い求め、そこに載る敵討《かたきう》ちの中身を写し取るも、あまりに稚拙《ちせつ》な内容に嫌《いや》気《け》が差し、御番所に駆け込んで、銭を払って事の次第を訊ねるような真似もした。

あまりに幾度も顔を出すので、追い返されることもしばしばあったが、そのとき出逢ったのが、いまの常連である北町奉行所の定町廻《じょうまちまわり》同心の杉野与一郎《よいちろう》だ。

いきなり、蕎麦屋《そばや》に連れて行かれ、小上《こあ》がりにあがると、早速杉野が問うてきた。

「おめえは一体なにをしているんだ」

「日記というか、覚え書きを書いております」

杉野は、ふうんと由蔵を胡乱《うろん》な眼で見る。

「いろんな話を集めて、戯作《げさく》でも書く気かい？　それともおめえは読売屋《よみうりや》か？　にも見えねえな、その恰好《かっこう》だとよ」

と、杉野が由蔵の半纏を見て、眼を眇《すが》める。

「おめえ、埼玉屋の寄子か？」

半纏には屋号は記されてはいない。ただ、主人の仙右衛門の家紋である桜紋が胸に小さく染め抜かれているだけだ。由蔵が黙っていると、

「だろう？　埼玉屋といえば、城中の奥を警固している伊賀者が主人だからな。その家紋ぐれえ、不浄《ふじょう》役人のおれでも知っているよ」

杉野がまず蕎麦をたぐった。蕎麦先をちょんと汁につけて、啜り上げる。

杉野はそのまま口を動かしつつ、

「その埼玉屋の寄子が、色々嗅《か》ぎ回っているとなりゃ、なにかあるんじゃねえかと勘ぐりたくもなる」

そういって、上目遣《うわめづか》いに由蔵を見る。

「おめえも、伊賀者かえ？」

さすがにその問い掛けには、由蔵も苦笑いした。

「おれは、上州藤岡の産でして。埼玉屋さんに拾われたんです」

「藤岡っていいやあ生糸で知られてる宿じゃねえか。おめえもそういう仕事をしていたのか」

杉野の問いには、やはり役人然としたものが感じられた。はなから疑ってかかる、同心の習性のようなものなのかもしれない。由蔵は応えずに、箸《はし》を取った。

「余所《よそ》から、江戸に逃げ込んで来る小悪党《こあくとう》が多いからよ。あるいは、江戸ならなんとか仕事にありつけるってな、そうした食い詰め者もいるんでな」

埼玉屋は、そういう者でも主人が請負人となって、仕事を与える。

「悪いこっちゃねえ。身を持ち崩して、無宿者《むしゅくもの》になるよりずっとましだ。けどな、おめえはなにを探っているんだ」

由蔵も蕎麦を啜る。

「なにも」

杉野が呆《あき》れ顔をする。

「なにもだと？　下手《したて》に出てりゃ、いい気になりやがって。こっちがおとなしく訊ねているうちに吐きやがれ。おめえは埼玉屋のなんだ？　仙右衛門はなにをさせているんだ？」

「おれは、その日にあったことを書き留めているだけです。そこにおれの考えや思い込みが交じることはありません」

ただ、起きたことを淡々と綴るだけだと応えた。

「それで、おれが、得心すると思うかえ？」

「どちらでも構いませんよ」

てめえ、と杉野は箸を卓に叩き付けると、由蔵の襟元を絞り上げた。

周りの客と店の主人が、あたふたし始める。

「あのお役人さま」

店の主人が大慌てで、揉《も》み手をせんばかりの様子で、板場からすっ飛んで来た。

「ほっとけ、親父。こいつのとりすました顔が気に食わねえだけだ！」

「どうぞ、お気を鎮《しず》めてくだせえ。他のお客さんもいるので」

見れば、ある者は蕎麦猪口《ちょこ》を持ったまま立ち上がり、ある者は、口の端から蕎麦を垂らし、眼を見開いている。店の小女《こおんな》は、柱の陰に隠れて、恐る恐るこちらを覗いていた。

主人が杉野の袂になにかを入れる。銭か、と由蔵はそれを見ていた。杉野が由蔵から手を離し、袂を探る。

「騒がせて済まなかったな」

店の主人は頭を下げると、板場へ戻っていった。

「ふん、これも、今日あったこととしておめえの日記に綴られるのか？」

杉野が皮肉をいった。

由蔵は俯いたまま、「死んだんですよ」と、ぼそりといった。

「あ？　誰が死んだって？」

由蔵の突然の言葉に杉野が困惑気味《こんわくぎみ》に訊き返してきた。

「もう幾年も前の話です。お役人さまがご存じかどうか、埼玉屋の寄子が盗人《ぬすっと》の疑いをかけられ、番屋で首を縊ったんです」

杉野が座り直して、口許を引き結んだ。

由蔵はなんの感慨も抑揚《よくよう》もなく、留吉の話をした。

杉野は息を詰め、由蔵の口から洩れる言葉を聞いていた。

話し終えた由蔵は、「それだけです」といった。しかし、なぜ留吉の死が、由蔵の気を掻《か》き立てたのかはわからない。

人がひとり死んだところで、なにかが変わるわけではない。ましてや身寄りもない留吉など、まさにそのような存在だ。

けれど、世の中は動く。時は止まらない。

留吉が遺《のこ》した、おしまから手渡された紙片。いまも由蔵の手許にあるが、留吉の死は闇に葬られたままで終わった。

これまでの日記とは明らかに違ってきていた。留吉の死の残滓《ざんし》がまだ心の内にある。それが由蔵を掻き立てる。なにかを遺さねば。留吉の供養《くよう》になるとは考えていない。けれど、現実のみを記すことで、見えてくるなにかがあると、由蔵は思っていた。

この大江戸に足りないものが、なにか。

黙っていた杉野が、急に口を開いた。蕎麦は乾き始めている。

「覚えているよ。あの男のことは。たしか南町の掛かりだったはずだ。大奥の長局に入り込んで盗みを働いたという奴だろう?」

悪いが、と杉野は打って変わって冷徹な口調でいった。

「あれは、あの死んだ寄子だけじゃねえ。埼玉屋にもかかわる大きな一件だった。下手《へた》をすれば、仙右衛門が責《せめ》を負うことにもなりかねなかった。わかるか？」

つまり、自分の雇っている寄子が罪を犯せば、その雇い主である仙右衛門にも累《るい》が及ぶ。ましてや相手は大奥の上臈だ。

「埼玉屋は大奥を取り仕切っている。その信用も失う」

それはつまり――。寄子の誰もが感じていることだ。

「南町の誰か、あるいはもっと上のお方から、引導を渡されたんじゃねえかとおれは思ったよ」

「誰も留吉の亡骸は見ていませんや」

「いや、たしかにあいつは首を吊った。そいつは埼玉屋さんへの恩返しのつもりだったのかもしれねえ。それと、あそこで働く者たちのためにな。埼玉屋がなくなりゃ行き場をなくす奴らも出て来るだろうからな」

埼玉屋はまだしも、人を信用するなといっていた留吉が互いに素性《すじよう》も知らねえ仲間を守ろうとしたってのか。由蔵はやりきれない気持ちになる。それならば、と由蔵は懐から紙入れを出すと、留吉の遺した紙片を杉野に見せた。どう反応するのかたしかめたかった。

「これが、嘘偽《いつわ》りのない真《まこと》です。けど、おれにはどうすることも出来やせん」

腸《はらわた》が煮えくり返るほど悔しい。留吉の遺した紙片は、自分に咎はないという証だと感じていた。だからこそ由蔵はずっと持ち続けていたのだ。杉野は鼻で笑う。

「おめえ、留吉って奴の仇討《あだう》ちでも考えているのか？　寝ぼけてるんじゃねえぞ、相手は大奥だぞ。そのうえ、幾年経《た》ってると思ってんだ」

そういいつつも紙片を受け取った杉野が銭を卓の上に置く。由蔵は眼を瞠《みは》った。

「おれたち定町廻は南北奉行所合わせても十二人で、江戸の町を守っている」

たったそれだけなのか、と由蔵は憮然《ぶぜん》とする。

「人手が足りねえからな、探索するにも噂や風聞は必要なんだ。この紙切れが、なんの役に立つかはわからねえが、おれは種をくれた者には相応の銭を払う」

噂や風聞が必要——由蔵は、杉野が出した銭を眺めた。その種が銭になるというのか。こいつは——いや、こいつだ。

「おめえはやりたいように、様々な話を拾い集めるといいやな」

おれにも都合がいい、と杉野はいって、にやりと笑った。それは、おれに役立つ種を集めろということだ。由蔵はぶるっと震えた。生糸の相場を皆が知りたがった。それをいち早く摑んで商売をしてきたおれには出来る。

「おう、親父。銭は膳の上に置いておくぜ」

由蔵がちらりと視線を移すと、蕎麦代と茶巾《ちゃきん》に絞った紙包みが置かれていた。茶巾包みは、蕎麦屋の主人が杉野の袂に入れた銭だろう。

数日後。由蔵が大奥の廊下を雑巾掛けしているとき、女中がふたり歩いて来た。ひそひそと話をしながら、時折含み笑いを洩らしていた。由蔵が耳を澄ましていると、上﨟のおしまが出家するという。役者と密会を重ねていたのが知れたらしい。

「なにかと威張っていたからいい気味」

「ほんとほんと。男日照りのおしまさまもおしまいね」

くすくすと口許に手を当て笑い合っていた。

「役者に渡した懸想文《けそうぶみ》があったって本当？　おしまさま、筆跡を調べられたらしいわよ」

「あら、気をつけないと」

「これで大奥も静かになりそう。ちょっかい出してたのは、小間物屋に呉服屋の奉公人でしょ。他にもいたわよね。中でも捕えられたあの男は気の毒だったけれど。おしまさまにしつこくいい寄られて」

ちらと、片方の女中が由蔵をみとめ、隣の女中を肘《ひじ》で小突《こづ》く。

「ご苦労さま」と、女中が取ってつけたような物言いでいった。

いえ、と由蔵は頭を下げる。

杉野がなんらかの手を打ったのかもしれないと由蔵は思い、さらに力を込めて廊下を拭いた。なぜか、胸が熱くなった。江戸に来てからこんな心持ちになったのは初めてだった。

数日後、仙右衛門から呼び出しを受けた。

「北町の役人から聞いたぜ。おめえから、あの文を買い取ったとな」

留の供養になった、ありがとうよ、と神妙な顔でいった仙右衛門は上を向いて、目許を拭った。

初めて売った種が留吉の無念を晴らしえたのか、そいつはわからない。

「だがな由蔵、奉行所の狗《いぬ》みてえな真似はするんじゃねえぞ。これぎりにしろ」

仙右衛門は表情を変え、一転、厳しい口調でいった。

「おめえは、これから栄之助の下について、寄子の差配をしろ。長く勤めてくれりゃ番頭にもしてやろう。明日からは店のほうに来い」

由蔵が身を乗り出そうとすると、

「いつでも、おれはおめえを放り出すことが出来る。在所に帰《け》えるか、それとも人別のねえ無宿者になるかえ?」

仙右衛門の冷《ひや》やかな視線に射すくめられた。

余計なことをするなという脅《おど》しだ。栄之助は見張りか？　由蔵は従わざるを得なかった。いま自分から埼玉屋を出ても、商売をするほどまとまった銭はない。足許を見やがってと口惜《くちお》しく思っても、人別を抜かれてはたまらない。

いまは、ここにいるしかない。それでも日記だけは休まず綴り続けた。

おれには力もない。後ろ盾《だて》もいない。だが、集めた種で、動く奴がいる。役立てる者がいる。それが面白い、と由蔵は思っていた。

第三章

和蘭陀《オランダ》人江戸参府

一

湯屋の帰りに夕飯をとり、由蔵《よしぞう》は宿に戻った。湯屋の二階でしばらくとぐろを巻いていたが、覚え帳に記すほどの事は聞き出せず、空振《からぶ》りに終わった。

不意に、高橋作左衛門《さくざえもん》という、幕府天文方《てんもんかた》の役人を思い出す。妙な奴《やつ》だった。自分が噂になっていないかどうか訊《たず》ねてきた者は初めてだ。

高橋、天文方、蘭書――やはり気になる。

由蔵は、行李《こうり》に仕舞《しま》ってある覚え帳を取り出した。どこかに記したような記憶があった。それが何年であったのか覚えていない。由蔵は、片っ端から覚え帳をめくり、放り投げる。

はっと眼が留まったのは、文政《ぶんせい》九年（一八二六）の覚え帳だった。

丁《ちょう》を繰《く》ってみたが、それらしき記述はない。この年は、探検家で火付盗賊改《ひつけとうぞくあらため》も務めた近藤重蔵《じゅうぞう》の惣領《そうりょう》息子が、百姓ら七人を殺傷《さつしょう》した一件に丁を割《さ》いていた。

その他には、馬に陰茎《いんけい》を咬《か》みちぎられた男の話、老中の卒去《そつきょ》などだ。しかし、由蔵には別の記憶がたしかにあった。

さらに奥を探ると、綴《と》じ帳に入れなかった半紙が出てきた。走り書きで記されていたが、むろん自分の筆だ。かろうじて判読できる。

『長崎屋に阿蘭陀人一行到着。町人らが、異国人を見んと押し寄せる。一団の中に、外科医しいぼるという者あり。幕府医官に眼の解剖《かいぼう》などを講義する。後天文方諸氏、訪れる』

なぜ、これを綴じなかったのか。オランダ商館長（カピタン）の江戸参府は恒例《こうれい》だからであろうか。これを綴じ帳に加えなかったのは、お上《かみ》の若君が十五歳で逝去《せいきょ》したためだ。たしかカピタンの将軍謁見《えつけん》も日延べされているはずだった。

長崎屋へは、様々な者たちが訪れている。「天文方諸氏」と綴《つづ》っているということは、高橋が長崎屋へ赴《おもむ》いているはずだ。いくら蘭学嫌いな者がいたとしても、高橋ひとりに的《まと》を絞《しぼ》るのもおかしなものだ。だが、これももう二年前の話だ。このときなにかがあったとしても、いま高橋が狙《ねら》われているという裏付けにもなりはしない。由蔵は、長崎屋へ行くか、高橋に会いに行くか、考えあぐねた。


翌朝、由蔵は足袋屋《たびや》中川屋の軒下《のきした》に、いつものように筵《むしろ》を敷いた。手にした素麺箱《そうめんばこ》を真ん中に置き、背負った風呂敷《ふろしき》包みを解《ほど》くと、古本を周囲に並べる。

そのあとで、由蔵は中川屋の店先に立った。

「おう、由蔵さん、おはよう。どうしたい？」

主《あるじ》の太助《たすけ》が店の中から声を掛けてきた。

「今月の借り賃を納めに」

「そいつはすまねえな。商《あきな》いはうまくいっているかい?」

「まあまあ、ですかね」

「儲《もう》けが出なくても、焦《あせ》っちゃいけねえよ。表店《おもてだな》を持っても最初のうちは銭《ぜに》が出て行くばかりだ。だからいまが踏ん張りどころだよ」

人の好い太助は笑《え》みを浮かべながら、銭を受け取った。

由蔵は、太助にあらためて礼をいい、店を出た。

軒下に戻ると、北町奉行所の定町廻《じょうまちまわ》りの杉野与一郎《よいちろう》が焦《じ》れたように待ち構えていた。

「おい、由蔵。どこへ行ってたんだ。商売ものを広げっ放しでよ」

丸顔の杉野が由蔵の姿を見るなり、怒鳴った。

「なんです藪《やぶ》から棒に。いま足袋屋さんにここの借り賃を渡しに行っていただけですよ。本日はどのような種《たね》がご入用《いりよう》で?」

由蔵は履物《はきもの》を脱《ぬ》いで筵に上がると、素麺箱を前に腰を下ろした。

杉野が周囲を見回し、しゃがみ込む。

「先日の地図の一件だが、さっぱりわからねえ。あれから、なにか話が入ってきたかえ?」

口許《くちもと》を隠し、小声でいった。由蔵は首を横に振る。

「長崎奉行所にも問い合わせたが、そのような話は聞いたことがないというのだ。この種の出《で》所《どころ》はどこだ、答えろ」

まるで尋問《じんもん》のような物言いに、由蔵はむっとした。

「出所は教えられませんね。杉野さまもそれはご存じのはずだ。教えれば、今度はその者におれにしたのと同じように問う」

すると、おれにはもう種を回してくれなくなりまさ。そいつは困りますので、と由蔵は杉野を上目遣《うわめづか》いに見つめる。

ちっと杉野が舌打ちすると、いきなり由蔵の襟元《えりもと》を摑《つか》んで力ずくで引き寄せた。

「おめえ、日《ひ》の本《もと》の地図が異国人に渡るってことがどういうことかわかっているんだろうな」

異国は、海を渡って来られるだけの大きな船を持っている。

寛政《かんせい》年間（一七八九〜一八〇一）以降、露西亜《ロシア》国や英吉利《イギリス》国の軍艦が通商を求めてやって来ていた。亜米利加《アメリカ》からは捕鯨船《ほげいせん》などが薪炭《しんたん》などの補給のため寄港地を求めて日本に立ち寄るなど、幕府は対策に憂慮《ゆうりよ》していた。そのため日本沿岸、蝦夷地《えぞち》などの警備の必要性を感じ、正確な地図を欲していたが、異国船はその後も度々《たびたび》現れた。

文政元年（一八一八）には、英吉利国が浦賀に来航。貿易を要求されたが幕府はこれを拒否。

同六年、水戸《みと》藩近郊の海に異国船が現れ、翌七年、英吉利船が薪水《しんすい》を求めてきた。さらに薩摩《さつま》藩では、同じ年に、上陸した英吉利船の船員を藩士吉村某《よしむらなにがし》が射殺するという事件も起きている。そこで幕府は、文政八年二月に、異国船打払令《うちはらいれい》を出した。日本に上陸した外国人の捕縛《ほばく》、もしくは射殺を許可している。

「まだ大事にはなっていねえが、異国は確実に日の本を狙っている。それが、あらたな商売の地としてか、この地をてめえらの物にしたいのか、そいつはわからねえが」

「おれは話を集めて売るだけの商いであるのはおわかりのはず。お調べはそちらでやっていただきたい」

そうかい、と杉野は乱暴に手を離し、立ち上がった。

「種の出所をしゃべらねえのは、商いにも差し障《さわ》りが出るってことで承知してもかまわねえ。おれも、おめえがここからいなくなるのは不便だからよ」

杉野が眼を細め、鋭く由蔵を見据《みす》えた。由蔵も杉野の視線をそらさずにいた。

ふっと、杉野が口許を緩《ゆる》める。

「まったく、食えねえ奴だな。で、近頃はなにかねえかよ」

由蔵は、素麺箱の上の覚え帳を繰る。

「先日の北八丁堀《きたはっちょうぼり》の塗師町《ぬしちょう》の火事やらなにやらの他に――は」

由蔵がぶつぶついうと、杉野は苛々《いらいら》しながら踵《きびす》を返した。が、ふっと首を回した。

「いいか、由蔵。日の本の地図についちゃ、ただ事じゃねえってことはおめえもその胸に叩《たた》き込んどけ。異人に渡せば、お定めを破ったことになる。死罪は免《まぬか》れねえ。なにかわかったら、必ず教えろ」

「承知しました。もちろんお買い上げくださるんで？」

ああ、買うよ、九十八文《もん》でも、その倍でもな、と杉野はぶっきらぼうにいった。

杉野が去った後、由蔵は穂の禿《は》げた筆を執《と》った。杉野には黙っていたが、由蔵は日本橋の本石《ほんこく》町《ちょう》にある長崎屋へすでに足を運んでいた。その近くには、古本の仕入れで世話になっている絵《え》双紙屋《ぞうしや》がある。ついでというのもあったが、絵双紙屋の主人から思いがけず情報を得た。たまたま長崎絵を手にしていた主人が「そういえば」と、ふと思い出したようにいった。いきなり由蔵に家に上がれといい、

「ねえ由蔵さん。あたしが長崎屋で異人に会ったときの話をしたっけかね？」

と、鼻を膨《ふく》らませた。由蔵がいいやと応えると、いきなり長崎絵を掲《かか》げた。長崎絵は、阿蘭陀人や唐人、その暮らしぶりなどを描いた浮世絵だ。

それは三人の阿蘭陀人の商人が描かれたものだった。緑や赤の胴服に似た衣裳にたっつけ袴《ばかま》のようなものをはき、足をすっぽり包んだ革細工《かわざいく》の履物をつけていた。妙な恰好《かっこう》をしているものの

だ。風貌は天狗《てんぐ》のように鼻が伸びていて、鬚《ひげ》をたくわえ、眼の色が青かった。

「ほれ、二年前の江戸参府のときだよ。あたしは阿蘭陀人たちが逗留《とうりゅう》している長崎屋に赴いたのさ」

絵双紙屋の主人は錦絵《にしきえ》を売りに行ったのだという。美しい多色摺りの浮世絵は、錦絵とも呼ばれる江戸生まれの画《え》だ。

「異人には錦絵が人気だと聞きましてね、駄目もとで出向いたんですが」

長崎屋は、平時は薬種屋《やくしゅや》を営《いとな》んでいるが、オランダ商館長一行の江戸参府の際にだけ、阿蘭陀人の宿になる。

長崎屋は二階建てで、阿蘭陀人たちは、ひと月弱をそこで過ごす。将軍への謁見などのときは表に出るが、それ以外は、江戸の町を歩くことはない。入用の物は、長崎屋の者が購《あがな》いに行く。

由蔵は長崎屋の設《しつら》えまでは知らないが、てえぶるという脚《あし》のついた台と、ちぇあという椅子に座って、飯《めし》を食ったり、酒を呑《の》んだりするらしい。昔は、ただの座敷だったようだが、お上も考慮したのであろう。出島《でじま》の暮らしに近くして阿蘭陀人が過ごしやすいよう調度品を揃《そろ》えたに違いない。

唾《つば》まで飛ばしてしゃべる絵双紙屋の主人は、

「案の定《じょう》、すぐに現れた通詞《つうじ》に追い返されそうになりました。けどね、そこに、眼が大きく瞳《ひとみ》が青くて、鼻が高い阿蘭陀人がたまたま出て来ましてね、そうそう、この長崎絵そっくり。驚いたのなんのって。そしたら、その異人があたしが持ってた錦絵を取り上げたんですよ。吟味《ぎんみ》するようにしばらく見ておりましたけど、選んだのは」

北斎翁《ほくさいおう》筆の十二枚でした、と絵双紙屋は笑った。

「やはり、異国人の眼から見ても北斎翁の画力はたしかなものだとわかるんですなぁ。なにやら誇らしくなりましたよ」

と、妙に感心していた。

その異国人は手を差し出してきたという。

「わたしは、いしゃです。しいぼると、といいます」

通詞が手を握り返せというものだから、慌《あわ》てて握りましたけど、いやはや指も太いし、手も大きくて、びっくり仰天《ぎょうてん》したといい、

「異国じゃ当たり前らしいんですが、男同士で手は握り合いたくないもんですな」

息をふう、と吐いて、絵双紙屋の主人はぶるっと身を震わせた。

近所の医者にその話を聞かせると、色めき立った。

「阿蘭陀人の医者がいるなら教えを乞《こ》いたいものだ」

長崎屋とは懇意《こんい》にしているし、取り次いでくれるだろうと思い、通詞に面会を願ったが断られ

たという。それなのに、天文方の役人やら、文人墨客《ぶんじんぼっかく》やらが入れ替わり立ち替わり入って行くのが苦々《にがにが》しかったのだろう。なにか好機はないものかと、うろうろしていると、長崎屋の台所女中が、井戸に水汲《みずく》みに出てきたのを幸いに近づいた。

異人は一体なにをしているのだと訊ねると、女中がいきなり、吹き出した。

酒を持って座敷に入ると、脚のついた大きな台の上に広げてあった絵のような物を異国人たちが慌てて隠したという。

女中は「春画《しゅんが》や艶本《えんぽん》だね。異国人も好きな物は同じだね」と、くすくす笑ったらしい。

医者は、もしも医学に関連するものならばこの眼で見たいと、女中をかき口説《くど》き、下男《げなん》に化《ば》けて、長崎屋に入り込んだ。ふと、ある座敷を覗《のぞ》くと、異人と日本人が談笑していた。江戸に下ってくるまでに買い求めたのであろう、布を掛けた台の上に様々な物が並べられていたが、その中にあったものを見た医者は驚愕《きょうがく》したという。

絵双紙屋の主人は、眉《まゆ》を八の字にして、

「あたしも又聞きですし、そのお医者も阿蘭陀人に会わせてもらえなかったことに腹を立ててりましたからね、滅多《めった》なことはいえませんけど——北斎翁の錦絵と一緒に置いてあったそうで」

それは、日の本の地図らしきものだったといった。

「まさかね、そんなことはあるはずもありませんがね。だって日の本の地図はお城の奥にあるのでしょう？　異人が持っているのはおかしいでしょ。でもね、お医者はあれはきっと地図に違いないと鼻を膨らませるもので、あたしもはいはいといい加減に相槌《あいづち》を打っておりましたけどね」

主人はぺろりと指を舐《な》めて、眉を擦《こす》った。

由蔵とて、にわかには信じられなかった。

杉野のいう通り、日の本の地図の写しだろうと真物《まもの》だろうと異人に譲ることはお定めに触れる。そんな危険を冒《おか》してまで生じる利はない。

日本の地図といえば、上総《かずさ》生まれの伊能忠敬《いのうただたか》が幕府から命じられ、西洋式の測量法も取り入れ作成した『大日本沿海輿地《よち》全図』と『大日本沿海実測録』がある。日本中を巡《めぐ》り、すでに高齢であった忠敬はその完成を見ずに逝《い》ったが、暦作御用《こよみつくりごよう》の者や門弟などが後を引き継ぎ、文政四年（一八二一）に、幕府へ献じた。精度の高い、詳細な地図は、忠敬の測量技術の高さと正確さが見事に表れたものになっている。いまは、江戸城内の紅葉山《もみじやま》文庫に収められている。

天文方には、暦作御用、測量御用、そして昨日、由蔵の許を訪れた高橋はその天文方に属する蛮書和解御用《ばんしょわげごよう》役人だ。地図作成に直接かかわっていたかどうかはわからないが、日本の地図を眼にしていることは十分に考えられた。

「異人と共にいた日本人はどういう形《なり》をしていたか話していたかい？」

ああ、と主人は考え込んだ。

「たしか、総髪《そうはつ》を結んだ、医者か学者か、そんな風体《ふうてい》だったと。それで、余計に腹が立ったというってましたよ。こそこそ入り込んだ自分も情けないとね」

「で、その医者は？」と、由蔵は訊ねた。

「それがねえ、どこかに引っ越したのか、ぱったり姿を見かけなくなってねぇ」

あたしも薬を出してもらっていたから困ってね、と主人がいった。

カピタンの江戸参府。異人といた医者か学者。台の上の日の本の地図と思《おぼ》しきもの。二年前の光景が朧《おぼろ》のように浮き上がってきた。

二

その日は、朝から、珍しく数人の客が古本を求めに来た。

由蔵は、客の好みを訊《き》き、山積みの本の中から引っ張り出す。結局、売れたのは二冊だけだ。漢籍など誰が買うんだい？　と笑った客もいたが、人様の好みは色々で、と愛想《あいそ》笑いを返した。

九ツ（正午）を過ぎると、急に風が出てきた。古本の上には、石を置いたので飛ばずに済んでいる。空を見上げると雲の流れが速い。

ひと雨来そうだな、と呟《つぶや》いた。このところ晴天が続いている。そろそろお湿《しめ》りのひとつもあってもいい。雨が降り出してから片付けるのでは手遅れになる。由蔵は本をまとめ始めた。

「由蔵ぉ」

おきちの声だ。顔を上げると、常連の隠居の手を引いている。おきちにもすっかり顔なじみになっているのだろう。

「これから他所《よそ》に持って行く菓子を買おうとこちらに出向いて来たんだが、おきちちゃんに通りで会ってしまっての」

「それで、あたしが寄らないの？　って連れてきたの」

とんだ客引きだ。由蔵が申し訳なさそうに軽く頭を下げた。

「なに、いいんだよ。けど今日は早仕舞《はやじま》いのようだね」

「ええ、雲行きが怪《あや》しいもので」

見れば、今日は供《とも》を連れていた。まだ若い男で、大店《おおだな》の手代ふうな形をしているが、その目付きはなかなかどうして鋭いものがあった。若い男は由蔵を一瞥《いちべつ》して、会釈《えしやく》する。おきちが訳知り顔で口を開いた。

「こっちの人は、お爺ちゃんのお供で勝平《しようへい》さんだよ」

もう名を聞いたのか、と由蔵は呆《あき》れたが、さすがは商売人の子どもといえなくもない。迷惑げに眉間《みけん》に皺《しわ》を寄せる勝平に構わず袂《たもと》を引いた。

「まったく、おきちちゃんには敵《かな》わないねえ。これはうちの奉公人なんだよ」

「どうも、ご隠居さまにはいつもご贔屓《ひいき》にしてもらっております」

由蔵が頭を下げると、勝平も首《こうべ》を垂《た》れた。

やれやれ、と隠居は呑気《のんき》に空を仰《あお》いだ。

「このところまったく雨が降らなかったからねぇ。砂が舞い上がって、眼がしょぼついてね、雨が降ってくれればありがたいよ」

おきちが、隠居を見て、くすくす笑う。

「お爺ちゃん、目許が皺だらけだもの」

「こら、おきち坊、失礼だぞ」

隠居は、ははは と笑って、おきちの頭を撫《な》でた。

「おきちちゃんのいう通りだ。子どもは素直でいい。それに引き換え大人は嘘《うそ》つきばかりだ。腹の底にはなにを隠しているかわかりゃしない」

由蔵は少しばかり驚いた。隠居が愚痴《ぐち》まがいのことを口にしたのは初めてだ。隠居は、自分でもはっとしたのか、誤魔化《ごまか》すように笑った。

「ねえ、お爺ちゃん、今日はどんな本を見るの?」

おきちが訊ねる。

「そうだねえ、漢籍はあるかね。できれば、漢詩本がよいのだがね」

ございますよ、と由蔵は包みかけた風呂敷を解《ほど》いて、取り出した。

「ほう、こりゃあいい。こいつをもらっていこうかね。おきちちゃんのおかげでいい本が買えたよ。商い上手《じょうず》だ」

おきちが照れたように、首をすくめた。

「じゃあね、由蔵」

「さん、をつけろ」と、由蔵が怒鳴ると、おきちはあかんべをして駆け出した。

「ははは、愛らしい子だね」

隠居は笑みを浮かべながら銭《ぜに》を出す。由蔵はそれを受け取りながら、訊ねた。

「なにか心配ごとでも――」

由蔵の問いに、隠居が半眼《はんがん》に見据えてきた。

「なぜそう思うんだね？」

「いえ、珍しくこぼされたので」

「こりゃ参ったね。こんな歳《とし》になってもいろいろ気苦労があるのさ」

ふと隠居は険《けわ》しい表情を見せた。やはり今日の隠居はどこかいつもとは違う。

「ところで、時々お武家を見かけるが、お前さんは、ここでなにをしていなさるんだね。ただの古本屋ではないのだろう?」

「見た通りの古本稼業ですよ」

なるほどなぁ、と隠居はしゃがみ込んでまだまとめていなかった古本を次々手にしながら、

「ほうほう、こいつは掘り出し物だ。『阿蘭陀風説書《ふうせつがき》』の写しかえ? よくこんなものが出回ったものだね」

いつの頃の物だろうと、興味津々《しんしん》で丁を繰り始めた。

「ずいぶんと古い物だ。二十年以上前か。それでもなかなか珍しい物だが、字がどうにも下手《へた》っぴぃだね。読み解くには蘭語よりも時がかかりそうだ。ははは」

隠居はさも嬉しそうに声を上げて笑う。

そんな物を仕入れた覚えはとんとないが、書肆《しょし》でまとめて買い漁《あさ》った折に交ざっていたのだろう。風説書はオランダ商館長が諸外国の情勢を綴った物だ。それを通詞が訳し、長崎奉行から幕府に毎年、送られる。交易をする異国は限られている我が国だが、こうして世界の情報は収集しているのだ。だとしてもこのような重要なものを誰が写し取ったのか。

しかし、これが知れたら、番屋に引っ張られる、とげんなりした。定町廻の杉野のにやついた顔が浮かんできた。

「これはいかほどかな?」

「埼玉屋《さいたまや》の仙右衛門《せんえもん》とも顔見知りだよ。お前さんがあすこで奉公していたことも聞いている。ここに古本屋を出したこともね」

由蔵は唖然《あぜん》とした。どういうことだ。仙右衛門は、おれを。

「なんて顔をしているんだい。仙右衛門が、お前さんを見張ってくれと頼まれたとでも思っているのかい？　そんなに背負《しょ》っちゃいけないよ。お前さんは単なる古本屋だろう？」

「ええ、まあ、その通りで」

隠居は由蔵が戸惑っているのがおかしいのか、

「仙右衛門は慎重な男だ。そのうえ、自分の立場をきちりとわきまえている。どこかで、情報屋なんぞ妙なことをしているお前さんの噂を聞いたのだろうねぇ。あるいはこっそり調べさせていたかもしれない」

仙右衛門にそこまで知られていたとは思わなかった。いや、町年寄に比べたら情報屋としての自分などまだまだ小物だ。町年寄は三人。奈良屋、樽屋《たるや》、喜多村《きたむら》を名乗り、神君家康公とともに江戸に入って以来、代々世襲《せしゅう》で日本橋の本町《ほんちょう》に屋敷を構えている。

身分は町人ではあるが、奉行所と連携《れんけい》を取りながら、江戸八百八町《はっぴゃくやちょう》の統轄《とうかつ》をしている。いうなれば、町の頭《かしら》だ。お上《かみ》からの触《ふれ》を広めることや札差《ふださし》を統制する猿屋町会所《さるやちょうかいしょ》などにもかかわっている。正月三日、御成の際には将軍に御目見《おめみえ》できるという町人として最高位の立場でもあった。町年寄の下に町名主《まちなぬし》がおり、その下には月ごとに番屋に詰める家主《やぬし》がいる。江戸の町はそうした町役人《ちょう》によって守られていた。

「わしは喜多村彦右衛門《ひこえもん》。もう隠居とはいえこうして町をふらついておると、それなりに気になることもあってな」

お前さんもそのひとりだ。素麺箱の上で物を書いているのがなんのためか、興味をそそられた、と彦右衛門がいう。

由蔵は首を横に振る。

「とんでもないことでございますよ。おれの覚え帳など、町年寄さまから見れば、紙くず同然でございましょう」

「それでも、諸藩の武家が種を買いに来るではないか」

彦右衛門は嬉しそうに眼を細める。目尻の深い皺は、これまで町年寄として生きてきた証《あかし》のように見えた。

「わしはもう年寄りだしね、動くことは出来ないが、この勝平はうちの手代だ。好きに使ってくれて構わないよ」

突然の申し出に、由蔵は面食《めんく》らった。どういうことだ。

「種取りをひとりでやるのは難儀なことだ。それにうちは町年寄。お上の触ならすぐに知らせることが出来る」

　それにね、と驚く由蔵を楽しげに見つめながら、

「喜多村はかつて長崎糸割符《いとわっぷ》、関八州《かんはっしゅう》の行商人などの監視役も務めていたんだよ。百年以上経《た》ったいまでも、代々付き合いのある家がある。由蔵さんが覚え帳に綴る種には事欠かないと思うがね」

　古本をぽんと軽く叩いて、立ち上がる。

「待ってください。おっしゃっていることがおれにはよくわかりませんが」

「なに、簡単だ。要するにお前さんの覚え帳にわしも一枚嚙《か》ませておくれといっているんだよ。どうかね？」

　彦右衛門の顔がふと厳しいものに変わる。

　町年寄からの種となれば、由蔵にまったく損がないどころか、願ってもない話だ。だが、喜多村はどうだ？　おれに種を流してなんの得があるというのだ。もしそれが、他の二家に知れるなり、奉行所に気づかれでもすれば、町年寄の地位も追われかねない。徳川が江戸で政《まつりごと》を行うようになってから、奈良屋、樽屋、喜多村の三家は江戸の町人地を統轄してきたのだ。その幾星霜《いくせいそう》を無駄にするというのか。

　なぜなのか、そこを聞かねばならない。彦右衛門が誤魔化せば、この話は反故《ほご》だ。

こっちだって、ではお願いしますと飛び付くわけにはいかない。必ず裏がある。おれを利用する腹づもりがあるなら、それを聞き出さねばならない。

蚕《かいこ》の卵で騙《だま》された父親――。口の上手《うま》い奴の泣き落としにまんまと乗せられ、病《やまい》の蚕が孵《かえ》ったときには遅かった。

死んだ父親の代わりにおれが詰《なじ》られた。

「うそっこき由蔵」

「うそっこき由蔵」

子どもらの容赦《ようしゃ》ない囃《はや》し立てる声。

種を信じるも信じないもその者次第。活《い》かすも殺すも、その者次第――。

「どうしたね？　悪い話ではないと思うが」

由蔵は笑みを向ける彦右衛門を探るように見据える。

「なにが、目当てですか？　おれと組んだところで、そちらさまにはなんの益《えき》もない」

ふふふ、と彦右衛門が肩を揺らした。

「そりゃあそうだよ。わしは西方浄土《さいほうじょうど》が見えている年寄りだ。もう損得なんざ考えちゃいない。お前さんのやってることが面白いからだよ」

肩すかしを食らった気分だった。たったそれだけか？　やってることが面白いからだって？

得心《とくしん》がいかねえ。こっちの意図をわかっているとも思えねえ。おれはこの隠居になぜ種売りをしているか話したこともないのだ。

「ちょいと、そこの綴じ帳を見せてくれないかえ?」

物言いは柔らかいが、有無をいわせぬ響きがあった。

覚え帳をめくりながら、彦右衛門は「へえ、こんなことをしていたんだね。江戸でなにが起きているかすぐにわかるよ」と含み笑いをこぼした。

由蔵が黙っていると、なおも彦右衛門は続けた。

「お前さんの店で時々見かけるお武家は留守居役《るすいやく》あたりかな? あのお方たちは世情を知らねば仕事にならないからね」

なんでもお見通しか。すると丁を繰っていた隠居の眼が一瞬、止まった。が、すぐに由蔵へ視線を向けて笑みをこぼした。

「興味深いねぇ。でもこれだけの種を拾うのはやはり骨が折れるだろう」

「ご隠居さまには退屈な種ばかりじゃありませんかね?」

由蔵は隠居を見返すようにきつい眼で見上げる。

ほっほっと、隠居は奇妙な笑い声を上げ、

「隠居だからこそ退屈なんだよ。むしろ世事が知りたくてたまらないのさ。長屋の夫婦喧嘩《げんか》も、お城のお偉《えら》い方の吉原《よしわら》通いも、噂、風聞《ふうぶん》の類《たぐい》は面白いもんさ。隠居なんかしちまうと、世間から見放されたようでねぇ。寂しくなる。ねえ、どうだい?」

書物は所詮《しょせん》、絵空事《えそらごと》。巷《ちまた》に転《ころ》がる種のほうがいっそ面白い、と隠居が由蔵に詰め寄ってきた。人手はたしかにほしいところだった。清次《せいじ》には埼玉屋での仕事があるのでこちらの都合で頼むわけにもいかない。しかも仙右衛門にある程度知られているとなれば、尚更《なおさら》、清次には声を掛けづらくなった。

押し切られた感もなくはないが、隠居は、なにかあれば勝平をこれから遣《つか》わせるといった。彦右衛門の命であるからむろん否《いな》やはいえないのだろう。

彦右衛門は勝平から受け取った二朱を差し出すと、嬉しそうに『阿蘭陀風説書』の写しを手に取り、まるでほしかった玩具《おもちゃ》をようやく見つけた童《わらべ》のような顔をした。

柔和《にゅうわ》で穏やかな表情の奥に、どんな顔を隠しているのやらと、由蔵は思った。

「まあ、そんな顔をしなさんな。ともかく勝平を好きに使っておくれ」

すると勝平が「よろしくお頼み申します」と彦右衛門の背後からぼそりといって頭を下げた。

「あ、お爺ちゃん、まだいたんだね」

おきちが顔を覗かせた。彦右衛門が目尻を下げて、相好《そうごう》を崩す。

「いい本はあったの?」

「ああ、由蔵さんの店は面白い書物がたくさんあるからねぇ」

へえ、と感心するようにおきちが走り寄ってきた。

「おお、ほれほれ、ちょうど、飴屋《あめや》が来たぞ。買ってやろうか」

「ほんと？」

おきちの眼が輝く。

「おきち、おっ母《か》さんに訊いてからにしな」

由蔵が声を掛けると、おきちは彦右衛門を見上げて、拗《す》ねたような表情をした。

彦右衛門はおきちの頭を撫でながら、

「いいよなぁ。飴のひとつくらい。おっ母さんにはわしからいってあげよう。由蔵さん、それじゃあまたな」

と、はしゃぐおきちとともに彦右衛門と勝平は店の前から立ち去った。

三

やはり夕から雨になり、だらだらと幾日も降り続いた。

由蔵は久しぶりに家で書き物をしていた。四月に起きた松平周防守《すおうのかみ》家の門番刃傷《にんじょう》沙汰《ざた》の一件だ。安普請《やすぶしん》の長屋の屋根を雨が叩き、板間の部屋の隅に置かれた桶《おけ》から、ぴたんぴたんと雨漏りの音がする。

差配にいって直してもらわねばな、と思っていたとき、差配の顔とは似ても似つかない喜多村彦右衛門の顔が浮かんできた。

由蔵は筆を置いて、ごろりと横になった。しばらくぼんやりと天井《てんじょう》を眺めていたが、雨足が緩くなったのか雨漏りの音が止《や》んだ。

やれやれ、寝転んでいても腹は減りやがる、と由蔵はぼやいて起き上がる。

由蔵はまず日本橋の湯屋の二階で顔見知りと将棋《しょうぎ》を指しながら、種になりそうなものを拾い集めた。

一刻《いっとき》（約二時間）程で拾えたのは、浅草で小火《ぼや》があったとか、柳原《やなぎはら》土手で古手屋《ふるてや》が喧嘩騒ぎを起こしたとか、そんなものだった。本石町の絵双紙屋で聞いた医者について訊ねたが、誰も知らなかった。ため息混じりに湯屋を後にすると、足は自然とお里《さと》の店へと向かった。

「おいでなさいまし。あら、由蔵さん。今日はひとり？」

ああ、と由蔵は腰掛けに座った。

「小上《こあ》がりでもいいのに」

「いや、ここでいい。飯とお菜《かず》は見繕《みつくろ》ってくれ。あと酒も」

返事をしながらお里は、板場に入っていく。板前は弟がやっている。親はすでになく、姉弟ふたりでこの店をきりもりしている。

埼玉屋の寄子《よりこ》のときは、夕餉《ゆうげ》が出るので、酒だけを呑みに来ることが多かった。留吉《とめきち》に付き合わされることもあったが、ほとんど、ひとりだった。一合《ごう》だけでそれ以上は呑まないと決めていた。酔うと頭が鈍《にぶ》る。いいたくないことまで、勢い吐き出してしまいそうになるのが、怖いからだ。

「お待ちどおさま。ごめんね、夜の仕込みが忙しくて、こんなものしかないのだけど」

お里が盆を置いた。味噌汁《みそしる》と煮豆腐《にどうふ》、漬物《つけもの》、焼き魚。

「十分だよ」

お里がふっと前屈《まえかが》みになって笑った。目尻に皺が出来る。

「変わらないわね、ちっとも。古本商いをやるっていったときは、こんな口下手《くちべた》で大丈夫かしらって心配したのよ」

けれど、考えてみたら古本屋に売り声なんか要《い》らない、と気づいたとさらに笑った。

「だって座っているだけで、お客が勝手に書物を選ぶだけだものね。でも雨が止んでよかったわね。軒下じゃ濡《ぬ》れちゃうから」

由蔵は、そうだなと応《こた》えて箸《はし》を取り、飯茶碗を持つ。

「いつかは表店を出したいんでしょう?」

「そいつはいいなぁ」

と、応えつつも、表店か、と考えてもいなかったと苦笑する。そうか。店を構えて、おれは変わらず種を売る。面白いな。屋号は、在所の藤岡を用いて、藤岡屋としようか。藤岡屋由蔵――悪くない。

「ね、頑張りなよ。もっと稼《かせ》いでさ」

にこりとお里が笑う。

お里はいつも笑顔で迎えてくれる。初めて会ったときは、まだ十二、三だった。段々化粧が濃くなっていくのは、歳のせいか。額《ひたい》が広くて、眼は少し垂れ気味《ぎみ》で、口は小さい。美人とはいえないが、愛嬌《あいきょう》のある顔をしている。由蔵は埼玉屋にいた頃、幾度もお里の笑顔に和《なご》まされた。

いまでもそうかもしれない。

不意に、在所の娘の顔が脳裏に浮かんだ。

おそらく嫁に行って、子のひとりやふたりはいるだろう。もう江戸に出ることを告げたときの泣き顔しか覚えていなかった。

酷いものだ、と由蔵は呟いた。

「由蔵さんも埼玉屋さんから出て、きっちり働いているんだから、えらいわよね」

「褒《ほ》められたものじゃねえよ」

「清次さんいってたわよ。おれも兄ぃみたいになりたいって」

由蔵の身が一瞬強張《こわば》った。

「清次は他になにかいってたかい？」

ううん、とお里が首を横に振る。

ならばいいが、清次の奴には余計なことを話すなと釘《くぎ》を刺しておかねば。人に話せば、必ず尾ひれがつく。清次は真《ま》っ直《す》ぐな性質《たち》だが、その真っ直ぐさが仇《あだ》になっては困る。面白おかしい、皆が飛びつくような憶測だらけの瓦版《かわらばん》を由蔵は作りたいわけではない。

おれは日々の記録を残したい。

日記とも違う。覚え帳には己《おのれ》の感情は書き込まない。あくまでも、起きた事、それだけだ。盗みならば、いつどこで、誰が何を盗んだか。その裁《さば》きがどう出たか。それだけでいい。怒りや悲しみを感じさせるのは、おれが示すことじゃない。

雨は止むことなく降り続いた。空には鉛色《なまりいろ》の雲が広がり、幾日も陽《ひ》が閉ざされた。雨脚《あまあし》は朝も夜も衰《おとろ》えず、そのうち雨の激しさで天井が破れるのではないかと思うほどだった。そのうえ、夏の暑さもあり、板敷きの部屋はじっとりと湿って、気持ちが悪い。

当然、由蔵は軒下に出ることも叶《かな》わず、新たな覚え帳をまとめるために、錐《きり》で紐通《ひもとお》しの穴を開けていた。次第にひどくなる雨漏りの音を聞きながら、このまま雨足が衰えなければ、また家屋《かおく》が失われ、人が死ぬ。とくに本所《ほんじょ》深川周辺は堀や川が無尽《むじん》に走っているのと、土地が低いことから、大雨に弱い。すぐに水が出る。

そうならなきゃいいが、と由蔵は願っていた。

二日後、ようやく雨が止み、陽が戻ってきた。

だが、願いも虚《むな》しく本所と深川は水浸《みずびた》しになった。幸い人死《ひとじに》は少なかったものの、それでも、家屋は流され、多くの者が家を失った。

由蔵は矢立《やたて》と紙を持って、すぐさま出掛けた。神田川の流れは速く、水が濁《にご》っていた。船頭に声を掛けたが、「大川の水嵩《みずかさ》もましているんだ、舟は出せねえ」と断られた。

あちらこちらにぬかるみが残り、たちまち足許は泥にまみれた。

永代橋《えいたいばし》の下の大川はうねる龍《りゅう》のような流れだった。いつもならいまごろは、涼み舟や物売り舟、猪牙舟《ちょきぶね》で川面《かわも》を埋め尽くしているが、当たり前のように一艘《そう》も出ていない。

逃げた人々と野次馬《やじうま》が橋の上で茫然《ぼうぜん》と眺めている。

橋の上からでも、町の様子が見て取れた。あたり一帯が水に浸っている。屋根や家財がぷかぷか浮いている中を舟が行《ゆ》き交《か》っている。鳶《とび》や木場《きば》の者たち、奉行所の役人が、取り残された人々を救助しているのだ。無論、その中には溺死体《できしたい》もある。

由蔵は矢立を取り出し、紙に有様を記していく。と、いきなり肩を叩かれた。

振り向くと、見知った前髪立ちの男が立っていた。仙太《せんた》だ。

「ははあ、やっぱり来てた。会えるとは思ってたんだけどよ」

「そりゃあ、そうだな、お前も大変だな、読売《よみうり》はすぐに出さなきゃならねえからな」

仙太は、顎《あご》を撫でた。

「そうなんだよ。どれだけ家が流されて、人が死んだか。また御番所《ごばんしょ》か番屋に行かなきゃいけねえから、気が重い」

由蔵は笑った。

「しかたねえ、それがお前らの商売なんだからな。おれは残すだけだが、お前らは、いち早く報《しら》せることが大事だからな」

「は、うまいことをいいやがる。けど、売り物にしているのは同じだ」

「一緒にするなよ。おれは広く報せるつもりはねえよ。おれは種が必要だと思う者にしか売らねえ。その種をどう役立てるかは買った奴の裁量ひとつだ。が、だからこそ、おれは噂も風聞も裏を取るし、私情も入れねえ。なんでも尾ひれを付ける瓦版とは違うんだよ」

「恰好つけるんじゃねえよ」

仙太が白い歯を覗かせた。が、すぐに顔を引き締めた。

「ついさっき、亀戸《かめいど》の荒屋《あばらや》から骨が見つかったって大騒ぎだったんだぜ」

「骨？　人のか？」

「あたりめえだよ。犬や猫なら騒ぎにならねえ。水で崩れた荒屋から出てきたそうだ」

「けどな、骨になってちゃ身元もわからねえし、住んでた奴がそのままおっ死《ち》んだとも考えられるだろうな」

ところが、そうじゃねえ、と仙太はわずかに声を落とした。

「左腕の手首に数珠《じゅず》が巻かれていてよ。それが行方《ゆくえ》知れずになってた本石町の医者の物だっていうんだ」

本石町の医者――だと？　絵双紙屋の主人の話が脳裏に甦《よみがえ》る。長崎屋で地図と思しきものを見た、という話をしていた。つまり、ただの行方知れずじゃなかったってことだ。一枚の日の本の地図がなにを引き起こしているのか。嫌《いや》な波紋が広がっていく。由蔵はぶるりと背を震わせた。

ようやく晴れ間の出た日、伊之介《いのすけ》は、またも天水桶《てんすいおけ》の陰にいた。手招くと、あたりを窺《うかが》いつつ軒下にやって来た。由蔵は覚え帳を繰りながら、笑みを向けた。

「本日はお大名家にお売り出来るようなものはございませんね。ああ、不忍池《しのばずのいけ》に二尺《じゃく》もある鯉《こい》がいたとかいないとか」

「うーん、それは買うほどでもないなぁ」

伊之介は少しばかり不満そうな顔をした。

「聞番《ききばん》としては、我が藩に利をもたらすような種が欲しいのだ。私は聞番として日が浅いがゆえに、早くご家老にも認められなければならない」

留守居役、我が藩では聞番だが、常に情報を仕入れ、いつでも臨機応変にそれらを出し入れ出来ねばならぬと、いきなり朗々《ろうろう》と話し出した。

「私自身、藩外のことはあまり知らぬゆえ、少しは世情に長《た》けた者にならねばと思うた。それには武士町人問わず付き合わねばと」

なるほど、と由蔵はもっともらしく頷《うなず》いた。

「では、早速、町人の私と付き合ってみませんか」

伊之介を真っ直ぐに見つめた。

「いずれ、恩返しを期待しております、と私がいったことを覚えていらっしゃると思いますが」

由蔵の視線に伊之介は怯《ひる》みつつ、首を縦《たて》に振った。

「しかし、あまり難しいことは無理だぞ。武士に二言はないとはいえ」

思わず由蔵は吹き出した。

「佐古《さこ》さまには調子を狂わせられます」

褒め言葉ではないが、妙に照れくさそうな笑みを伊之介が浮かべた。

「さて、その恩返しですが」

うむ、と伊之介が笑みを引っ込め、真顔《まがお》になる。

「先般、阿蘭陀人の江戸参府がございました。貴藩で長崎屋へ赴いた方、あるいは大藩《たいはん》であれば文人墨客などとの交流もなさっているはず。その中に阿蘭陀人にお会いした方――」

由蔵は一旦《いったん》考えてから再び口を開いた。

「天文方にいらっしゃる方をご存じでしょうかね。もしいらっしゃれば、お会いしたいのですが」

伊之介が首を捻った。

「むろん我が藩にも蘭学に通じておる者がおるにはおるが。しかし、話を聞いてどうするのだ?」

怪訝《けげん》な顔をする伊之介に、由蔵はすぐに、

「覚え帳に記すためでございますよ」

ふむ、と伊之介が唸《うな》って、しばし考え込んだ。が、いきなりぽんと両手を叩いた。

「どなたかいらしたので?」と、由蔵が身を乗り出した。

「私の同僚です。といってもかなりの年長の聞番ですが。安井数左衛門《かずざえもん》と申しまして、時計が趣味というか……私はまったく興味はありませんが、もともと加賀藩は時刻を計るのが好きでしてね……まあ、ともかくそういう方です」

「それで、その方から天文方のどなたかへの仲立ちをしていただけるのですか？」

「いや、紹介しようと思ったのは、その者です。たしか、安井どのは長崎屋へも赴いているはずなので」

伊之介が屈めた腰を伸ばして、横を向いた。

「安井さまぁ」

いきなり天水桶のほうを向き、名を呼んだ。由蔵は面食らう。

「おかしいなぁ。すぐ用事を済ませるといったのに。実は、今日、富山藩の留守居役と会うので、安井さまと一緒に来たのですよ」

だとしても、天水桶の陰にいることもない。

と、おたもの声が聞こえた。

「ありがとうございました」

「うむ。また来るぞ」

その声に気づいた伊之介が、

「安井さま。こちらですよ」

ちらと姿を見せた老齢の武家を手招いた。

「なんじゃ。佐古どの。そっちにおったのか」

安井という伊之介の同僚は袂に包みを入れた。中川屋で足袋を買ったようだ。髷《まげ》も眉も白い。細面《ほそおもて》で口角《こうかく》が垂れ、目蓋《まぶた》が腫《は》れぼったく眼が細く見えた。少々頑迷《がんめい》そうな老人だ。それでも、身なりは地味ながらもきちりとして、背筋がぴんとしている。さすがは大藩の藩士といいたいが、枯れきった枝のような御仁《ごじん》だった。

由蔵は座ったまま、お初におめにかかります、と辞儀をした。

「なんともみすぼらしい床店《とこみせ》だのう。なぜ表店でやらぬのだ。雨や風の日は商いが出来ぬであろう。それにこの古本はなんだ」

と、一冊を、人差し指と親指で挟んで、恐る恐る持ち上げた。

「やれやれ、こいつは酷《ひど》いの。陽に灼《や》けて、紙の色もすっかり変わっておる。こっちは綴じ紐が切れているではないか」

顔をしかめて言いたい放題だ。伊之介は慌てて、安井を止めた。

「あの、この者ですよ。喜代乃《きよの》さまの――」

安井は、ほう、と声を上げ、眼を見開いた。

「そうだったのか、これは失敬した。我が儘《わまま》な女どもから我が藩を救ってくれた恩人か、その節は、世話になった。ご家老も喜んでおった。うははは」

と、枯れ枝のような閒番の安井が豪快な笑い声を響かせた。

「恩人というのは、どうもくすぐってえですよ」

「なんの、まことのことだ。佐古が古本屋に寄りたいというのでついてきたが、なぜ天水桶の陰におらねばならんのか？」

いや、それは、と伊之介がしどろもどろになりつつ、懸命にいい募《つの》った。

「由蔵どのから種を買うのを他藩の者に悟《さと》られないためです。ですが、今日は由蔵どのの頼みで長崎屋でのお話をしていただきたいのでございますよ」

安井は、長崎屋じゃと？　と唇を曲げた。

「それは構わぬが、古希《こき》を過ぎた年寄りをずっと立たせておく気かな？　若いの」

「これは、気づきませんで」

と、由蔵は身の周りを眺めたが、周囲は古本の山、文机《ふづくえ》代わりの素麺箱と自分が座るわずかな隙間《すきま》しかない。なにより、軒下で話を聞くのもはばかられる。

だからといって、塒《ねぐら》に連れていくのもどうかと思っていると、おきちがひょっこり顔を出した。老武士の目的が軒下にあるとわかって気になったのだろう。

「お、これは足袋屋の娘御《むすめご》ではないか」

安井がさらに目尻を垂らす。伊之介がこそっと由蔵に耳打ちした。

「安井さまにはお孫さんがいましてね。ちょうどあの娘と同じくらいの歳のようです」

「佐古、余計なことはいうでない。わしはまだ耳も眼も達者《たっしゃ》だぞ」

いきなり安井がきつい眼を向けた。

「ご無礼をいたしました」

伊之介が額に汗を滲《にじ》ませている。そういえば、以前聞いた覚えがある。もうひとりの聞番は数十年勤めていると。それでは頭が上がらぬはずだ。

「安井さま、いかがでしょう。近くの茶屋へ参りましょうか」

由蔵が水を向けると、安井は小難しい顔つきで腕を組んだ。

やはり大大名家の藩士はそこらの茶屋などには行かないのだろうか。だいたい留守居役たちは、江戸でも屈指の料理屋で会合とは名ばかりの宴《うたげ》を開いている。お役目といいながら藩庫の金を使う紙魚のような者たちだ。

加賀藩は留守居役組合には属していないが、支藩である富山藩、大聖寺《だいしょうじ》藩の留守居役とはそういう付き合いをしているはずだ。

「これは、失礼をいたしました。茶屋では込み入った話も出来ませんね」

由蔵が頭を下げると、安井は、

「それならば甘味屋《かんみや》なる処《ところ》へ行ってみたいのだがな」

「甘味屋。なにをおっしゃっているのです、安井さま。どういう処かご存じなのですか?」

むっと安井は伊之介を睨《ね》めつける。

「知っておる。若い娘たちが集まるのであろう?　小部屋もあるとも聞いた。なかなかそうした処へは行かれぬゆえ、よい機会だと思うてな。それにわしは甘いものが好きだ」

安井は急に破顔した。

見た目より堅苦しい御仁ではないらしい。むしろ、安井の横で汗をかいている伊之介のほうが堅物《かたぶつ》のようだ。由蔵は俯《うつむ》いて苦笑しながら、

「おれは構いませんが、甘味屋にある小部屋は男女の逢引《あいびき》にも使われている処です。それでもよろしいですか」

ほうほう、と安井が細い眼を見開いた。

「それもまた一興《いっきょう》。俄然、興味が湧《わ》くの」

小部屋を頼めば、店の者も来ない。他人に話を聞かれる心配もない。密談というほどではないにしろ、どのような話が飛び出すかしれないのだ。

だったら甘味屋は都合がいいかもしれない。

では早速と、由蔵は片膝《かたひざ》を上げた。

おきちが顔を出して、こちらを窺っている。ついて来たそうな顔をしていた。

「足袋屋の娘御もどうだ？　これから甘味屋へ行くのだが」

なんと安井がおきちを誘った。おきちも眼をまん丸くしている。

「遠慮することはないぞ。この若いのと一緒に食べておればいいのだ」

「天水桶さんと？」

「天水桶？」

「うん、いつも天水桶の陰に隠れてるから」

それはいいと安井が笑う。伊之介がきまり悪そうな顔つきでおきちを見た。


軒から下がった『甘味処　たけや』の看板を見ながら、暖簾《のれん》を潜《くぐ》った。さほど混んではいなかったが、若い娘たちが一斉《いっせい》に由蔵たちを見る。侍《さむらい》ふたりと、町人と少女の組み合わせは人目《ひとめ》を引くに決まっている。

「これ、女将《おかみ》か主人はおるか」

安井が大声を上げる。

「佐古は、入れ込みでおきちどのとなにか食べていろ」

「え？　私はよろしいんで？」

伊之介が困りきった顔で、おきちを見る。

「お爺ちゃんのお侍はどこに行くの？」

おきちが訊ねると、

「わしはこの男と大事な話があるゆえな」

安井は優しい笑みを向けた。

女将が出て来ると、すぐに由蔵と安井を奥の小部屋へと通した。

いくつかの部屋は皆障子がとじられ、人気《ひとけ》はあるが、話し声ひとつしない。代わりに、わずかだが、せつないような、すすりなくような女のなまめかしい声がした。

安井は、咳払《せきばら》いをして部屋前を通り過ぎる。

案内された小部屋は狭いが、丹精《たんせい》された庭がよく見えた。濃い緑の葉を茂らせたクチナシが白い花を咲かせている。

安井の白玉《しらたま》と、由蔵の安倍川餅《あべかわもち》がすぐに運ばれてきた。

「早速で恐れ入りますが」

うむ、と安井は白玉を口に運んだ。

「長崎屋であろう？　わしも我が藩も蘭学に興味があってな。わしはとくに時計に興味があるのだが」

由蔵は安井が話したくてうずうずしている様子を見つつ、ところでと、膝を乗り出す。

「長崎屋にはどのような方が行かれるのですか？」

わずかに安井は不機嫌な顔をした。話の腰を折られたような気分になったのだろう。だが、さらに由蔵は言葉を継いだ。

「天文方らしき方が来ていることもあるのでしょうか？」

安井は怪訝な顔で白玉をまたひとつ食べ、じっと見つめてきた。

「ご無礼をいたしました。なかなか阿蘭陀人に会うことが叶わないので、つい」

お主《ぬし》は、と安井が口を開いた。

「世間の噂や風聞を拾い集めて、必要な者に売るそうだの。面白い商売を考えついたものよな。豆や米の相場などもそうした種になるのか？」

「相場を扱うのは山師。それはしておりません。もっとも、在所では似たようなことをしておりました」

ほう、と安井が感嘆した。

「生糸《きいと》を扱う店でしたので、やはり相場がございました。私は生糸相場の値《ね》をいち早く手に入れ、それを元にして、安価にするなど操作をして参りました」

「なるほど。相場よりも安くするのか。それでは儲けは少なくなるだろう？」

「薄利多売でございます。安価で売る分、生糸の生産者より多く買い上げ、確実に売り捌《さば》いておりました」

その場合、生産者にはたしかな利益を出すと約定《やくじょう》を交わし、他店や個人との取り引きはさせないようにしていた。

「恥ずかしながら、それを若い頃からしておりまして」

「なんと！　その道のほうがよかったのではないか。いまごろは番頭か、いや暖簾分けされておるのではないか？」

安井は、まことに驚いたという顔をした。

由蔵は首を軽く横に振る。

「昔から、出る杭《くい》は打たれるの諺《ことわざ》もございます」

「なるほど疎《うと》まれたか。さもありなん。それで江戸に参ったのだな。これは嫌なことを思い出させた」

「とんでもないことでございます。そのようなお言葉、恐れ入ります」

うむと、頷き麦湯を啜《すす》った安井は、湯呑みを置いて、ひと息つくと、口を開いた。

「長崎屋には、阿蘭陀人に対面したい者たちが連日訪れていての。たしかに天文方の者もいたはずだ。あのとき、は」

安井が目蓋を閉じて、腕を組む。

由蔵が安井を見つめたまま待っていると、ああ、そうだと眼を見開き、安井が組んだ腕を解《ほど》いて、手を打った。

「そうじゃそうじゃ、たしか高橋作左衛門と渋川助左衛門《しぶかわすけざえもん》のふたりだ」

高橋作左衛門――長崎屋に赴いていたのか。

由蔵は綴じ帳と矢立を取り出し、名を綴る。

「高橋と渋川は、実の兄弟でな。わしは、もともとその兄弟の父親である高橋至時《よしとき》と顔見知りだった。初めて会《お》うたのは大坂《おおざか》でな。奴が大坂 定番同心《じょうばんどうしん》で、わしが大坂の蔵屋敷《くらやしき》におった頃だ」

その後、至時は天文方として江戸に出、安井も数年後、江戸詰《づめ》になり、再会を果たしたと懐かしそうな眼をした。

歳は安井が上だったが、ともに算術が好きであったのと、暦《こよみ》や時刻などに興味があったことから意気投合したという。

「そうそう至時はな、あの伊能忠敬の師でもあったのだぞ」

さも自分のことのように胸を張った。作左衛門の父親が伊能忠敬の師匠《ししょう》とは。

由蔵は相槌を打ちつつ、

「では、至時さまは、いまは隠居なさったのですか？」

そう訊ねると、安井は残念そうに首を横に振った。

「優秀な者ほど早死にするのか、四十一で逝ってしまった。もちろん家督《かとく》は嫡男《ちゃくなん》の作左衛門が継ぎ、次男は渋川家の養子となったのだがな」

白玉のきな粉がけを食べ終えると、安井は満足そうな顔をした。

「つかぬことをうかがいますが、ご嫡男の作左衛門さまは伊能地図には」

「おお、もちろんかかわっておった。父の跡を継ぎ天文方におったのでな」

「長崎屋でお会いしたときに、妙なことはありませんでしたでしょうか？」

由蔵はわずかに身を乗り出した。

安井が、はてと首を傾《かし》げた。

「とくに変わった様子はなかったのう。ただ、通詞の者とずいぶん長く話し込んでいたが、それぐらいだな。たしか、しいぼるという医師に会いに来たとは聞いたが」

葛飾《かつしか》北斎の画《え》を買った異人がたしか、その医師だった。

「医師のしいぼるとには、お会いになられましたか？」

「しいぼるととカピタンと他の者にも大勢会った。暦の話をしたり、時計のことを話したりしたな。我が国の使っている暦や時刻の計り方を不思議に感じていたようだ」

日本の時刻の計り方は不定時法といわれるもので、一刻《いっとき》の長さが夏と冬では違う。日の出から日の入りを六つに分けるので、夏と冬では、一刻の長さが変わってくる。なので安井は、明るい内に働き、暗くなったら眠る、ということだと説明すると、それは身体《からだ》にいいと、医師のシーボルトとは笑っていたという。

「ここだけの話だぞ」

安井はさらに、シーボルトについて語った。

「我が国では、阿蘭陀人だけが入国出来ることになっているが、しいぼるとは独逸《ドイツ》人だ。しかし、我が国の者の眼から見れば、異国人などほぼ皆、同じに見えるからな」

と笑った。

シーボルトが来日したのは、文政六年（一八二三）。長崎出島で阿蘭陀商館医となり、文政七年には、出島の外に鳴滝塾《なるたきじゅく》を開設し、蘭学を学びたいという日本人の多くに講義をし、また長崎での診療も許可されている。

博物学者でもあるシーボルトは、今回の参府の道中、様々な植物を採取し、魚類、鳥類、動物、また風景なども随行《ずいこう》した日本人絵師に写生させている。その他、文化や習慣、音楽、あるいは日本人そのものを描かせたりもしていたらしい。

「わしは面識がないが、最上徳内《もがみとくない》どのはよく長崎屋を訪れていたそうだ」

最上徳内といえば、蝦夷、樺太《からふと》などに渡ったこともある探検家で知られ、由蔵も耳にしたことがある名だった。蝦夷地など、どれだけ北の果てなのか想像もつかないが、極寒《ごくかん》の地という印象しかない。

シーボルトは蝦夷、樺太における徳内の見識の高さを敬いつつ、蝦夷地の人々が使用する言語の編次を行っていたという。

「最上どのは、長崎へ戻る一行を小田原まで見送ったというから、よほどしいぼるとと互いに尊敬し合っていたのだろうよ。歳は四十ほども徳内どのが上だがな」

由蔵の頭にふと疑問が湧き上がってきた。日の本の地図のことだ。

「最上さまが、しいぼるとに我が国の地図を与えたなんてことはないでしょうね」

「それはなかろう」

即座に安井は否定した。地図を国外へ出せばお定めを破ることになる。死罪になるのは確定だ。

「最上どのがそのような禁を犯すとは思えぬな。そんな考えなしのお方ではない」

「懇願《こんがん》されたとして、地図そのものを渡すのではなく、写しを取らせたということは考えられますか？」

「あり得ぬ。最上どのの手許にあるのは、蝦夷、樺太の地図だけのような気が……待てよ、蝦夷、樺太といえば――間宮林蔵《まみやりんぞう》」

「間宮林蔵？」

「おう、幕府の御庭番《おにわばん》よ。たしか樺太が地続きでなく、海峡があることをたしかめた男だったな。奴も地図の作成にかかわっていたと思うが」

御庭番か。だとしたら伊賀者である埼玉屋の仙右衛門はその間宮という男を知っているかもしれない。由蔵が考え込んでいると、安井が厳しい眼を向けてきた。

「もしも、地図を見せている処を、他の誰かに見られたりしたら、御庭番の間宮だったらどうするでしょうね」

由蔵は軽い口調で言ったつもりだったが、安井の顔色が途端に変わった。

「良いか。日の本の地図は見せることはおろか、写すなどもってのほか。よしんばそのようなことがあれば、死罪は免れんのだぞ。そのような浅はかなことはまずせんと思え」

由蔵は、申し訳ございませんと素直に頭を下げる。

「ただ、カピタンの江戸参府は、一種の諜報《ちょうほう》活動ではないかという話がまことしやかに流れており、実際、どのような交流があったのかを調べたいと思っていたものですから」

と、由蔵は肩をすぼめ、消沈気味にいってみた。

「諜報活動とはまた大仰《おおぎょう》な。江戸参府が、我が国を探る間者《かんじゃ》一行だったというのか。それをお主の覚え帳とやらに綴るのか？」

「おれはそうだとは決めつけません。ただ事実のみを記すだけでございます」

「それをどう判断するかは、種を買った人間の勝手というわけか」

「さようでございます」

「ふむ。だが、阿蘭陀商館長とその随員の江戸参府は、上さまに貿易の礼と挨拶のために参る。もちろん、長崎から江戸までは長い道中。物見遊山《ものみゆさん》の気分もあるだろう。お主のいう通り、各地に逗留しながら、どういう国であるのか見極《みきわ》めることも出来るだろうて」

「では、安井さま以外の方は、どのようなことをお話しになったのでございましょう。お聞きになっただけのことでも結構ですが」

「しいぼるとは医師であるゆえ、我が国の医師たちに、眼科の講義をしたというのは聞いたな。ただ、江戸滞在を引き延ばしたいという思いがあったようだが、それは叶わなかったと残念がっていた」

ぱたぱたと、軽い足音がして、おきちが小部屋に入ってきた。

「おお、どうした、足袋屋の娘御」

安井が声を掛けた。

「天水桶さんが、もう我慢出来ないってぼやいてるの。由蔵、お話はまだ？」

まったくこらえ性のない奴だのう、このような可愛《かわい》い娘御が相手をしてくれているのになぁ、
と安井が笑いながら、腰を上げた。

四

安井は富山藩の留守居役に会いに行ったが、伊之介は由蔵の許に残り、疲れた顔をしていた。

由蔵が山積みの古本を退《の》けると、伊之介は息を吐いて、筵の上に腰を下ろした。

「なるほど、ここから見るとこういう景色なのか」

と、ぽつんといった。

「軒下ゆえ、店自体は目立たないが、こちらからは人の流れがよく見えるのだな」

「はい。天水桶もよく見えますしね」

伊之介は皮肉にも気づかず、むう、と唸った。

「安井さまが、慎重《しんちょう》というか、気弱というか、とおっしゃっておりましたよ」

伊之介はがくりと首を落とした。

「安井さまは、非常に頑迷そうに見えましたが、話してみると気さくなお方でしたよ」

「あの方が気さく?」

「と、思いましたがね」

「まあ、それはいい。それで、聞きたいことは聞けたのか」

「かなり役に立つお話でした」

それはよかった、と伊之介は力なく笑った。

長崎屋の下男に化けて入り込んだ医者が目撃した地図の写しらしきものは、最上徳内の蝦夷と樺太の地図の可能性がなくもない。

とはいえ、幕府の直轄地《ちょっかつち》は蝦夷地の一部だけだ。露西亜の南下と干渉を警戒し、東北諸藩に警備を任せたが、その後は、松前藩《まつまえ》に全権を委《ゆだ》ねている。

となると、蝦夷や樺太の地図はお定めに触れないのだろうか。微妙なところだ。

ただ、それでも高橋作左衛門が長崎屋を訪れているのは気にかかる。本人が知らぬうちになにかに巻き込まれていることもある。そして間宮林蔵。

「本日はなにか種はあるか？」

伊之介が訊ねてきた。由蔵は早速、覚え帳を繰った。

「そうですね、これは貴藩に直《じか》にかかわりないでしょうが……。少し先のことになると思いますけれど、お奉行所から芝居の座元、役者たちになにかしらの申し渡しがあるかもしれませんね」

「役者かぁ。溶姫《よう》さまあたりが少々騒ぐくらいだろうな」

「お武家でも贔屓の役者をお持ちの方もいらっしゃいましょうし。まずは役者の給金の高直《こうじき》を咎《とが》められるような気がしますね」

寛政の頃に、三座取締方議定証文《とりしまりかたぎじょうしょうもん》が出されている。役者の給金、木戸番の人数などの規定を定めたものだ。それを遵守《じゅんしゅ》するようにとのことだろう。

「顔見世《かおみせ》の番付が十月に出されますから、その頃に召し出しがあるんじゃないでしょうか」

そうか。だとすると、役者を屋敷に呼び芝居をさせろとまたぞろ溶姫さまがいい出すかもしれない、と伊之介はため息を吐《つ》く。

「まだ噂の段階ですからわかりませんよ。芝居町《しばいまち》の座元がこぼしていたことなので」

「これは、銭を取るのか?」

「いえ、まだほんの触《さわ》りにすぎませんので結構ですよ」

やれやれすまなかったな、休ませてもらって、と伊之介が立ち上がった。

「なあ、由蔵。此度《こたび》の安井さまの話だが、なにか種を拾うためなのだろう?」

「先日もお応えしましたが、江戸参府の件が抜けておりましたので、付け加えるためです」

「そうか、それも売れるのか?」

「知らないより知っていたほうがいいこともありますから。この世には様々な風聞、醜聞《しゅうぶん》、噂が溢《あふ》れております。それを吟味し、どう活かすかは、お買い上げになったお方次第です」

「噂や風聞には偽《いつわ》りもありましょう。瓦版などは、敵討《かたきう》ちの話も尾ひれがついて、大袈裟《おおげさ》に書き立てる」

「なるほど」

それを信じるか、信じないかも人次第、だと由蔵はいった。

「お上から出されたお触《ふれ》などもおれは写しますが、それはその世を表すものだと思っております」

「その世を表すもの？」

「かつて天下の悪法といわれた生類憐《しょうるいあわれ》みの令がございましたが、それは裏をかえせば、捨て子をする、病の牛馬を打ち捨てる、行き倒れの者をほうっておく、そうしたことが頻繁《ひんぱん》に起きていたということです。それを公方《くぼう》さまは嘆かれていた」

しかし、命を尊《たっと》ぶということが曲解され、虫も殺せぬようになった。当時、悲喜こもごもの事件が起きたと、由蔵は在所の古老から聞かされたことがあった。

「たしかにそうだな。私も当時のことはまったく知らぬが、蚊《か》も叩けなかったと笑い話になっておる」

伊之介が頷いた。

「寛政のご改革でも、混浴の禁止などがありましたが、それは湯殿が暗いためによからぬことをする輩《やから》が多かったからですよ。なにも、ご老中さまが、重箱の隅《すみ》を突つくような真似《まね》をしたわけではないと思いますがね」

そうした時代、いまの世で起きていることを記しておくことで、なにが変わり、変わらないかが、見えてくるかもしれない、と由蔵はいった。

「そうか。おまえの覚え帳には、その時々の世情が映っているということか」

「そこまで大仰に構えてはおりませんが、長く書き続ければ、そうなるかもしれません。世は知らぬ間に移り変わっていくものですから。しかし、変わらぬものもあるかもしれませんが」

「うむ、そういわれるとそんな気がしてきた」

伊之介は妙に得心した顔をした。

だから情報は必要なのだと、由蔵は思う。

たかが噂ひとつ、風聞の類であっても、それは商品と同じなのだ。魚を一尾買うのと一緒だ。腹を満たしてくれる食い物と変わらない。たったひとつの情報が、商人や武家にとっては重要なこともある。それを求める者には売るが、求めない者に押し付ける物ではない。

そこも八百屋《やおや》や魚屋と大差はない。が、違うのは、その種ひとつがまったく役立たずのこともあれば、用い方によっては大きな影響を及ぼすこともある。よくも悪くも、だ。

「さて、そろそろ戻るか」

伊之介が伸びをしたとき、ふと天水桶のほうに眼を向けた。

「あ」

伊之介が声を上げた。由蔵も思わず天水桶のほうを見る。

「いつも私の姿はああ見えていたわけだ。なんて間抜けなんだろう」

伊之介は少々自嘲《じちょう》気味にいった。

長い顔の男――。周りを見回し、通りを突っ切り一気にこちらへ走って来た。

「た、助けてくれ、助けて」

と、伊之介の背後に隠れた。

伊之介は慌てながら、首を右へ左へと回して、「どうしました?」と訊ねた。

「追われているのだ」

「高橋作左衛門さま、ですね」

「すまぬ、由蔵どの」

作左衛門は息を切らせていった。

「気のせいではなかったのだ。五間《けん》（九メートル強）ほど離れたところに黒装束《くろしょうぞく》の男がふたりいて、私が御米蔵《おこめぐら》前の測量所から出ると、徐々に近づいて来たのだ」

眼を見開き、額にはどっぷり汗をかき、身を震わせている。

「おれの塒はおわかりですね。心張《しんば》り棒はかいちゃおりませんから、ひとまずそこへ」

だが、作左衛門は動かなかった。いや、腰が抜けて動けないのだ。

「ああ、なにゆえ、私が狙われるのだ」

カチカチと歯が当たる音がする。

「ともかく、急いでください。這《は》ってでもいいですから。ちょいとご無礼いたしますよ」

由蔵は気を入れるため、作左衛門の背をぱんと思い切り叩いた。

「あ、ああ」と、作左衛門が声を洩《も》らした。

伊之介は通りに眼を向けていた。何人《なんぴと》も見逃さぬといった厳しい眼付きだ。いつものため息ばかりの伊之介の姿とはまったく異なっていた。

意外と、剣の腕はあるのかもしれない。

作左衛門は踵を返し、一目散《いちもくさん》に駆け出した。

「佐古さま、怪しい者はおりますか?」

「いや、いまのところそのような黒装束の者などはいないが。あの御仁は?」

伊之介の声も張り詰めていた。

「天文方の高橋作左衛門さまです」

「天文方、か。この真っ昼間、しかも暑い最中に黒装束姿の男がふたりなど、容易《たやす》く見つけられそうだが」

もう追っては来ないかもしれぬな、と伊之介が肩の力を抜く。

「まさか往来で人斬りもせんだろう。しかもここは御成道だ。人目につくどころの騒ぎじゃない。刀を抜いただけで阿鼻叫喚《あびきようかん》だ」

伊之介のいうことはもっともだ。

「由蔵どの。あの高橋という天文方の役人とは知り合いなのか？」

「いえ、いつでしたか、おれの塒を訪ねてきたんですよ」

「なにゆえ？　種を買いにきたのか？」

それは、と由蔵はいい淀《よど》んだが、しばし間を置いてから口を開いた。

「あの方は、自分が誰かに尾《つ》けられているが、その理由についてなにか噂があるのか知りたくて、訪ねてきたのですよ」

伊之介は、いつもの茫洋《ぼうよう》とした顔に戻り、眼をぱちくりさせる。

「要は、自分が噂になっているか知りたいとやって来たのか。なんとまあ、不思議なお方だな。つまり噂になるようなことをしてしまったということか？　身に覚えがあるというか」

「おれも面食らいましたよ。けど、あの怯《おび》え方は尋常《じんじよう》じゃありません。誰かに尾けられているのはたしかでしょう」

ふうむ、と伊之介は首を傾げた。

「刺客《しかく》かどうかはわからんが、天文方の者が狙われるものだろうか。一体、何をしでかせばそうなるのだろうな」

伊之介は素直に聞いてくる。その通りだ。天文方の役人がつけ狙われることなど、考えたところで、なにも浮かんできやしない。高橋が見かけと違って、悪党であれば話は別だ。ただ、思い当たることといえば、先ほどの安井の話だ。高橋は養子に出た弟とともに、長崎屋に赴いている。そこで、シーボルトという医師に対面した。

だが、それだけだ。それ以上のことは、高橋に問わなければわからないだろう。

「由蔵どの、私がここで見張っていようか。もしかしたら、高橋どのがこの軒下に逃げ込んだところを見ていたかもしれない」

由蔵は、伊之介をまじまじと見つめた。

「なんだ、私の顔に餡《あん》でもついているのか?」

由蔵は、ふっと笑う。

「そうじゃありません。大大名家の藩士の中にも奇特な方がいらっしゃるものだと感心していたのですよ」

「なにをいうておる。私は武士だぞ。人が困っていれば手を差し延べるし、守ってやるのも当たり前だ。家名などはかかわりない。もちろん、逃げて来た奴が悪党ならば話は別だが」

何気なくいった伊之介の言葉に、由蔵の気が張り詰める。

追っ手は幕府の人間で、作左衛門がお定めを犯した悪党だとも考えられるのだ。

「佐古さま、本日は店仕舞《みせじま》いにいたします。珍客が来てしまいましたからね」

由蔵は腰を上げると、馴《な》れた手つきで、片付けを始めた。

「では、私も付き合う」

なにを、と由蔵は仰天した。

「高橋という天文方、命を狙われているのかもしれないのだぞ。ここに助けを求めに来たのだ。ほうっておけるか」

伊之介はすっかりその気になっている。だが屋敷に帰らなくてもよいのだろうか。

「中川屋の小僧《こぞう》に使いに行ってもらえばいい」

「まさか。おれは、ここを借りている店子《たなこ》、というか間借りしているんですよ。そんな使いなど頼めませんよ」

そうか、と伊之介は大刀《だいとう》に手を掛ける。そこに大声が聞こえてきた。

「由蔵の兄ぃ。あれもう店仕舞いかい？」

埼玉屋の寄子の清次だ。

「あ、どうも。兄ぃがいつもお世話になっています」

と、清次が伊之介に頭を下げた。

「いやいや、世話になっているのは、こちらのほうだ。由蔵どの」

「ああ、おれが以前働いていた処の者で、清次といいます」

「私は、佐古伊之介だ」

胸を張って応えたが、清次は吹き出し、

「なんだか頼りねえお侍だな」

と、遠慮なくいった。

「おい、頼りないとは失敬な」

伊之介がむむと唇を噛み締めた。由蔵はふたりを見ながら、息を吐く。

「ともかく、おれは塒に戻ります。ああ、そうだ。佐古さま、ちょうどいいや。清次を使いに出したらどうです？」

清次は訳のわからない顔をした。

「いま来たばかりで悪いんだがな、この方の屋敷までひとっ走り行ってきてくれねえか。ちょい
と、事情があってな」

清次は戸惑いながらも、

「まあ、兄ぃが行けっていうんなら行きますけど。屋敷はどちらです？」

伊之介は、由蔵から筆を借り、一瞬眉をひそめた。穂が禿げているからだろう。それでも懐紙《かいし》にさらさらと文字を綴った。

「これを門番に渡してくれればよい。屋敷は本郷《ほんごう》だ。さほどの道のりではないが」

清次は一瞬、飛び上がりそうになる。

「本郷ということは、まさか前田家のご家中ですか？」

「まあ、そういうことだ」

清次は、ひゃあと声を張り上げた。

「使いを終えたら、戻って来い」と、由蔵が声を掛けると、

「初手からそのつもりでさぁ。今日は久しぶりに早く仕事が終わったんで、兄ぃと飯でも食おうと思ったんです」

清次は御成道へと飛び出した。

伊之介が由蔵の後ろにつきながらも、時折《ときおり》ちらちらと、背後を窺っていた。

長屋の木戸門を潜り、自分の家の障子戸に手を掛けたが、心張り棒がかいてあった。

由蔵は拳《こぶし》で障子戸を叩きながら顔を近づけ、「高橋さま、おれです」と、呼び掛けた。

なにやら奥でばさばさ音がしてから、三和土《たたき》に作左衛門が降り立ったようだった。

「開けますよ」

由蔵が戸を引くと、すぐさま腕を伸ばしてきた作左衛門が、強引《ごういん》に由蔵を引き入れた。伊之介へと眼を向け、

「この御仁は？」

由蔵を詰るような物言いをした。

「高橋さまがいらしたとき、この方の後ろに隠れたたではないですか」

「あ、ああ、そうだったか。すまぬ」

「構いませんよ。気が動転なさっていたのでしょう。私も入ってもよろしいですか」

え、ええと作左衛門は眼を伏せて応えた。

由蔵は家を見回し、呆れた。作左衛門は古本を一カ所に集めて壁を作り、その陰に隠れていたようだ。

「家を荒らして、申し訳ない」

「むしろ、散乱していた本が一カ所にまとまってありがたいですよ」

由蔵は苦く笑う。

白湯《さゆ》か酒ぐらいしかありませんが、と由蔵がいうと、「腹が減ってな」と、作左衛門が腹を押

さえていった。そういわれても、食い物など冷や飯と梅干しくらいだ。

「私は外出するところだったのだ。本日ある方と会う約定を交わしていたのだが、それも叶うまい。どうしたらよかろう。これでは、とてもひとりでは行けぬ」

「まあ、ともかく座って落ち着いてください」

由蔵が促《うなが》すと、作左衛門は長い顔を蒼白《そうはく》にして、のろのろと座る。

伊之介は心張り棒を再びかき、履物は脱がずに板敷きの床《ゆか》に腰掛ける。腰から抜いた大刀の鐺《こじり》をつき、左手に持った。

伊之介は振り返らずに、

「単刀直入に伺うが、貴殿は命を狙われておるのか？」

はっきりと、だが静かな声でいった。

「ここ最近なのでございます。私が外に出ると必ず監視をされているような気がして。今日はとうとう恐怖がまさって走り出したのですが、奴らも走り出したので、確信いたしました」

私を狙っているということをです、と作左衛門は両手で顔を覆《おお》った。

由蔵は火鉢《ひばち》の炭を熾《おこ》し、湯を沸かし始めた。

「思い当たることはない、と以前おっしゃっていましたが、おれに隠していることはありませんか？　もっとも、露天《ろてん》の古本屋に隠し事をしようが一向《いっこう》に構いませんが」

うう、と両手で顔を覆ったまま、作左衛門が呻《うめ》いた。

由蔵は三和土の隅に設えてある棚から、どんぶり鉢を手にした。次に、腰を屈めて小さな壺から梅干しを出す。

「お、うまそうだな」

といった途端に伊之介の腹が鳴った。

「佐古さまもお食べになりますか？　梅干しだけの湯漬けですが」

「十分だ、くれ」

お櫃《ひつ》から飯をよそい、湯が沸くとどんぶり鉢に注ぐ。湯気とともに、古漬けの梅干しの香りが、由蔵の腹も刺激した。

「こんなものですが、召し上がってください」

作左衛門はどんぶり鉢を受け取ると、夢中でかき込み出した。

刀を脇に置いた伊之介は、梅干しを潰《つぶ》しつつ、のんびり味わっている。

「高橋さま、はっきりとお伺いしてもよろしいでしょうか？」

作左衛門が、びくびくしながら上目遣いに由蔵を見た。

「長崎屋へ行ったことが、此度の一件の始まりではありませんか？」

作左衛門の身体が、おこりのように震え始める。手から、あっという間に空《から》にした鉢がすべり落ちた。

やはり長崎屋のことは作左衛門にも身に覚えがあったと見える。

「しいぼるという医師に渡したものは、一体、なんですか？」

作左衛門は首を激しく横に振る。

「私は知らぬ。私はまことに何も報されていなかったのだ」

弟の渋川助左衛門から渡されたものだ、と長い顔が蒼白に変わった。

第四章

頭巾《ずきん》の男

一

由蔵《よしぞう》は、作左衛門《さくざえもん》へさらに訊《たず》ねた。

「弟御《おとうとご》に渡されたものを高橋さまはその場でたしかめなかったのですか?」

「弟の助左衛門《すけざえもん》は、しいぼるとへ贈る画《え》だと申したのだ。しいぼるとは、我が国の錦絵《にしきえ》が好きだと聞いているから、きっと喜ばれるだろうと。風呂敷《ふろしき》で包まれておったので、とくに気にもかけなかった」

作左衛門は、ひとり頷《うなず》き、転《ころ》がったどんぶり鉢を床《ゆか》に置き直した。その指が小刻《こきざ》みに震えているのを、由蔵は眼を細めて見つめる。

シーボルトがまことに錦絵が好きかどうかはわからないが、絵双紙屋《えぞうしや》の主人から、北斎《ほくさい》の錦絵を買ったというのは聞かされている。同じ天文方《てんもんかた》にいる実弟の渋川《しぶかわ》助左衛門にそういわれれば、作左衛門もあえてたしかめることはなかったのかもしれない。しかし、それが日の本の地図だとしたら——実弟の助左衛門に騙《だま》されたことになる。だが、実弟が兄を陥《おとしい》れる理由はなんだ。

「それをしいぼるとに渡したのは、高橋さまだったというのが、わかりませんねぇ。なぜ、兄上さまから渡すべきだと弟御はいったのでしょう」

由蔵が首を捻《ひね》る。と、作左衛門がいきなり眉《まゆ》を吊《つ》り上げた。

「そんなことは知らん！　が、私は天文方の筆頭だからな。上司の私から渡すのが当然だと思ったのであろう」

おいおい、急に怒鳴りやがって、と由蔵は作左衛門を見据《みす》えた。その視線に気づいたのか、作左衛門が肩をすぼめて「すまん」と小声でいった。

「それで、受け取ったしいぼるとは、風呂敷包みを解《ほど》いたのですか？」

由蔵どの、と作左衛門は肩をすぼめたまま、眉尻《まゆじり》を垂《た》らした。まったく、上げたり下げたり、忙しい御仁《ごじん》だ、と由蔵は呆《あき》れる。

「そのように矢継ぎ早に質《ただ》すのはやめてくれ。私が長崎屋でなにをしたのだ？　しいぼるとは、風呂敷包みを受け取り、礼をいってくれただけだ」

中身を見ていない？　ならばシーボルトは、すでになんであるか知っていたのか。

「高橋さま」と、由蔵が身を乗り出したときだ。伊之介《いのすけ》が、床にそっとどんぶり鉢を置き、

「静かに」

小さいがはっきりといった。

作左衛門が、蒼白《そうはく》な顔に恐怖を貼り付け、這《は》いずりながら自分から山積みにした古本の陰に再び隠れた。由蔵にも緊張が走る。

「佐古《さこ》さま、どうかなさいましたか?」

小声で訊ねると、

「こちらを窺《うかが》っている者の気配がする」

そういって伊之介が大刀《だいとう》を摑《つか》んだ。

清次《せいじ》ならば戻りが早すぎる。おきちなら遠慮などせず「由蔵」と、呼びかけてくる。やはり作左衛門を追ってきたという黒装束《くろしょうぞく》の者たちだろうか。どこかで、ここに入るのを見られていたとすれば——厄介《やっかい》なことに巻き込まれそうだ。

古本の後ろから、作左衛門の荒い息遣いが洩《も》れ聞こえてくる。

伊之介は険《けわ》しい表情のまま立ち上がると、息を殺して、表の様子に耳を澄ませた。

ころり、と下駄《げた》の音がした。

「由蔵さん」

女の声だ。伊之介はそれでも気を緩《ゆる》めなかった。

「由蔵さん、いる?」

声の主《ぬし》は、居酒屋の女将《おかみ》、お里《さと》だ。

由蔵は、肩の力を抜いた。伊之介が訝《いぶか》しみながら由蔵を振り返る。

「居酒屋の女将です。知り合いの」

それでも伊之介はまだ緊張を解いてはいなかった。由蔵は三和土《たたき》に下り立ち、

「おりますよ、お里さん。わざわざおれの処《ところ》に来るなんざ、珍しいですね」

障子戸越しに声を掛けた。

「昼間、清次さんがうちに寄ったとき、忘れていった煙草《たばこ》入れを届けに来たのよ。清次さん来てる？」

違和感を覚えた。お里の声が幾分強張《こわば》っている。それに昼間、清次が寄ったのなら埼玉屋《さいたまや》に届けたほうが早い。

「由蔵どの、清次というのは先ほど使いに出てくれた男だな。ならば女の声は間違いないな」

伊之介の問いに由蔵は頷きつつも、強い視線を返す。伊之介はそれで通じたのだろう、大刀を再び強く握りしめ、障子戸の横の壁に身を置いた。

由蔵は、古本の陰で震えている作左衛門が気掛かりだった。作左衛門を追ってきた者たちがお里を利用して声を掛けさせたとも考えられる。

だとしても、お里とおれのかかわりを、その奴《やつ》らはどう知り得るのだ。

由蔵の住む長屋は棟割《むねわ》りだ。入り口は一カ所、掃き出し窓はない。間口《まぐち》以外、三方を別の家に囲まれているのだ。作左衛門の逃げ場はない。床板をはずして、縁の下に潜《もぐ》らせるほどの暇《ひま》もない。あとは、伊之介がどれほど遣《つか》えるか。

作左衛門の話では、相手はふたり。

とはいえ、自分の塒で斬《き》り合いなど真《ま》っ平《ぴら》ご免《めん》どころか、大騒ぎになる。

伊之介へ眼を向けると、由蔵に頷きかけてきた。

ままよ、とばかりに由蔵が障子戸を勢いよく開け放った。

悲鳴を上げて、つんのめるように入って来るお里の身を咄嗟《とっさ》に抱きとめた。

「由蔵！」

大音声《だいおんじょう》とともに突き出されたのは、銀色に光る十手《じって》だった。北町奉行所の定町廻《じょうまちまわり》同心、杉野与一郎《よいちろう》だ。

由蔵はお里を抱きながら、眼を丸くした。

「いまから番屋まで来てくんな」

杉野が険しい顔でいった。

「ちょいと待ってくだせえ。なんだっておれが番屋に行かなきゃならねえんです？」

不満を口にする由蔵に、杉野が言い放った。

「おめえに訊《き》きてえことがあるんだよ。まったく皮肉なもんだな。おめえが、おれに売ってくれた種《たね》の件だ」

まさか、地図のことか。

「ごめんよ、由蔵さん」

お里が由蔵から身を離すと振り返り、

「もう！　痛いじゃないの。ただ声を掛ければいいっていったくせに」

杉野に向かって声を荒らげた。

「たまには、由蔵を驚かせねえとよ。こいつはいつも、しれっとしてやがるから」

由蔵は杉野を睨《ね》めつける。杉野であれば、お里と知り合いなのは知っている。

「杉野さま、悪ふざけなら、余所《よそ》でやってください。きちんとお話しくださらねえと、番屋には行きませんぜ」

「そういうな。おめえにはおれも世話になってる。手荒な真似《まね》はしたくねえ」

杉野もきつい視線を返してきた。

「悪いが、ちょっといいかな」

伊之介が杉野の前に立った。

杉野が、わずかに身を引き、おっと眼を見開く。

「あんたは、前に足袋屋《たびや》の軒下《のきした》で会ったことがあったな」

「佐古伊之介と申す。由蔵さんにどのような疑いがかけられているというのです」

杉野はふっと肩をすぼめ、伊之介から視線を移した。

「そいつはいえません。まあ、客が来ているのは知らなかった。申し訳ねえが、由蔵、ともかく一緒に来い」

由蔵は、ちらりと古本の山に視線を放つ。伊之介が小さく頷いた。

ふと杉野が怪訝《けげん》な顔をした。

「なんだい、お互いに目配《めくば》せしやがって」

「なんでもございませんよ。さ、杉野さま、では番屋へ参りましょう」

態度をころりと変えた由蔵に、杉野は訝りつつも、

「初めからそうして素直に従えばいいんだ。女将も悪かったな」

そういうと、お里は、つんと横を向いた。

「では、佐古さま、お里さん、ちっとばかり出掛けて参ります」

「あ、由蔵さん、あたしも帰るわよ。買い物に出ようとしたときに、この旦那《だんな》に捕《つか》まったんだから」と、杉野を横目で見ながら、わざとらしく息を吐く。

「まあ、すまねえが、佐古さまに茶でも出してやってくれねえか」

お里は、お茶っ葉なんかあるのかしらと、呟《つぶや》いた。

「佐古さま、申し訳ございません。話の途中になってしまいまして」

「あいわかった。例のことは任せてくれ」

杉野は由蔵と伊之介に疑わしげな眼を向けつつも、

「おい、行くぞ」

と、由蔵を促《うなが》した。

「むろん縄《なわ》はかけねえがな」

杉野がいった。当たり前だ、と由蔵は心の中で悪態をついた。

表に出ると、杉野が使っている眼付きの悪い小者《こもの》と他に捕《と》り方《かた》がふたり来ていた。縄はかけねえといいながらも、これだ。罪人じゃあるまいし、杉野さまも容赦《ようしゃ》がねえ、と苦笑した。

長屋の店子《たなこ》たちが障子戸を開け、恐る恐るこちらを窺っている。気づいた小者が「見世物《みせもの》じゃねえ。引っ込んだ、引っ込んだ」と、腕を振りながら怒鳴った。一斉《いっせい》に、ぴしゃりと戸が閉まる。

「あまり凄《すご》むんじゃねえよ」

「すいやせん、杉野さま」

杉野は軒下の店に来るときには、小者を連れて来たことがなかった。小者は、若い頃は小悪党だったのだろう。そんな人相《にんそう》をしていた。

やれやれ、差配にもとやかくいわれそうだ、と由蔵はげんなりした。

なぜか捕り方ふたりは、さっさと先に長屋の木戸を出て行った。

「よしっ、行くか」

杉野と小者に前後を挟《はさ》まれ、由蔵は御成道《おなりみち》に出る。軒下を貸してくれている足袋屋の主人、太《た》助《すけ》が、定町廻の後を歩く由蔵に眼を留めた。が、さして驚いたふうもない。杉野を見知っているからだろう。由蔵はつい可笑《おか》しくなって、吹き出した。

「おい、なにを笑ってやがる」

小者が由蔵の背を十手の先で突いた。

由蔵は小者へ振り返り、「すいやせん、親分さん」と、軽く頭を下げた。

小者が、ちっと舌打《したう》ちをする。

「由蔵、おめえの種の出所《でどころ》を探り出すのは、おれも本意じゃねえ。だが、別のほうから、同じような話が持ち込まれてな。それで、ちょいとばかり上から突つかれてよ。形だけは整えねえとならなかったもんでな」

おめえとのかかわりを上の者にいえなかったのもあってな、と杉野が言い訳がましくいう。

「それにしては、大袈裟《おおげさ》だ。これじゃ捕り物だ。お里さんまで脅《おど》かして」

由蔵が皮肉をいった。

「まあ、そう怒るんじゃねえよ。ちょうど、あの女が店を出て来たから、いい塩梅《あんばい》だったたってだけだ。けどな、おめえだって叩けば埃《ほこり》の出ることがあるだろうよ。あの佐古って侍《さむらい》がいってた例のことってのはなんでえ。あの侍も一枚嚙《か》んでるんじゃねえだろうな？　あの一件の探りを入れてるとおれは思っているからな」

「買いかぶりすぎですよ。おれは、ただの古本屋。好きで日々の出来事を綴《つづ》っているだけの。それに佐古さまは、さる大名家のご家中ですのでね」

「ふうん、あれか。どっかの留守居役《るすいやく》ってことか」

「ええ、その通りで」

そうか、と杉野が含み笑いを洩らした。

御成道は、道沿いに商家が建ち並ぶ賑《にぎ》やかな通りだ。通りすがりに、同心と小者の間を歩く由蔵へ、好奇の眼をちらちら向けて来る者が幾人もいた。

町家を抜けると、大名屋敷が両側に並び、さらに行くと下谷広小路《したやひろこうじ》に出る。広小路は、火事による延焼を防ぐために設《もう》けられた処だが、すぐに撤去できる床店《とこみせ》の営業は許されているので、そこも昼間は人で溢《あふ》れかえっている。

杉野はわき目もふらず歩いている。それよりなにより番屋を通り過ぎた。

どこに連れて行くつもりなのか、と首を傾《かし》げた。訊きたいことがあるといったが杉野自身ではなく、別の者ということか。広小路を眼の前にして、杉野がふと立ち止まった。踵《きびす》を返し、小者に近寄った。

「おめえはここまででいい」

「けど、旦那。こいつが逃げ出したら」

小者は不満を口にして、由蔵を見やる。

「ああ、こいつは逃げたりしねえよ」

杉野は由蔵に向けて顎《あご》をしゃくる。

由蔵はふたりに気づかれないよう、俯《うつむ》いて苦笑した。逃げるなどという選択肢がどこにあるというのだ。場合によっては、身に覚えのない罪を着せられることだってあるのだ。厳しい詮議《せんぎ》に堪《た》え兼ねてあらぬことを白状し、牢《ろう》送りになることだってある。かつて埼玉屋の仲間であった留《とめ》吉《きち》もそうだったのだと、由蔵はいまでも思っている。杉野は、留吉の亡骸《なきがら》を見たが首縊《くびくく》りだったといっていた。だが、それだとて留吉自ら首を縊ったのかどうかは疑わしい。誰かの手で吊るされたかもしれないのだ。

小者は不承不承《ふしょうぶしょう》ながら、杉野に頭を下げ、由蔵をひと睨《にら》みした。

再び歩き出した杉野は足早に進む。下谷広小路に至り、左に不忍池《しのばずのいけ》が見えた。真《ま》っ直《す》ぐ進めば将軍家菩提寺《ぼだいじ》である東叡山寛永寺《とうえいざんかんえいじ》だ。由蔵は疑念を湧《わ》き上がらせながら、杉野の背を追う。

杉野は人でごったがえしている広小路を左に曲がる。不忍池の池畔《ちはん》は池之端《いけのはた》と呼ばれ、料理屋の他、男女が逢引《あいびき》をする出会茶屋《であいぢゃや》が建ち並ぶ場所だ。池には蓮《はす》の花が咲き、早朝からそれを眺める人々がそぞろ歩く。

先を行く杉野はどこに行こうとしているのか。小者と捕り方まで連れながら、結局は皆帰してしまった。

しばらく歩くと、杉野が一軒の料理屋の前で止まった。黒塀《くろべい》を回し、中には青々した竹林が見えた。

「杉野さま、どうみてもおれには番屋には見えないのですが。軒下で物書きしていて眼が悪くなったんでしょうかね」

由蔵は眼をこすった。

「憎まれ口を叩《たた》くんじゃねえよ」

「なにゆえ捕り方まで連れて、番屋に来いなんて、臭《くせ》え芝居《しばい》をしたんですか」

「そうでもしなきゃ、おめえが動かねえと思ったんだよ。池之端の料理屋に来てくれといえば、おめえはいうことを聞いたか？　おれがこれまでの礼をしたいとかよ」

「もっと怪《あや》しんだかもしれませんね。杉野さまからの礼ならとくに」

「おきゃあがれ、こん畜生《ちくしょう》。いいから入るぞ」

と、声は威勢がいいが、さすがに立派な店構えの料理屋に気後《きおく》れしているのか、これまでの早足とはすっかり変わって、妙にぎくしゃくしながら歩き出した。

石畳には打ち水がしてある。さわさわと揺れる竹の葉の音が、町中の喧噪《けんそう》を消してくれるようだった。銭《ぜに》のない奴には一生縁がなさそうな店だ。格子戸《こうしど》を開けると、すぐに女将らしき女が姿を見せた。

「これから、会うお方にはなにも問うな。訊かれたことだけ、おめえは応《こた》えればいい」

「わかりました」

女将に案内され、長くのびた廊下の奥の座敷に通された。

杉野は女将に下がるよういい、廊下に片膝《かたひざ》をつくと、「杉野です」と声を掛けた。

中から声がして、障子を開ける。

「ご苦労だったな」

上座《かみざ》に座っていたのは、頭巾を着けた武家だった。

杉野が平伏する。由蔵は杉野の後ろにかしこまり、同じように頭を下げた。

「そう、かしこまらず楽にしろ。お主《ぬし》が御成道の達磨《だるま》か。達磨などというから、もっと年寄りかと思っていたが、存外若いのう」

「恐れ入ります。達磨というのは、筵《むしろ》の上にじっと座っているからでしょう」

「ほう。そういうことか」

頭巾の内で含んだように笑った。

由蔵は顔を上げたが、杉野はまだ頭を下げたままでいる。

由蔵は頭巾の武家をさりげなく見やった。

わずかに覗《のぞ》いた目許《めもと》、声、身体《からだ》つきからして、老年の者だ。それに杉野は、「お方」といっていた。加えて、この様子から見て、かなりの上役であろうことは容易《たやす》くわかる。

着流しに袖無し羽織《ばおり》。隠居ふうではあるが頭巾がいささか合わない。

与力《よりき》なら、こんな手の込んだことはしないだろう。由蔵の身が強張る。

ならば町奉行、か。

杉野は北町の定町廻だ。いまの北町の奉行は榊原主計頭忠之《さかきばらかずえのかみただゆき》――。

文政《ぶんせい》二年（一八一九）より北町奉行を務め、迅速《じんそく》で公正な裁《さば》きを行うことで評判だ。せっかちな江戸っ子には、人気のある奉行だ。

「お主に訊ねたいことがあって、ここまで足を運んでもらった。杉野からは聞いているか？」

「はい。長屋に捕り方までお連れになり」

平伏したままの杉野が首を回し、下から不服そうな視線を向けてきた。

「なるほど、それはすまなかったな。さぞや驚いただろう。まあ、許してやってくれ。杉野もお主を捕《とら》えに行ったわけではないのでな」

「そいつは承知しておりますが。戯《たわむ》れも大概にしてほしいもんです」

「杉野とは、どのような付き合いをしているのだな？」

由蔵は杉野を窺う。上役には由蔵とのかかわりを告げていないといっていた。ならばここは杉野に貸しを作っておくか、と由蔵はほくそ笑《え》む。

「足袋屋の軒下で古本商《あきな》いをしているものですから、お見廻りの途中に幾度かお声を掛けていただいたことはございます」

そうか、と榊原が立ち上がった。

庭に面した障子を開ける。不忍池を借景にするように、木々が植えられている。

遠く、池に張り出して設けられた弁天社が見えた。

風がそよと入ってくる。

「いい風だな。頭巾は暑うてかなわん」

そういうと、頭巾を取った。由蔵は榊原奉行がどのような顔をしているのか、その背を凝視《ぎょうし》していたが、振り返ることはなかった。

庭と池へ視線を向けた榊原の声が響く。

「我が国の地図が異人へ渡ったという話がある。御成道の達磨は人の噂で飯《めし》を食っているそうだが、耳にしてはおらぬか？」

「それは」

由蔵がいい淀《よど》んでいると、杉野が「お応えせぬか」と、小声で厳しくいった。

「たしかに耳にしております。ですが、その種元を明かすことはできません」

「由蔵！」

「杉野、そういきりたつな。種元は明かせぬか。噂を集めておるのなら、それは当然であろうな。出所が知られれば、種を持ってきたその者にも場合によっては累《るい》が及ぶ。お主に世間話程度で気楽に話していれば、なおのことだ」

「はい、その通りです」

「しかし、それは自分を守ることにはならんぞ。すべてをお主が引っ被《かぶ》ることになる」

「お言葉ですが」と、由蔵は身を乗り出した。

情報を得ることは、自分にとって商家が仕入れをするのと同じ。商いは互いの信用で成り立つのだといった。

「ただの仕入れ先ではないからであろう？　だが、天文方の高橋作左衛門と訊いたらなんと返答をする？」

榊原から出た名に、由蔵は動揺を隠しきれず、

「高橋、さま――？」

と、思わず呟いていた。

「やはり知っておったか。高橋に張り付けていた者たちがいてな。わしが差し向けた」

黒装束のふたりか。

「地図が渡ったのは、阿蘭陀《オランダ》人の江戸参府の折。長崎屋へ出入りしていた者の内のいずれかであろう。もしも渡ったものが伊能《いのう》図であれば、天文方の高橋以外には考えられん。ましてや奴は書物奉行も兼任しておるゆえな。紅葉山《もみじやま》文庫に立ち入ることも可能。そもそも阿蘭陀人一行が長崎屋に逗留《とうりゅう》している間、二度そこを訪れていることは、書物同心からの口書きも取れている。しかし、文庫の中でなにが行われていたかはわからん」

そこまで知り得ていながら、なにゆえ作左衛門を召し出して詮議をしないのか、由蔵には榊原奉行の意図が読めなかった。

「今、日《ひ》の本《もと》の沿岸には異国船が度々《たびたび》訪れておる。露西亜《ロシア》、英吉利《イギリス》、亜米利加《アメリカ》といった国だ。それらが我が国に何を求めているかは知らんが、脅威《きょうい》であることはたしかだ」

そんなことを、たかが町人のおれにいわれても困る、と由蔵は思っていた。

「お主から、わしにいうことはないか？　高橋からなにか聞いているのであれば、この場で話してはくれぬか？」

由蔵は、自分のうっかりに情けなさを感じた。いまここで偽《いつわ》りを告げれば、こっちの身も危《あや》うくなりそうだ。

「由蔵、どうした。お答えせぬか」

杉野が声をひそめて、せっついてくる。

ただ、作左衛門は実弟の渋川助左衛門に風呂敷包みを手渡され、その中はたしかめていないといっていた。それがまことのことだとしたら、助左衛門を質すのが筋《すじ》だ。

由蔵は、ごくりと生唾《なまつば》を呑《の》み込んでから、口を開いた。

二

由蔵は、料理屋を出ると、下谷広小路まで杉野とともに歩き、そこで別れることになった。

「杉野さま。高橋さまはまことに異人に地図を渡したのですか？」

すると杉野がくるりと踵を返し、由蔵に顔を近づけてきた。

「おめえ、あのお方に嘘《うそ》をついちゃいねえだろうな？　高橋は、自分が噂になっているかを聞きに訪ねて来ただけだなんてよ。だとしたら相当な間抜けだぜ。しかも誰かに追われてるっていってたんだろ」

十分、怪しいんだよ、と杉野が鋭い眼付きで由蔵を見る。

「お定めを犯したかもしれねえんだ。伊能図がどれほど正確なものか、おれは見ちゃいねえから知らねえ。けどな、前にもいったが異人がそれをどう扱うか、わからねえんだぞ」

「それは承知しております」

由蔵は頭を下げながらも、先ほどの料理屋でのことを思い返していた。隣室に誰かが潜《ひそ》んでいる気配がした。

作左衛門を追っているという男たちか。

「聞くところによれば、しいぼるとって医者が、ずいぶん日の本について調べていたという話だ。阿蘭陀国の間者《かんじゃ》じゃねえかって疑ってるお偉《えら》いさんもじつは多い」

杉野はさらに言葉を継いだ。なるほど、と由蔵は内心で頷いていた。伊之介と同じ聞番《ききばん》で、阿蘭陀人江戸参府の折、長崎屋へ赴《おもむ》いたことがある安井数左衛門《かずざえもん》になにが聞きたいのかと問われ、阿蘭陀人たちが諜報《ちょうほう》活動をしているという噂があると、咄嗟にいった。それもあながち間違いではなかったのだ。

安井はすぐさま否定したが、公儀ではそう思っている者もいるということだ。ただ、江戸参府一行ではなく、シーボルトのみであるようだ。

「本来、異国人は出島《でじま》を出て暮らすのは禁じられている。けどな、しいぼるとは、塾まで開いて蘭学を教え、医者として病人も診立《みた》てていたそうだ。そうしてこちらを信用させておいて、じつは参府を幸いに日本中を調べていたとも思える。そこに此度《こたび》の地図騒ぎだ。ますます疑念が湧くだろうよ」

杉野は、往来の人々を気にしながら、「こっちへ来い」と、いった。

杉野が蕎麦屋《そばや》へ入って行く。由蔵は慌《あわ》ててその後を追う。

なんだか、妙なことにかかわっちまった、といまさら思っても詮無《せんな》いことだ。

蕎麦屋には客がちらほらといた。杉野は軽く舌打ちしたが、

「親父、かけをふたつくれ」

と板場に声を掛けると、小上《こあ》がりの一番奥に腰を下ろし、染《し》みだらけの衝立《ついた》てを動かした。

由蔵も続いて小上がりに上がる。

「あんな豪勢な料理屋にいっても、なにひとつ口に出来なかったからな。腹が減ってよ。おめえも付き合え」

杉野は大刀を脇《わき》に置き、胡坐《あぐら》をかく。

「もう、気づいているんだろう？　あのお方がどなたか」

由蔵も胡坐を組むと声を落とした。

「榊原主計頭さまでございましょう？」

杉野が、くくっと笑う。

「そりゃそうだよな。お奉行も無理して頭巾など被らねばいいものを。顔をさらしたところで、

往来で会うことはねえ。似顔《にがお》を描く器用さもおめえは持ち合わせてねえだろうしな。だいたい、おめえは筆も遣えねえが、画《え》も下手《へた》だ」

由蔵は、必要なとき覚え帳に、画を添えるようにしている。少し前、騒ぎになった尻尾《しっぽ》が頭になっている両頭の蛇《へび》を描いた。自分でいうのもなんだが、どじょうのような蛇になってしまった。杉野にいわれなくてもそんなことは己《おのれ》が一番よくわかっている。

「それより気にかかったのは、隣室だったのですが」

由蔵がいうと、杉野は唇を曲げた。

「勘がいいな。高橋を追っていた奴らだよ」

「隠密廻《おんみつまわり》ですか。それにしては、黒装束など、目立ちすぎやしませんか?」

杉野の眼がきゅっと細くなった。

「あれはわざとだ。高橋が恐怖を感じて、どこに逃げるか見定めていたんだ――たぶん、おめえのことだ。なぜ高橋を引っ張って詮議しないのかと思っているんだろうがな。ところで」

と、杉野が「由蔵」と急に低い声を出した。

「高橋の内偵者《ないていしゃ》が黒装束であるのをなぜ知ってる? どこで見たんだ?」

杉野がいきなり大刀を握り、床に思い切り鐺《こじり》を打ちつける。その物音に客たちが眼を向けた。

由蔵の背にじわりと汗が滲《にじ》む。

「おめえ、まさか、奴を匿《かくま》ってたのか。あの佐古って侍がいたのもそのためか」

「待ってくださいよ。あんな狭い塒《ねぐら》のどこに匿う処があるっていうんです。杉野さまもご覧になったはずだ」

それでも杉野は得心《とくしん》せず、由蔵に探るような眼を向ける。

「参ったな」

由蔵は盆《ぼん》の窪《くぼ》に手を当てる。二度も失言した。ただ、この一件がそう簡単に片付きそうもないことだけはわかった。

「たしかに杉野さまがおれの塒に来る前、高橋さまが青い顔をして、軒下に来ました。黒装束の者に追われていると」

「で、高橋をどう逃がした」

「うちは、棟割り長屋が五軒並んでいますのでね、少し奥まった処に空《あ》き家《や》があると教えましたし、路地を抜ければ、反対側の通りに出るとも助言はしましたが」

高橋さまが、どっちを選んだのかはわかりません、と素知《そし》らぬ体《てい》を装《よそお》った。

「嘘じゃねえだろうな。といっても、お奉行には一度しか会ってねえ、顔もよく覚えていないと堂々とよくいったものだ。このまま本気でしょっぴいてもいいいんだぜ」

そいつは勘弁だ、と由蔵は息を吐く。

ああ、みっともねえ。自分で口をすべらせたとはいえ、杉野に弱みを握られたようで気分が悪い。

「お見廻りご苦労さまです」

赤子《あかご》を負ぶった蕎麦屋の女房が蕎麦を運んで来た。杉野が刀を立てているのを見て、眼をぱちくりさせた。

杉野は大刀を寝かせ、「なんでもねえよ」と女房に笑いかける。

「ほら食え。食って洗いざらい吐いちまえ」

「どちらにしていいかわかりませんよ。食えだの吐けだの」

由蔵が冗談めかしていうと、杉野がふんと顎を突き出した。

「口の減らねえ男だな。おめえ、お奉行にいわれたことを、よもや忘れちゃいねえよな」

もしも高橋が姿を見せたら、できるだけ長く留《とど》まらせ、どこへ行くのかさりげなく聞き出せというのだ。

「いま、高橋は怯《おび》えている。誰かに助けを求めるはずだ。それが此度の一件にかかわる人物になるやもしれない」と、榊原がいった。

いま御番所《ごばんしょ》に引っ張って詮議しても作左衛門が口を噤《つぐ》んでしまえば、それで仕舞《しま》いになる、だから泳がせているということだ。

古本を買いに書肆《しょし》を廻ったり、行商人や湯屋の二階でくつろぎながら、人から様々な話を聞き出すことを由蔵はしている。だが、こと作左衛門に関しては種取りとは違う。

榊原からの有無もいわせない命令だ。奉行の意図はわかっても、由蔵は、奉行所の狗《いぬ》になったような心持ちがして、いささか気が滅入《めい》る。

自分の仕事と同じようだが、まったく異なる。しかし、考えようによっては、この一件の流れを直《じか》に知ることにも繋《つな》がる。

その旨味《うまみ》がなければ、奉行だろうがなんだろうが噛みついていたに違いない。

作左衛門は、自分でいうように、なにも知らずにシーボルトに地図を渡してしまったのかもしれない。だとすれば、弟の助左衛門はなにゆえそのようなことをしたのだろう。お定めを犯せば死罪は免《まぬか》れない。死をも恐れず、シーボルトに地図を与えた理由が知りたい。おそらく、求めにただ応じただけではない。なにかしらの見返りがあるから、あるいは脅されたか。いや、脅すのはシーボルトにとっても良策ではない。やはり、持ちかけられた条件が、大罪を犯すことになるのを忘れてしまうほど、魅力的でなければならない。

それはなんだ――。

天文方で書物奉行であることが、かかわるのではなかろうか。

作左衛門は、知らぬ存ぜぬというふうではあったが、果たしてそれもまことなのかどうか。長崎屋を三度訪問しているのも気にかかる。

弟から渡された中身をたしかめないこともおかしい。ある程度の予想はついていたのではないかと、由蔵は疑い始めていた。それから、本石町《ほんこくちょう》の医者だ。

「食えよ」

杉野が蕎麦を啜《すす》り上げる。由蔵も箸《はし》を取った。

「おめえが、なんとなく得心がいかねえのはおれにはわかってるつもりだ。だからな、ひとつだけ教えといてやる。それでここに入ったんだ」

先にいた客は、すでに店を出ていたが、あらたな客が姿を見せた。小上がりに上がろうとしたが、衝立ての奥に奉行所の役人がいるのを見て、そそくさと縁台のほうに移った。

杉野が顔を寄せてきた。

「五月のことだ。勘定《かんじょう》奉行立ち会いのもと、長崎の異人から届いた荷改《にあらた》めが行われた」

それを勘定奉行所に届け出てきたのは、間宮林蔵《まみやりんぞう》という配下の者だという。

「間宮林蔵？　蝦夷《えぞ》を廻ったという方ですね」

「こいつは驚いたな、知ってんのかよ。なら話は早い」

杉野は感心しつつも、由蔵をじろりと上目遣いに見て、箸を動かした。

「長崎の異人ってのは、ぷろいせんの医師だ。ぷろいせんってのは、独逸《ドイツ》にあるらしいや。おれぁどこにあるかも知らねえが。」

独逸――そういえば、安井がシーボルトは独逸人だといっていた。つまり、間宮が勘定奉行所に差し出したのはシーボルトからの荷物だ。

「待てよ、獨逸ってのは阿蘭陀とは違うよな。なら、ぷろいせんの医師ってのは阿蘭陀人じゃねえのか？　ああ、面倒くせえ。まあ、それはいい」と、杉野がひとりで喚《わめ》いてから、「その間宮はな」と身を乗り出す。

荷には、一切《いっさい》手をつけていなかった。間宮の行動は正しい。異人からの届け物はたとえ私的な交流でも、役所に差し出す決まりになっている。

「まず、この荷は天文方の高橋作左衛門に届けられた物だったたってんだ。その中に、間宮宛《あて》の荷があったことで、高橋が直々《じきじき》に間宮の家に持ってきたそうだ。しかし高橋は、どの役所にもその荷を届け出ていねえどころか、受領して、開封《かいふう》した。それだけでも高橋は、お縄になって当然なんだ」

ずるっと杉野は音を立てて蕎麦を啜り、ごくりと飲み込んだ。

「間宮に送られてきたのは、一通の文《ふみ》と荷は更紗《さらさ》一反《たん》だ。江戸に滞在した折の礼のつもりだったのだろう。もっとも、阿蘭陀語で書かれていたらしくてな、間宮が読み上げた」

それには、先だっては江戸では世話になった、心ばかりの品を受け取ってくれ、とそういう文であったという。それから押し葉を送って欲しいという、内容だった。

「しかし二年も経《た》ってからの礼ってのも、おかしなもんだ」

「そいつは、押し葉のことらしいがな。二年前に来たときに収集できなかったからとかなんとかだそうだ」

「では高橋さまにはなにが送られたか、ご本人しか知らないということですか」

そうだと、杉野が頷いた。

「それで、内偵を始めたんだよ。そこに地図の話まで出てきたってわけだ」

杉野はそういって、蕎麦の汁《しる》をひと口飲んだ。

「ですが、高橋さまは此度の地図の一件とはまったくかかわりないかもしれないとは思わないので？　もちろん、荷物の件はあったとしても、長崎屋へも出向いて、そのぷろいせんの医師にも会っている。その折の礼なら、義理堅《がた》い異人の医者じゃねえですか。はなから疑うのは御番所の悪いところじゃありませんかね」

由蔵は蕎麦を口にする。

「うるせえな。おめえにいわれなくてもわかってるよ」

「たとえば、本石町の医者」と、由蔵は呟いた。杉野の眉がぴくりとする。

「あの出水《でみず》のときの骸《むくろ》か。ありゃ、殺しか病《やまい》かわからねえよ。すっかり骨だ」

「こいつは覚え帳に記してねえ種なんですが――」

由蔵は前置きして、絵双紙屋から聞いたことを話した。本石町の医者はシーボルトに会いたいがために、下男《げなん》の扮装《ふんそう》までして長崎屋へ入り込んだ。そこで見たのは、異人と談笑する学者か医者と思《おぼ》しき者と、台に置かれた日の本の地図らしき物。

「てめえ、それを隠していやがったのか？　その異人はしいぼるとか？」

と、杉野が箸の先を由蔵へ向ける。

「その学者か医者らしき者が高橋だとしてだ。本石町の医者に、地図の受け渡しを見られたと思い、殺《あや》めたという筋書きも出来るな」

「まさか。ずいぶん話が突飛《とつぴ》すぎまさぁ」

由蔵はせせら笑った。杉野が急に手を伸ばし、由蔵の襟元《えりもと》を掴んで引き寄せた。

うぐっと、由蔵は喉《のど》に詰まりそうになった蕎麦を慌てて飲み込んだ。

「ふざけるなよ、由蔵。異人に地図を渡して、なおかつ下手人《げしゆにん》となりゃ、おめえはどう思う？　そんな悪事を働いた奴を、おめえは匿ったことになるんだぜ」

日の本の地図だからこそ、お奉行は慎重《しんちよう》なのだ、と杉野はいった。

「けど、高橋さまはお武家だ。奉行所が動くのは支配違いじゃねえんですか？」

「馬鹿野郎。高橋だけじゃねえ。この一件はな、大勢の者が絡《から》んでいる可能性だってあるんだ。

地図の真物《まもの》を渡すはずはねえ。写しを取るはずだ。じゃあ、その写しは誰が取ったか。天文方にいる作図係だっているんだ。そして、なぜ地図を異人が欲したか。その目的はなんだ？　かぴたんを含めてか、それとも、そのしいぼるとって奴がてめえのためだけに欲しがったのか。だとしたって妙な嫌疑《けんぎ》をかければ、異国と喧嘩《けんか》にもなりかねねえ危うい話なんだ。随行《ずいこう》してきた通詞《つうじ》どもだって、かかわっている可能性があるんだぜ。武家だけじゃねえ。支配違いなど、この一件にはねえんだよ」

由蔵は、ぞくりとした。何十人もの咎人《とがにん》が出るということか。

さらに、この一件は、評定《ひょうじょう》を待つまでもなく死罪に相当する大罪だ、と杉野は続けた。評定は、老中、大目付《おおめつけ》、目付、勘定、寺社、町の三奉行で行われる評議だ。

「だから、支配違いでも総出で探りを入れているんだ。長崎奉行にも報《しら》せがすでに行っている。けどな、異人相手に参府中に得た物をすべて見せろともいえねえ。ぬらりくらりとかわすに違いねえ。それこそ証《あかし》がねえからよ。参府のときの奴らの幾人かが、まもなく日の本を発《た》つ。しいぼるともだ。その前になんとかしねえとならねえ」

杉野は口惜《くちお》しそうに唇を曲げて、蕎麦を啜り上げた。

蕎麦屋を出て、長屋に戻る頃には、陽《ひ》が暮れかかっていた。

家の前まで来ると、笑い声が中から聞こえてきた。

お里と伊之介だ。伊之介もそうだが、お里は店をほったらかしにしてなにをしているのだろうと、呆れた。障子を開けると、

「あら、おかえりなさい」

見れば、茶と団子までおいてある。他人《ひと》ン家《ち》でいい気なものだ。

「あ、これね、おきちちゃんって子が持って来てくれたのよ。お茶っ葉も借りたから。でも驚いたわよ。はじめは由蔵さんのお子だと思っちまって」

「女房もいねえんだ。子もいるはずがねえさ」

由蔵は板の間に上がり、腰を下ろした。

「お茶淹《い》れよっか」

お里が腰を浮かせたのを、由蔵は制した。

「笑い声が外まで聞こえてたぜ。なにを話してたんだ？」

お里が、ああといって、くすくす思い出し笑いをした。

「なんだよ、薄気味悪《わり》ぃな」

「佐古さまのことよ。お役でしくじった話を聞かせてもらったの。どこそこのご家中にはどんな店の何を贈るか決まっているのに、それを間違えて、同役に大目玉を食らったそうよ。お武家も

大変よね」

老中と若年寄《わかどしより》に贈る品を逆に渡してしまったのだという。後から、老中直々に皮肉をいわれ、同役が赤面したらしい。同役というのは安井のことだろう。

「お里さん、内緒といったではないですか」と、伊之介が眉をひそめた。

「いいじゃない、お腹《はら》を召すほどのことじゃないんだし」

伊之介が不満そうに唇を曲げた。由蔵は気楽なふたりだと呆れつつも訊ねた。

「で、そのご老中は誰だい？　いつも何を贈っているのか気になるなぁ」

「由蔵どのの覚え帳に記すほどのことではありませんよ。でも、無事に戻ってよかった。あの同心、いつも由蔵どのに世話になっているのではないのですか？　それなのに酷《ひど》いものです」

「まあ、所詮《しょせん》はお役人ですよ。上役の指図には従わねばならないでしょう」

それで、と由蔵は伊之介に眼を向ける。

「ああ、高橋どのならば、清次さんが送っていきましたよ。それと、勝手をしましたが、着替えをしていきました」

見れば、隅《すみ》に袴《はかま》と小袖《こそで》が畳《たた》んで置かれていた。

「参ったな。ろくな衣裳《いしょう》じゃねえのに」

「それくらいでいいのよ。すごくあの人、怯えていたから。由蔵さんがお役人に連れていかれたのも、きっと自分のせいだろうって」

お里が心配げな顔を由蔵に向ける。

「たいしたことじゃねえ。ちょいと小耳《こみみ》に挟んだことを念押しで訊かれただけだ」

「嘘。なにか危ないことをしているんじゃないの？」

「おれが？　まさか。古本を並べているだけで、危ないはずないだろう」

「だって、あの人、本当に震えていたのよ。湯呑みを持つ手が、ぶるぶるしてお茶が飲めなかったくらい。それともあの高橋って人が悪いことしたの？　それに由蔵さん、巻き込まれていないわよね」

なかなかお里もしつこい。もっとも由蔵が埼玉屋の寄子《よりこ》として働き始めて、すぐ店に通い出したのだ。付き合いだけは長い。

「心配してくれるのはありがたいが、おれはなにもかかわっちゃいねえから、安心してくんな」

お里はまだ得心できかねるという顔をしていたが、ようやく腰を上げた。

「じゃ、あたし行くわね。ああ、そうそう。忘れるところだったわ。これ」

と、お里が合わせた襟の間から一通の文を取り出した。

「勝平《しょうへい》といえばわかるって。眼付きの暗い人だったわよ」

町年寄を務める喜多村《きたむら》家の手代だ。文を開くと、これから二月《ふたつき》ほど先に出るであろう町触《まちぶれ》の中身が記されていた。あの隠居、本当におれに一枚噛んできやがった。

「なあに、よくない報せでもあったの？」

お里が心配そうに眉根を寄せる。

「いや、むしろ、仕事が助かったってことかな。よい報せだよ」

「まあ、ともかくなにもなく帰ってくれてよかった」

お里は三和土に下りて、下駄を突っかけた。

「あ、佐古さま、今度由蔵さんと一緒にお店に来てね」

「ぜひ、寄らせてもらう」

笑みを返したお里が障子を開けようとしたとき、がたんと大きな音がした。

ひっ、とお里が短い悲鳴を上げる。

外から障子に掌《てのひら》が張り付いた。赤い手だ、それがずるずると赤い筋を付けて、落ちていく。

「由蔵どの！」

伊之介が大刀を摑み、腰を上げた。由蔵も同じことを考えた。

作左衛門か。由蔵は三和土に飛んで下りると、身を強張らせていたお里を横に追いやり、障子を開け放った。

「清次！」

清次の胸のあたりから鮮血が溢れ出している。木戸から点々と血の痕《あと》が続いていた。

「清次、どうした。なにがあった？　しっかりしろ」

「兄ぃ……」

「医者を呼んでくる」と、伊之介が家を飛び出した。

第五章

怒りの矛先《ほこさき》

一

お里《さと》が清次《せいじ》の姿を見て、血の気《け》を失《な》くしてその場にくずおれた。

「清さん……そんな」

由蔵《よしぞう》はすぐさま清次の腕に肩を入れ、担《かつ》ぎ上げた。

「お里さん、床《とこ》をとってくれ。それから、悪いが表の血の痕《あと》を消してきてくれねえか。騒ぎになっちゃ困る」

由蔵がいうや、青い顔をしていたお里は、我に返り、慌《あわ》てて夜具を敷くと、表に飛び出した。

由蔵はゆっくりと清次を夜具に横たえさせた。

「清次。誰にやられた」

清次は弱々しく首を振る。唇をわずかに動かしたが、なにをいっているかまでは聞き取れなかった。

由蔵は手拭《てぬぐ》いで強く胸の傷を押さえた。

清次が呻《うめ》き声を上げる。じわりじわりと血が溢《あふ》れて、あっという間に手拭いは鮮血に染まる。

血を止めねえと、死んじまう。

由蔵はさらに清次の胸を圧《お》した。

畜生《ちくしょう》、誰が清次をこんな目に遭《あ》わせやがったんだ。由蔵は込み上げてくる怒りを抑えきれずにいた。その一方で、自分が招いたのではないかという後悔の念が頭を過《よぎ》った。清次は、作左衛《さくざえ》門《もん》を屋敷まで送っていったはずだ。

作左衛門は黒装束《くろしょうぞく》の侍《さむらい》に追われていると逃げ込んで来た。だが、黒装束の侍は奉行所の者だ。このような真似《まね》はしない。だとしたら別の者にも作左衛門は狙《ねら》われていたのか――。

いや、と由蔵は頭を横に振る。いまは清次のことだけを考えろ。

清次の顔はみるみる青白くなってくる。唇の色が青黒く変わる。息が忙《せわ》しい。どこから歩いてきたんだ。こんな身体《からだ》で。

「由蔵さん」

お里が戻って来た。

「血は木戸の少し先まであったから、足で散らしてきたわよ。なにかあたしに出来ることはある？」

「すまねえ、手拭いを替えてくえ」

お里は清次の様子を見て眉《まゆ》をひそめつつ、水瓶《みずがめ》の上に干してあった手拭いを取る。

清次が口をぱくぱくさせた。

「もういい、しゃべるな。いま医者が来る」

由蔵は怒鳴った。しかし、清次は苦悶《くもん》の表情を浮かべつつも口を動かすことをやめなかった。

「兄ぃ……あ、のお武家」

「高橋さまか？」

清次がこくりと首を縦《たて》に振る。

「わかった。そんなのは、あとから聞く。おめえの傷を手当てしてからでいい」

清次は、大きく息を吐いた。

「由蔵どの、医者だ」

佐古伊之介《さこいのすけ》が飛び込んできた。

伊之介は、表に首だけを出し、「ここだ」と叫んだ。

ややあって姿を見せた初老の町医者は由蔵の塒《ねぐら》を見回し、眉をひそめた。

ゆっくりと板の間に上がり、薬籠《やくろう》を置く。

「早く診《み》てくれ」

由蔵が急《せ》かすと、町医者は清次の傷を診たとたん、「かかわりはご免《めん》だ」と、逃げ腰になった。血は幾分止まっていたが、息は浅く速くなっていた。苦しそうに顔を歪《ゆが》める。

「おい、医者だろう。なんとかしやがれ」

由蔵が食ってかかると、

「これは刃物で刺された傷だ。肺《はい》の臓《ぞう》まで達しておる。わしは手を出さぬ」

再び薬籠を持って町医者が立ち上がった。

その前に、伊之介が立ち塞《ふさ》がる。

「お医者どの、その者を手当してやってはくれぬか」

「いくらお武家さまのお頼みでも、面倒にはかかわりたくはありませんよ」

それにもうかなりの出血が見られる。おそらく助からない、と冷たい眼で清次を見下ろす。

「ふざけるな！　まだこいつは生きているじゃねえか。妙な引導を渡すな」

由蔵は膝立《ひざだ》ちになり、町医者の羽織《はおり》の袂《たもと》を摑《つか》んだ。

「よさんか、肺まで刃先が達しておると、息が詰まってしまう。つまりな余計な手当てを施《ほどこ》しても、もう息が出来なくなって死ぬのだ。だいたい、裏店《うらだな》住まいの者では、薬袋料《やくたいりょう》も払えぬだろうが」

医者は迷惑そうに由蔵を睨《ね》めつける。

「私がお支払いいたします。私は加賀前田家家臣、佐古伊之介と申します」

町医者が眼を丸くした。

「これはこれは、前田家ご家中のお方でしたか」

ころりと態度を変え、どれどれと清次の傍《かたわ》らに座ると腕を取り、脈を取る。

なんて医者だ、と由蔵は腹立ちを抑えながら、清次の様子を見やる。呼吸がさらに速くなっていた。

「清さん、清さん、しっかり」

額《ひたい》に浮いた汗をお里が拭いながら、懸命に呼びかけていた。

「脈が弱いな。気の毒だが」

傷を診た町医者は、首を横に振った。水を張った桶《おけ》をお里に持ってこさせると、血のついた手を洗った。

「見捨てるってのか。こいつをこのままほうっておけというのか。血止めくらいしろってんだ」

由蔵は町医者の襟元《えりもと》に手をかけた。

「由蔵どの、よせ」

伊之介が間に割って入ってきた。

「佐古さま、邪魔しねえでください。清次はおれと一緒に働いていた仲間なんだ。ちょいとばかり調子がいいが、一所懸命な奴《やつ》だ。おれのせいで、こんなことになったんだ。なんとか助けてやってくれ」

頼む、と由蔵は襟を摑んだまま医者に頭を下げた。だが、医者は由蔵の手を無理やり剝《は》がそうとした。

清次が呻き声を上げた。

「なあに、清さん、なにかいいたいの」

お里が清次の口許《くちもと》に耳を寄せる。

「兄ぃ、由蔵の兄ぃ……」

清次が指で宙《ちゅう》を掻《か》くように手を伸ばしてきた。由蔵は、町医者を突き飛ばし、清次の手を握った。

「まったく、失敬な奴だ」

憎々《にくにく》しげにいうと、医者は乱れた襟を直し、立ち上がる。

「失敬なのはどちらか。私はどうやらとんだ藪《やぶ》医者を連れて来てしまったようだ。由蔵さんにも清次さんにも申し訳ない思いで一杯だ」

伊之介が拳《こぶし》を握り締めた。

「これではいかんともしがたい。誰が診ても同じことでございますよ」

薬籠を持ち、医者はそっけなくいった。

「もう結構だ。帰ってくれ。これは脈を取ってくれた礼金だ」

伊之介は懐《ふところ》から財布を出し、一朱銀《いっしゅぎん》を突き出した。町医者は不満げな顔をしたが、伊之介に軽く会釈《えしやく》をし、障子を開けて出て行った。

「由蔵どの、すまない。一番近い町医者を連れて来たのだが」

「こっちこそ、清次のためにありがとうございます」

「別の者を連れて来る。待っていてくれ」

身を翻《ひるがえ》した伊之介を由蔵が止めた。

由蔵は首を横に振る。お里が清次の枕辺《まくらべ》に突っ伏して嗚咽《おえつ》を洩《も》らした。

「医者より、坊主《ぼうず》のほうがよさそうです」

由蔵は清次の手を取ったままぼそりといった。伊之介は眼を見開いた。


清次の亡骸《なきがら》を神田鍛冶町《かんだかじちよう》の埼玉屋《さいたまや》の宿に運んだとき、顔見知りの寄子《よりこ》からいきなり殴《なぐ》られた。転《ころ》げた由蔵を他の者たちが足蹴《あしげ》にした。

埼玉屋の番頭栄之助《えいのすけ》と伊之介が止めに入らねば、胸の骨が折れていたかもしれない。

それでも、唇は切れ、奥歯が一本ぐらついた。腹も胸も背もきしむような痛みだった。だが、命を落とした清次のことを思えば、これくらいは当然だと思えた。

おれが清次を殺したも同然なのだ。

亀の子のように身を縮めていた由蔵に栄之助が声を掛けてきた。

「旦那《だんな》さまの処《ところ》へ来い、由蔵」

殺気立った寄子たちに囲まれていた由蔵を栄之助が引きずり起こした。

「それと、そちらのお武家さまは――」

「佐古さまはかかわりねえ」

由蔵は栄之助に腕を取られながら、やっとの思いでいった。

「由蔵どの、手当てをせねば」

伊之介が心配げに見つめてきた。どこまで人が好いのか、と痛みを堪《こら》え由蔵は苦笑した。

「お侍さま、あとはこちらの事情ですんで、お引き取り願います。清次を戻していただきありがとうございました」

栄之助が礼をいい、頭を下げた。だが、視線はしっかり伊之介を捉《とら》えている。

むっと顎《あご》を引いた伊之介は、ぎこちなく頷いた。

二

寄子の宿を出て、本石町《ほんこくちょう》の埼玉屋へ向かった。

主人の仙右衛門《せんえもん》は座敷の長火鉢《ながひばち》の向こうから、うな垂《だ》れる由蔵へ静かにいった。

「どういうことだか、聞かしてもらわねえとなぁ。おめえもここにいたんだ。うちの寄子は皆、血の気が多いのもわかっているだろう」

埼玉屋の主《あるじ》、仙右衛門が顔を腫《は》らした由蔵を見る。

「ま、その面《つら》見れば、それはおめえが身を以《もっ》て知っただろうよ」

肩を揺らした。

「で、清次をてめえの仕事に巻き込んだのか？　由蔵」

「申し訳ねえ、旦那。清次が刺されたのはおれのせいです。なんの言い訳も出来ねえ」

由蔵は切れた唇を嚙《か》み締めた。血の味がした。

「話せ。なにがあった？」

仙右衛門が険《けわ》しい顔で煙管《キセル》を取り出した。

その後ろに座っていた栄之助の眼が由蔵を貫《つらぬ》くように突き刺さってきた。由蔵は姿勢を正して、手をついた。

「すべて、お話しします」

由蔵は、天文方《てんもんかた》の高橋作左衛門なる武家が阿蘭陀《オランダ》人参府の折にシーボルトという医師に日の本の地図を渡したのではないかと疑われていると告げた。

「その高橋さんが何者かに尾《つ》けられていると、なぜかおれを頼ってきまして」

由蔵は洗いざらい話した。

その後、長崎に戻ったシーボルトから作左衛門に届いた書簡と荷を、間宮林蔵《まみやりんぞう》という武家に手渡したときからさらに尾行が強くなったこともだ。

「間宮？」

番頭の栄之助が膝を乗り出した。

仙右衛門が手にした煙管で栄之助を制した。仙右衛門の顔が急に張り詰めた。

「襲《おそ》った奴が誰なのか、清次の口からは聞けませんでした。けど、あいつが高橋さんを守ったのはたしかです」

最期《さいご》に清次は、「あの武家は無事だ」といったのだ。誰に襲われたのかを問うと、苦しそうな息で、顔も見ていない、すれ違った瞬間には胸が熱くなってといった。

由蔵がそう付け加えると、仙右衛門は、張り詰めた顔のままさらに眉をひそめた。

栄之助の表情も曇っている。由蔵は腫れぼったい頬《ほお》を掌《てのひら》で押さえる。

しばしの沈黙が座敷内に流れ、仙右衛門が唸《うな》るようにいった。

「由蔵。手を引け」

いままでに聞いたことのない、低い声だった。

えっと、由蔵は思わず身を乗り出した。

「なぜです。清次は刺されたんだ。その仇《かたき》を討たなきゃ気が収まらねえ」

大声を出した途端、蹴られた背がきりっと痛んだ。

仙右衛門が口許を引き結び、栄之助が渋い顔をした。

首を横に振った仙右衛門が駄々っ子をなだめるようにいう。

「おめえは、留吉《とめきち》のときもそうだった。そんなに仲間とつるむこともなかったのによ。それどころか、馴染《なじ》むことさえしなかった。けど、留の無念を晴らした。おめえの中になにがあるかは知らねえ。が、此度《こたび》のことは、由蔵、おめえの落ち度だ」

「それは、承知しております」

「清次はおめえのようになりてえといっていたよ。だから手伝いをしているんだってな。あいつは馬鹿だが、真《ま》っ直《す》ぐな男だった」

栄之助は悔《くや》しげに由蔵を見る。

「あいつにしたら、たとえ死んでもおめえの役に立てたのが嬉《うれ》しかったのかもしれねえが」

由蔵は首を横に振る。そんなはずはない。慕《した》ってくるあいつを利用していたのはおれだ。その清次が兇徒《きょうと》の手にかかったのは紛《まぎ》れもない事実だ。

「旦那と番頭さんがなんといおうとも、おれは清次を殺《あや》めた下手人《げしゅにん》を暴《あば》きます」

「この一件は奉行所に任せりゃいい」

仙右衛門が由蔵を睨めつけてきたが、それを見返し、いい放った。

「御番所《ごばんしょ》が、一歩間違えりゃ無宿になってた奴の探索など、してくれるとは思えねえ」

それに辻斬《つじぎ》りじゃありません、と由蔵はさらにいった。

「清次は狙われて殺されたんだ。高橋さんはおれの着物を着て笠《かさ》を被《かぶ》っていた。ぱっと見は、町人のふたり連れだ。けれど、高橋さんと別れたあとで、清次は刺された。つまり、相手は高橋さんの顔を知っていたんだ。だから清次はおれと間違えて殺められたとも考えられます」

由蔵は仙右衛門をしかと見つめた。

追われていたのは高橋のほうだ。それなのになにゆえ、高橋の方を刺さなかったのか。

仙右衛門が、なにかを呟《つぶや》き、軽く首を回して栄之助を見た。その様子を見てとった由蔵は違和感を覚えた。

「旦那、まさか。清次を殺めた相手をご存じなんてことは」

由蔵は探るような眼をふたりに向けた。

「いや、そうじゃねえ。ちょいと驚いただけだ。おめえと間違えて殺《や》られたのだとしたら、まったく気の毒だと思っただけだ」

栄之助が慌てていう。

妙だった。由蔵が間宮と口にした途端にふたりの表情が変わった。仙右衛門と栄之助は、間宮という武家を知っているのか。手を引けといったのも、間宮という武家がどんな人物であるかわかっているからではないのか。

と、仙右衛門が話し始めた。

「おめえの噂は、聞いているよ。御成道《おなりみち》の達磨《だるま》っていわれているそうだな。そこらに転がってる種《たね》の売り買いをしてるんだろう?」

客には藩の留守居役《るすいやく》もいるそうだな、と仙右衛門がようやく煙管に刻み煙草《たばこ》を詰め始める。

「元は藤岡で生糸《きいと》の相場で商《あきな》いをしていたおめえだから噂や風聞が銭《ぜに》になると踏んだのだろう。だがな、相場でも損する奴、得する奴が出るように、噂の扱いも慎重《しんちょう》にしなきゃいけねえ」

仙右衛門はふうと煙を吐き出した。由蔵は黙って話を聞いていた。

おれのことを誰かを使って探らせていたのではないかと、疑念を抱《いだ》いた。仙右衛門は伊賀者《いがもの》の末裔《まつえい》だ。大奥に出入りする者を見張る役目を担《にな》っている。だが、果たしてそれだけなのか。

由蔵は仙右衛門に話したことをわずかではあるが後悔していた。間宮に近づくのを邪魔してくるのではないか。

「おう、聞いているのか? 種を売り買いしてるおめえの身が危《あや》ういこともあるんだよ。此度の清次のようにな」

お定めを犯したかもしれねえ者を匿《かくま》ったなんてことが知れたら、おめえもお縄《なわ》を受けることになる。そういう危ねえ橋は渡るな、と仙右衛門は長火鉢に雁首《がんくび》を打ちつけた。

由蔵はふと笑《え》みを浮かべた。

それを見咎《みとが》めた栄之助が「なにがおかしいんだい」と苛立《いらだ》ちを隠さず訊《たず》ねてきた。

由蔵はひと息吐いてから、いった。

「どうにも合点《がてん》がいきそうにありませんや。旦那も番頭さんも様子がどうにも腑《ふ》に落ちねえ。埼玉屋を離れたおれをそんなに親身になって心配してくれるのも妙だ。清次が殺されたことも責めてはきたが、さほどでもねえ。ホントはもっとややこしいことがあるんじゃございませんか？　それともすでにこちらで摑んでいることがあるとか。それをおれに邪魔されたくないのではないですかね」

たとえば、間宮という武家だ、と由蔵は推量した。

栄之助が「由蔵」と釘《くぎ》を刺すような声を出した。

「こっちが下手《したて》に出ていれば、いい気になるんじゃねえ。いいかい、おまえはうちの寄子に仕事を手伝わせた。此度だけじゃないのもわかっているんだ。それだけでも、埼玉屋としちゃ困るんだよ」

「それは詫《わ》びても詫びきれません」

由蔵は再び頭を下げる。仙右衛門が怒声を上げた。

「なら思い上がるな。足袋屋《たびや》の軒下《のきした》で商いしてるおめえひとりでなにが出来るってんだ。いい加減にしねえと、おれぁ本気でおめえを潰《つぶ》すぜ。おめえひとりくらい、大川に沈めようとどうってことはねえんだ」

「構いません。けど、その前に間宮ってお人のことを教えちゃくれませんか。どうも旦那はご存じのようだ」

「てめえ！」

顔色を変え、仙右衛門が声を上げた。栄之助が、まあまあ、と主人をなだめる。

「由蔵、悪いことはいわねえ、旦那のいう通りに、この一件からは手を引け。おまえが、せっかく得た商いだ。こぢんまりやっていくことも出来るだろう？　常連客もいるようだしな」

「おかげさまで、といいてえところですが」

清次のことはどうしても許せねえ。

由蔵は仙右衛門と栄之助へ交互に視線を向けた。ふと栄之助がその視線を避けたとき、なにかがすとんと腑に落ちた。留吉の一件もやはり埼玉屋では承知していたのではないかということだ。留吉を陥《おとしい》れた相手を由蔵が暴くまでもなく、仙右衛門や栄之助にはわかっていたのだ。埼玉屋は、こちらが思っている以上に、お上《かみ》との繋《つな》がりを持っているのだろう。仙右衛門は口許を歪めながら、

「ともかくご政道にかかわることに首を突っ込むな。町人が知りてえことは、他にいくらでもあるじゃねえか。地図が異人に渡ったとか、渡ってねえとか、そんなことに興味なんざねえよ」

と、鼻で笑った。

俵《たわら》を両肩に担ぎ上げる力自慢の女がいる、百歳を超えた年寄りがお上から褒美《ほうび》をもらった、仇討《あだう》ちを見事に果たした武士、などなど、町人が喜ぶのは、埒《らち》もない瓦版《かわらばん》の種に毛が生《は》えたようなものばかりだ、と仙右衛門は決めつけるようにいった。

たしかにその通りかもしれない。白張《しらは》りの傘《かさ》が武士や町人の間で日傘として一時流行《はや》ったが、昨年、女子《おなご》と医師以外は差してはいけないと触《ふれ》が出た。女義太夫《おんなぎだゆう》が再びもてはやされるようになった。

由蔵はこれまでどんな些細《ささい》なことも余すところなく記してきた。それだけでも、世の動きは見えてくる。安穏《あんのん》とした泰平《たいへい》の暮らしを享受《きょうじゅ》している江戸の町が浮かび上がる。だが、それでは足りないと思ってはいけないのか。

世の中は小さな種がいくらでも転がっている。けれども、善事も悪事も一緒くただ。そのとき、その時代にどう生きていたか、何が起きていたか、知らずにいていい事などひとつもない。覚え帳に面白おかしい事だけを綴《つづ》るなら、瓦版と大差ない。あらゆるものを拾い集める覚え帳は、世を映す鏡だ。

だから、うそっこき由蔵であってはいけない。

ましてや清次の死は自分のせいである。その下手人を白日の下《もと》に曝《さら》さねばならない、そう決めたのだ。

「間宮って武家のことを教えてはくださらねえんで？　それなら調べるまでだ」

由蔵は膝を立てた。

仙右衛門が舌打ちする。

「おい。それなら約定《やくじょう》を交わそうじゃねえか。間宮という武家のことは教えてやる。その代わり、その武家には近づかねえってな」

「旦那さま！」

栄之助が眼を見開く。

「いいか、近づかねえとこの場で約束しろ」

江戸城の大奥で雑務を取り仕切る埼玉屋の主《あるじ》、仙右衛門はどこまで幕府の内情を知っているのか――。

由蔵は、仙右衛門と視線を合わせながら、唇を嚙み締めた。

仙右衛門が息を吐いて、白髪《しらが》の交じる髷《まげ》を撫《な》でた。

「ったく、おめえはうちに来たときからそうだった。なにを考えているかわかりゃしねえ。けどよ、清次の二の舞《まい》踏みたくなけりゃ、この件からは手を引け。おめえがどうこう出来る種じゃねえんだ。天文方の高橋って奴にも、もうかかわるな」

「つまり旦那がその中身をご存じだからでしょう？　間宮って侍のことを教えてもらっても、なにもしちゃいけねえんじゃ、しょうがねえ」

由蔵は仙右衛門を強く見つめ、片膝を立てた。もうこれ以上、話をしても無駄だ。

「よさないか、由蔵。おめえが清次を死に追いやったのはたしかだ。埼玉屋としても寄子をひとり失った。その落とし前をつけてもらわなけりゃならねえ」

番頭の栄之助が静かにいった。

「ですから、おれは清次を殺めた奴を取っ捕《つか》まえてやるといっているんだ」

「いや、そうではないよ。忘れろとはいわないが、同じことを繰り返すな。それがおまえさんの落とし前だ」

由蔵は栄之助の言葉に耳を疑った。

「ともかくこの一件は御番所に届ける。ただし、おめえのことはいわねえ。商いにも差し障《さわ》りが出るだろうからな。辻斬りとして片付ける」

「冗談じゃねえや！　このまま引き下がったら、真実は闇《やみ》の中だ。清次はおれの身代わりになったんだ」

食ってかかる由蔵に向けて仙右衛門が口許を曲げ、皮肉っぽく笑った。

「ああ、そのとおりだよ。おめえはもう、うちを出た人間だ。どうなろうと構うことじゃねえ。けどな、清次はここの働き手だ。ひとり欠ければ、それだけ他の寄子がその穴を埋めなきゃならねえんだ」

由蔵は呻いた。ひと言もいい返せなかった。

おう由蔵、と仙右衛門が身を乗り出す。

「清次に申し訳ねえと思うなら、この一件からは手を引け。悪いこたぁいわねえ」

口調から急に刺々《とげとげ》しさが失われた。

「いいかえ、死んじまったら元も子もねえんだ。おれはな、留《とめ》の一件で見せたおめえの一途で馬鹿っ正直なところを買っていたんだ。だからうちに置いておきたかった。番頭にもなれる器だってな」

由蔵は立てた膝を元に戻した。

「旦那――ありがてえお言葉ですが、やはりおれは」

「由蔵。旦那さまの気持ちを無にする気かい？　清次殺しはうちから御番所に届ける。おめえはもうなにもせずにいることだ。命が惜《お》しかったらな」

栄之助がなだめるようにいう。と、

「――間宮林蔵はな、御庭番《おにわばん》をつとめ、いまは勘定《かんじょう》奉行所の隠密《おんみつ》だ」

仙右衛門が唐突《とうとつ》にいった。由蔵は思わず眼を瞠《みは》る。

旦那さま、と栄之助が困惑気味に仙右衛門を見た。

だが、それに構わず仙右衛門はさらに言葉を続けた。

「常陸《ひたち》国の出でな」

学問に優《すぐ》れていた間宮林蔵は、在所に流れていた川の堰止《せきと》め工事で幕府の役人に才を見いだされ、江戸に出てさらに学問を修めることを勧《すす》められた。故郷に別れを告げた林蔵は、各地の治水《ちすい》工事、新田の開発などに携《たずさ》わり、寛政《かんせい》十一年（一七九九）、二十歳《はたち》のとき、御普請役当分御雇《ごふしんやくとうぶんおんやとい》の者の配下となり蝦夷《えぞ》に渡った。

幕府は、この頃すでに露西亜《ロシア》国の船が沿岸に現れていることを警戒していた。蝦夷地の探索は、沿岸防備の意味もあったといわれている。

「十数年に亘《わた》り蝦夷地に滞在し、各地を巡《めぐ》り、樺太《からふと》が島だってことを足でたしかめた」

その後、日本中を徒歩で移動し、『大日本沿海輿地《よち》全図』を完成に導いた伊能忠敬《いのうただたか》の弟子《でし》になり、測量技術に磨きをかけた林蔵は、蝦夷地の地図を作った。忠敬の製作した地図の蝦夷地部分は林蔵の測量によるものだったといわれる。

伊能忠敬の弟子か、と由蔵は呟いた。

忠敬は、高橋作左衛門の父である至時《よしとき》の弟子だ。

ということは、間宮林蔵にとって、至時は師匠《ししょう》の師匠にあたる。直《じか》に学問の師としての恩はなかろうと、己《おのれ》の大師匠の息子である作左衛門を追いつめるような真似をするだろうか。

「間宮が隠密になった経緯《いきさつ》は、よくわからねえ。が、地図を作るためだと触れ回れば、あちらこちらを歩き回っても、怪《あや》しまれねえというのもあるのかもな」

変装も上手《うま》かったって話も耳にしたことがあると、仙右衛門は苦笑した。

「旦那はどこまで存じていなさるんで？　大奥の門番までしている埼玉屋さんだ。幕府のお偉《えら》い方々とも付き合いがあるんじゃねえかと思うんですがね」

由蔵が訊ねると、仙右衛門は即座に応《こた》えた。

「よしんば知っていても話すわけにはいかねえよ。そいつは、ここにいたおめえも承知していることじゃねえか」

「わかりました。ありがとうございます」

由蔵は再び片膝を立てると、今度こそ立ち上がり、背を向けた。

「おれは、間宮林蔵のことをおめえに教えた。おめえと約定を交わしたと思っていいんだな」

仙右衛門の声が耳に突き刺さる。

「勝手に話し出したのはそちらじゃねえですか。おれは約定なんぞ交わしちゃおりません。埼玉屋としちゃ、なにか探りを入れられると都合が悪いんですかね？」

「由蔵！　てめえ」

番頭の栄之助が大声を出し、腰を上げた。

「清次の弔《とむら》いは、おれが銭を出します」と、由蔵は懐から財布を出し、腰を屈《かが》めてその場に置いた。

「馬鹿が。勝手にしろ。これで縁切りだ。二度とうちの敷居《しきい》はまたぐんじゃねえ」

座敷を出る由蔵の背に、仙右衛門の尖《とが》った声が飛んできた。

由蔵は仙右衛門の家を出ると、懐手《ふところで》をし、早足で歩き出した。仙右衛門も栄之助も何かを隠しているのがその様子からもあきらかだった。

この一件は必ず暴かねばならない。由蔵はあらためて強く思った。

だが誰のためだ。おれが、いつもやっている種取りとは異なる。

これを暴いて、誰になにを報《しら》せたいのか。

そもそも、このような種を買い求めに来る者がいるのだろうか。

悪事だろうが、善事だろうが、どちらでもいい。起きたことを淡々と覚え帳に記すのが己の仕事で、私情は挟《はさ》まない。

それが、由蔵のやり方だった。

しかし、此度は違う。由蔵自身が巻き込まれ、仲間が殺められた。

怒りの矛先を向ける相手がわからないのがどうにも歯痒《はがゆ》かった。苛立ちが収まらない。清次への償《つぐな》いは、下手人を捜し出すことでしか果たせない。

清次の屈託のない笑顔が脳裏に浮かぶ。

おれみてえになりたいって、馬鹿か、あいつは。

唐茄子屋《とうなすや》が売り声を上げながら、由蔵の横を通りすぎる。前から歩いてきた若い娘たちが、肩をすぼめてすれ違う。おれはどれだけ酷《ひど》い形相《ぎょうそう》をしているのか。泣いているのか、憤《いきどお》っているのか、己自身にもわからない。

不意に、通りの喧噪《けんそう》が消え、不快な音が耳に響いた。

しゃくしゃく、しゃく――。

蚕《かいこ》が桑《くわ》の葉を食《は》む音だ。

「うそっこき由蔵。うそっこき由蔵」

童《わらべ》の声が聞こえた。耳を塞いでも無駄だ。耳の奥底から湧き上がってくる。

由蔵はその記憶の音を振り払うよう、さらに足を速める。

清次。おれは、うそっこきじゃねえ。お前の仇《かたき》はおれが取る。

三

御成道沿いの足袋屋中川屋の前まで来た由蔵は眼を見開いた。

屋敷に戻ったはずの佐古伊之介が地面にしゃがみ込んで、おきちと戯《たわむ》れていた。

「佐古さま、なにをしていなさるので」

伊之介が顔を上げたとき、

「由蔵、おかえり」

と、おきちが飛びついてきた。

伊之介がゆっくりと立ち上がり、皺《しわ》の寄った袴《はかま》を両手で直した。

「おきち、佐古さまに遊んでもらっていたのか?」

おきちが由蔵の腰に抱きつきながら、頷《うなず》いた。が、すぐに由蔵の顔を不思議そうに見て首を傾《かし》げた。

「怪我《けが》してるよ」

ああ、と由蔵は自分の頬から唇に触れる。

伊之介が眉をひそめた。

「たいしたことはないさ。うっかり木にぶつかっちまったんだ」

「まったく。ちゃんと周りを見ないからだよ」

おきちが眉根《まゆね》を寄せて、子どもを叱りつけるようにいう。

そうだな、周りを見ないとな、と応えて由蔵は唇を曲げた。軽い痛みが走る。

周りを見る、か——。

もう一度、初めからさらって見るべきだ。

そもそも、高橋作左衛門が由蔵の店を訪れたのは、常連である信州の小藩の留守居役滝口主計《かずえ》が教えたからだ。滝口は、この頃、あまり姿を見せない。かといってこちらから出向くのもはばかられる。どうしたものか。

「ねえねえ、天水桶《てんすいおけ》のお侍さん、画《え》が上手いの。ほら」

と、おきちが由蔵を見上げ、地面を指差した。

見ると、小石で土をなぞり、兎《うさぎ》や猫、犬の絵が描かれていた。なかなか可愛《かわい》らしい。意外な才があるものだと由蔵が感心する。

「お恥ずかしい。おきちちゃんにせがまれてついつい調子に乗ってしまった」

「画の才がおありだ」

「まさか。幼い頃、ふた親に無理矢理画塾に通わされただけだ。すぐに飽《あ》いて辞《や》めてしまった」

伊之介は照れたようにいいながら、由蔵を見やり、囁《ささや》く。

「それより、だいぶ、酷くやられたようだが、大事はないか？」

由蔵は首を横に振る。腫れも怪我も日が経《た》てば治る。死んだ清次と比べれば、天地ほどの差がある。

「たいしたことはありません。けど、ここにいらして、お役目には差し支えないのですか？」

伊之介は、まあといいつつ、鬢《びん》を掻く。

「あれから屋敷に戻ったのだが、どうしても気になってな。また来てしまった。聞番《ききばん》とはいえ私は見習いにようやく毛が生えたようなものだ。さほど多忙ではない」

と、伊之介が沈痛な表情をした。

「それより、大丈夫か。辛《つら》かろう」

お気遣い恐れ入ります、と由蔵は頭を下げる。

ふたりを交互に見ていたおきちがつまらなそうに由蔵から離れ、伊之介の袴を摑んで引いた。

「お、すまんすまん。だが遊ぶのは由蔵どのが戻るまでの約束であったろう？」

おきちが口先を尖らせた。

「だって、由蔵はお店やってないよ」

「おきち、これから佐古さまと大事なお話があるんだ。もう家に帰んな」

不満げな表情で、おきちが由蔵を見ると、足袋屋からおきちの母おたもが顔を出した。

「湯屋へ行くよ、おきち」

「ほら、湯屋だってよ」

由蔵がおきちの背を押す。

「お侍さま、申し訳ございませんねぇ。娘がすっかり甘えてしまって」

「なんの、愛らしい娘さんだ」

伊之介はおきちの頭を撫で、「また、遊ぼうな」と、いった。

おきちは伊之介の小指を取って、自分の小指を絡《から》め、にこりと笑う。

「わかった。約束だ」

おきちは嬉しそうに頷き、「じゃあね、天水桶さま、由蔵」と小走りに店へ戻って行った。

おたもが伊之介と由蔵に向けて頭を下げた。

「ずいぶん気に入られたようで。こまっしゃくれた生意気《なまいき》な子なんですけどね」

「そうでもなかったぞ。素直ないい娘だ。まあ、天水桶と呼ばれるのは心外だが」

おおそうだ、と伊之介はふと真顔《まがお》になり、

「あの娘が気になることをいっていた」

由蔵の眼を覗《のぞ》き込んできた。

「気になること、ですか?」

うむ、と伊之介が首を縦に振る。

「佐古さま、立ち話ではなんです。うちに来ませんか」

中川屋の脇《わき》の路地に入ると、早速伊之介が口を開いた。

聞けば、清次の亡骸《なきがら》を埼玉屋へ運んでいる間、中川屋に、軒下の古本屋はこのあたりかと訪ねて来た者があったという。今日は店仕舞《みせじま》いしたようだと中川屋の主人太助《たすけ》が応えると、住まいはどこかと訊《き》いてきたので、この裏の長屋だと教えたが、出向いた様子はなかったらしい。

「どのような者だったのでしょう」

「総髪《そうはつ》で歳《とし》の頃は五十。袖無し羽織に、着流しと脇差《わきざし》のみ——文人か学者のような風体《ふうてい》だった」

「そのように詳しくおきちが話したのですかい?」

じつはな、と伊之介がいった。

「私もちょうど帰ってきたところで、中川屋から出て来たその者を見たのだ」

それで、おきちの話と符合したということか。総髪で学者か文人。本石町の医者が長崎屋で見た者と思えなくもない。

と、伊之介は懐から紙を出した。中川屋で墨《すみ》と筆を借り、似顔《にがお》を描いたという。これもまた上手《うま》く描けている。

それを見たおきちが画を描いてくれと、伊之介にせがんだのだろう。

丸顔で、鼻筋が通っていた。眼は細く、口は小さめだ。

「中川屋の主人も、似ているといっていた。この男が由蔵どのの噂を聞きつけて、種を買いに来た客であれば、こちらからどうこうしなくても向こうからまた立ち寄るはずだ。古本を求めに来た者でもな」

「ええ、そうでしょう」

「さほどに気にすることもないと思うのだが、あんなことがあったのだ。用心するに越したことはない」

これを持っていろと、伊之介が似顔絵を由蔵に差し出した。

そのとき、背後から大声が聞こえてきた。

「由蔵！」

振り返ると、滝口主計が路地を慌てて入って来た。なんともよい具合に現れてくれたものだ。

「由蔵。と、お主《ぬし》はええと、そうだそうだ。佐古どのであったな」

「これは、滝口どの」

「いやいや、無沙汰《ぶさた》をした。由蔵、今日はもう店仕舞いしたのか」

「少々野暮用《やぼよう》がございまして」

滝口が残念そうな顔をした。が、由蔵に向けて妙な目配《めくば》せをしてくる。佐古が邪魔だというような眼付きだ。さらになにかいいたそうにもしている。

「佐古さま、申し訳ねえが、やっぱり散らかった宿《うち》より、外へ行きましょう。向かいに蕎麦屋《そばや》がありますので、ひと足先に行って蕎麦でもたぐっていてくださいよ」

伊之介がきょとんとしたが、由蔵の様子ですぐに察したのだろう、

「わかった。腹ごしらえをして待っているぞ。あの一件はぜひとも買いたいのでな」

そういって、踵《きびす》を返した。滝口は訝《いぶか》しみながらも、「由蔵、あの一件とはなんだ。いい種があるのか」と、急に色気を出してきた。

由蔵は滝口に近寄った。

「滝口さま、おれに伝えたいことがあるんじゃありませんか?」

由蔵は、高橋作左衛門さまのことで、と小声でいった。むっと顎を引いた滝口が、苦渋《くじゅう》の表情を浮かべた。

「よもやお前を巻き込むことになるとは思わなんだ。高橋どのは今、わしの屋敷におる。高橋どのが、お前の舎弟《しゃてい》の清次という男のことを気に掛けていた」

由蔵は唇を嚙むと、胸を刺されて死んだと滝口へ告げた。まさか、と滝口が呟き、顔色を変えた。

「高橋どのが追われているというのは、まことのことであったのだな」

由蔵の胸底《むなそこ》にふつふつと怒りが湧《わ》き上がってきた。

「冗談じゃねえよ。怯《おび》えてる高橋さまを清次は送り届けた後で、歩いて来た奴にすれ違いざま刺された。あいつは死ぬ間際《まぎわ》に、あのお武家は無事だっていったんだ。なんの恨《うら》み言《ごと》もなくだ」

思わず滝口の襟元を摑んでいた。

「清次がおれの身代わりになったんだ。滝口さま、なぜ高橋さまをおれに会わせたんだ。おれになにをさせるつもりだったんだ。教えてくだせえ」

由蔵はぎりぎりと歯を食いしばりながら、滝口を問い詰めた。

「ま、待て、由蔵。私も知らぬことだったのだ。ただ、高橋どのがひどく怯えているのを聞かされてな。それが、我が国の地図にかかわることだった。そうした噂があるかどうかたしかめて来るといいと、お前に会わせた」

「なにも企《たくら》みはなかったという証《あかし》はございますか?」

由蔵は顔を寄せ、低い声でいった。

「証はない。だがまことだ。偽《いつわ》りは申さぬ。離せ、離さんか」

滝口が由蔵の手首を摑んだ。由蔵は、襟元から、指を離した。

「藩の屋敷で匿うことは決めていらしてたんでしょうか?」

滝口は息を吐くと、襟元を直した。

「それもない。しかし、身が危ういと感じたらいつでも来てくれといってはおいた。まさかまことに来るとは思わなんだ。由蔵、信じろ。これまでのお前と私の仲ではないか」

由蔵は滝口を睨めつけた。

「ならば、滝口さまに伺いたいことがございます」

滝口は見据《みす》える由蔵に不快をあらわにしたが、仕方がないとばかりに息を吐いた。

「なにを話せばいいのだ」

「ありがとうございます。まず、高橋さまのご実弟の渋川《しぶかわ》さまとはどのようなお方なのかと」

滝口は眼をしばたたいた。

「渋川どのも天文方だ。少々真面目《まじめ》すぎるきらいはあるが、好人物だ。暦学《れきがく》についての知識は相当なものだろうな。もともと渋川家は春海《はるみ》以降、暦《こよみ》にかかわる名家ではあるが、ここのところは、あまり傑出《けつしゅつ》した人物が出ておらぬ。その養子に望まれたということは、才も突出していたのであろう」

「では、高橋さまはいかがですか？」

滝口は、唸った。

「高橋どのも弟御《おとうとご》と同じく真面目な御仁《ごじん》よ。書物奉行を兼任し、天文方の筆頭でもある。兄弟の性格の相違といえば」

兄の高橋作左衛門は学者肌で探究心が強く、わき目も振らない。が、弟の助左衛門は、幕府の意向には逆《さか》らうことなく天文方としての役目に忠実に従事している。ただし、蘭学については、天文方のみが学べばよいという考えを高橋どのは持っているようだと、滝口はいった。由蔵はしばし考え込んでから訊ねた。

「なぜ、蘭学は天文方だけでよいというお考えなのかわかりませんが」

「それは高橋どのが蛮書和解御用《ばんしょわげごよう》を天文方に設《もう》けたことも大きいだろうな」

と、滝口は唇を曲げた。

書物奉行なら、紅葉山《もみじやま》文庫に入ることは造作《ぞうさ》もない。シーボルトを案内することも可能だ。伊能図を見せてほしいと望まれたとして、高橋がそれに応じたら――否《いな》。幕臣であれば、日の本の地図が機密中の機密であることは承知している。沿岸の地形が異国に知られたら、日の本は危険に晒《さら》される。

由蔵とて、自分がどんな形をした地に住んでいるか考えもしない。が、はるばる海を渡って来る異人がいることはたしかだ。

由蔵は、作左衛門が語った実弟の助左衛門のことについて告げた。滝口は、そんなことが、と戸惑い気味に呟いた。

「ならば、先に弟御を質《ただ》すべきであろう。なにゆえ、高橋どのはそれをわしに話さぬのか」

滝口は首を横に振る。

「兄弟仲はどうでしょうね」

「これは、わしの想像でしかないが、互いに学究肌である。競い合いではないが、蘭書の和訳でも先んじてやろうという思いはあるようだな。とくに弟御は才を期待され、渋川へ養子に入ったくらいだ。養家からの圧も並々ならぬものだろうて」

由蔵は軽く相槌《あいづち》を打った。

「たとえば、ですよ。しいぼるとが地図を欲したように、お上《かみ》も何か知りてえと思うことはあるんでしょうかねぇ」

「当然だ。長崎に門戸を開いているとはいえ、あらゆる国の話が入ってくるわけではないからな」

滝口はうむと首肯《しゅこう》した。

由蔵は、いつものように足袋屋中川屋の軒下に古本を山積みにして並べ、書き物をするための素麺箱《そうめんばこ》を置いた。筆を執《と》ったが、どうにも仕事を始める気が起こらない。書くことはあるのだ。日本橋の高札場《こうさつば》へも行った。湯屋へも行った。そして、清次が殺められた場所を探してもいた。

おれの手伝いさえさせなければ——その後悔は日増しに強くなってくる。

この頃、杉野与一郎《よいちろう》が由蔵を監視するように度々《たびたび》訪れるようになっていた。さりげなく杉野に清次のことを訊ねたが、「そんな話は知らねえな」とにべもなかった。結局、清次殺しの一件など、奉行所は取り上げることもなかった。いや、埼玉屋が握り潰したのだ。清次は心《しん》の臓《ぞう》の病《やまい》で死んだとされ、人別《にんべつ》からも外《はず》された。

埼玉屋は、居酒屋の女将《おかみ》のお里にも堅《かた》く口止めをした。銭を渡されたらしいが、「安く見るんじゃないわよ」と啖呵《たんか》を切って、番頭の栄之助を追い返したと悔しげにいっていた。

どうにも口惜《くちお》しい。清次の仇を討ちたい。埼玉屋へ乗り込めば、こっちがズタボロにされるのが落ちだ。だが、このまま手をこまねいているのも癪《しゃく》に障る。

埼玉屋で聞かされた間宮林蔵のこと。清次を殺めたのがそいつかもしれないと思っていても、どうやって近づいたらよいのかわからない。

由蔵は懐から、伊之介が描いた似顔絵を取り出した。

ここを訪ねて来たという五十絡《がら》みの男。

もしもこいつが間宮という男だとしたら、殺めた相手が呑気《のんき》に店をやっていれば、別の者だったことに気づいているはずだ。

天文方の高橋作左衛門に近づくな、という警告を発するため、必ずもう一度姿を見せるだろうと由蔵は踏んでいた。だが、一向《いっこう》にそれらしき人物は現れない。

作左衛門はいま、滝口主計の仕《つか》える信州の小藩に助けを求めて逃げ込んでいた。

滝口は、作左衛門の実弟助左衛門との間に確執《かくしつ》があるかどうか質してみるといっていたが、数日経ってもまだ姿を現さない。それにも焦《じ》れていた。

間宮林蔵、高橋作左衛門と渋川助左衛門の兄弟。この三人全員に絡むのは、シーボルトに渡ったとされる日の本の地図だ。

「どうしたね、顔色が冴《さ》えないが」

由蔵が顔を上げると、町年寄《まちどしより》を務める喜多村《きたむら》家の隠居、彦右衛門《ひこえもん》だった。顔を見るのは久しぶりだ。

「筆を持ったまま考え込んでいたのかえ。ほれほれ、墨が紙に垂《た》れとるぞ」

再び顔を伏せた由蔵は、つい、ため息混じりの声を出す。一滴、黒い点が紙に滲《にじ》んでいた。

「こいつは、うっかりしていました。どう書こうかと悩んでいるうちに。ああ、礼をいわねばなりませんね。先日は町触《まちぶれ》をお教えいただきありがとうございました」

彦右衛門を見上げ、軽く笑った。

「いったろう。私はおまえさんの仕事を手伝いたいんだよ。損得なしにね」

彦右衛門の背後から、勝平《しょうへい》が顔を覗かせる。愛想《あいそ》のかけらもない。

「今日は両国で、奈良屋、樽屋《たるや》の隠居と昔話をすることになっているんだがねぇ、その前に、おまえさんのその綴《と》じ帳を見せてもらおうと思って立ち寄ったのさ。昔話だけじゃつまらないからね、話の種を持っていこうと思ってね」

どんな昔話であろうかと、由蔵の興味が引かれた。由蔵の覚え帳は、江戸に来た文化の頃から始まっているが、埼玉屋にいたため、噂も風聞もさほどの量ではなかった。喜多村であれば、なにかしら記録を残しているはずだ。それを見せてもらえないかと頼んでみようか。

「いくら払えばいいんだね？」

「一文《ぶん》見るだけなら二十文《もん》。お買い上げは九十八文になりますが」

なるほど、と隠居は唸った。

「じゃあ、今日から、勝平を置いていくよ」

は？　と眼を丸くする由蔵に、「埼玉屋の寄子が死んだのだろう？　こういう話は由蔵さん、あんたひとりの手に余る。頼ってくれていいんだよ」

なぜ、それを、と訊く間もなく、彦右衛門は踵を返した。

勝平は突っ立ったままでいた。こんな軒下の露店《ろてん》の前でだんまりされては、由蔵も困った。ちらちら勝平を窺《うかが》う。が、勝平は表情ひとつ変えず、じっと立っている。

「先日は遣いをすまねえな。助かったぜ」

痺《しび》れを切らした由蔵がようやく口火を切った。

「そこにずっといられても、こっちも商売なんで迷惑なんだが」

「どういたしましょうか？」

勝平が応える、というか訊ねてきた。由蔵はため息を吐《つ》いた。

歳を訊くと、二十一だという。

「ご隠居からはなんていわれてきたんだい？」

「こちらのお手伝いをしろと」

給金など出せないというと、自分は喜多村の手代であるから、働き場所が変わっただけだという。たしかにその通りではあるが、どうしても彦右衛門の意図が読めない。薄気味悪さがある。

「おれの塒《ねぐら》はそっちの奥だ。悪いがそっちにいてくれねえか。ここに置ききれねえ古本が散らばってる。そいつの片付けでもしてくれ」

「承知しました」

勝平は頭を下げて、路地を入って行った。妙なことになっちまった。

町年寄がおれと組んでなにをしようというのか、さっぱりだ。

と、天水桶の陰から伊之介がこちらを窺ってから、ひょこひょこと通りを抜けて来た。

「いい加減、すんなりお見えになったらどうです。佐古さま」

伊之介は鬢《びん》を掻きながら、癖《くせ》になってしまってと言い訳めいた物言いをした。

「で、さっきの若いのは誰だ？　あの常連の隠居と一緒にいたろう」

いつからいたものかと、由蔵は呆れた。

「まあ、あの隠居が手伝いに使ってくれといってきた」

「使ってくれ？」と、伊之介が眼を見開いた。

「なんというか古本好きの隠居なもので、おれの仕入れ先の書肆《しょし》を回らせたい、と」

咄嗟《とっさ》に口から出まかせをいったが、人の好い伊之介は信じてくれたようだ。

「それで、由蔵どの。例の男は？」

由蔵は首を横に振った。

「じつはな、私もそれとなく探りを入れてみたのだが、あの似顔絵はどんぴしゃだった」

と、伊之介が鼻を蠢《うごめ》かせた。

「では、やはり」

「そのやはりだよ。間宮林蔵だ」

間宮の名をいうときだけ、伊之介は小声になった。

「よくわかりましたね」

「うん、ほら以前引きあわせたもうひとりの聞番、安井さまが見知っていたのだ」

安井数左衛門《かずざえもん》は、少々頑迷《がんめい》そうな顔貌《がんぼう》をしていたが、その見かけとは裏腹に、由蔵の質問にも気さくに応じてくれた。

伊之介が聞いてきた話によれば、間宮は伊能忠敬の弟子にあたることから、作左衛門とも地図の作成にあたって議論を交わすほどの仲だったという。

「最上徳内《もがみとくない》という御仁のことも安井さまから伺ったのですがね」

伊之介が首を傾げつつ、ああと手を叩《たた》いた。

「あのお方もやはり蝦夷地を見聞なさっていたからな。ただ、最上さまはもうかなりのお歳。間宮のほうが、これから先の立身もあるだろうな」

そう伊之介はいった。

「立ったままではなんです、お座りになりませんか？」

由蔵が古本をずらして、筵《むしろ》を空《あ》けた。

おう、すまぬな、と伊之介は大刀《だいとう》を腰から引き抜くと、早速座り込んだ。

「でな、安井さまによれば、あることで作左衛門と間宮が大喧嘩になったそうだ」

『ラランデ暦書《れきしょ》』という天文学の書物がきっかけだったらしい。

「聞いたこともありませんね」

由蔵がいうや、

「私も知らん。なんたって、相当前に阿蘭陀から渡ってきた書物で、我らの眼に触れることなどまったくない」

と、なぜか伊之介は胸を反《そ》らせた。

「けどな、この『ラランデ暦書』というのは、作左衛門どのの父上の至時どのの頃に幕府から翻訳を命じられていたのだそうだ」

伊能忠敬もこの暦書から測量技術を学んだとされ、

「つまりだな、間宮はこの書物がどうしても見たかった」

しかし、至時が蘭書を翻訳するのは天文方のみと決め、他者には見せることが出来ないと突っぱねたというのだ。いまは作左衛門がその翻訳を引き継いでいる。

「それを恨《うら》んでいたというのですか？」

「間宮も蝦夷地を測量したひとりだからな。作左衛門どのも学者、間宮も学者だ。学者同士の喧嘩だよ」

そういわれれば、わからなくもない。もし、その書物を読むことが出来れば、さらに技術の向上が図れるかもしれない。そう間宮は思っただろう。

それを天文方に独《ひと》り占《じ》めされているとなれば腹が立つのも当然だ。

しかも伊能による蝦夷地の地図は間宮の測量によるものだという事実を合わせて見れば、自分の功績を認めないどころか、邪険《じやけん》にされたと思うかもしれない。

「それとな、学者同士とはいえ、作左衛門どのは、父上も天文方という家柄。しかし、間宮は農民の倅《せがれ》で、さんざん苦労してようやく足軽《あしがる》に取り立てられた。そうした身分の差も大きかろう」

作左衛門にしてみれば、口にはしないまでも、同じ土俵に立つ身分の者ではないという侮《あなど》りがあったと考えられなくもない。

由蔵は唸った。ならば、実弟の助左衛門はどうなのだ。

兄への妬心《としん》か？　それにはそれだけの理由がなければいけないだろう。

伊之介も軒下から空を見上げて、考え込んだ。

「しかし、作左衛門どのは、そのようなことにこだわる御仁ではないように見えたがなぁ。むしろ、ともに手を携《たずさ》えていこうというような、そう思える」

「人は見かけによりませんよ。お上から命じられた翻訳ですからね。おいそれと人には見せられないという、生真面目《きまじめ》なところがあるような気がしますがね」

そうか、と伊之介が呟くようにいった。

不意に由蔵の脳裏にふたりの影が浮かんだ。

「佐古さま。こいつはおれの勝手な思いつきですが、間宮と作左衛門さんの弟、助左衛門が組む、なんて線はありませんかね」

伊之介が、由蔵に顔を向けて、眼をしばたたいた。

「兄を追い落とせば、今度は弟の助左衛門が天文方の頭《かしら》となりましょう。天文の家柄としては少々落日の渋川家。助左衛門にすれば、養家に恩を売ることができる」

「由蔵どの。それはちと考えすぎではござらぬか?」

「そうでしょうかねえ」

由蔵は、勝平を使ってみるかと思った。町年寄の喜多村家の手代として話を聞きに回るだけならば、さほど怪しまれないかもしれない。なにかの伝手《つて》もきっとある。

「佐古さま、本日は店仕舞いにします」

「おいおい、なにか種はないのか?」

「清次の一件ならありますが」

由蔵は皮肉を込めていった。伊之介を責めるつもりはなかったが、いわずにおれなかった。

「そうか。その一件は買えぬな。また日を改めよう」

伊之介が立ち上がり、大刀を腰に差す。

「かたじけのうございました。安井さまには色々お教えいただきありがたいとお伝えください」

「なんだ、いきなり殊勝《しゅしょう》な言い草だな」

伊之介が笑った。

「由蔵どの。私もな、どうにも気になってならんのだ。日《ひ》の本《もと》の地図が異国に流れたやもしれぬというだけではない。それを巡って、なにが起きているのか知りたくなっている。命を落とした清次どののためにもな。知らずともよいこともあろう。だが、知らなければいけないこともある。由蔵どのが覚え帳を記すことの意味が、少しだけわかったような気がする」

次に来るときは、天水桶の陰には隠れぬよ、と伊之介はそういって背を向けた。

第六章

学者の妬《と》心《しん》

一

寝返りを打った由蔵《よしぞう》は、闇《やみ》の中でため息を吐《つ》いた。

「由蔵さん、眠れませんか？」

隣で横になっている勝平《しょうへい》が声を掛けてきた。

お前のせいだといいたかったが、由蔵は言葉を呑《の》み込んだ。勝平は町年寄《まちどしより》である喜多村《きたむら》家の手代だ。

隠居の彦右衛門《ひこえもん》から「置いていく」といわれたものの、まさかこの狭い塒《ねぐら》で共に寝起きすることになるとは微塵《みじん》も思わなかった。

「遠慮せず、なんでもいってください。そうご隠居からも言いつかっておりますんで」

暗い中、勝平が小声だがはっきりという。

どうせなら出て行ってくれといいたかったが、さすがに町年寄の手代だけあって、躾《しつけ》もよく、ぱっと見はいささかきつい印象もあるが、軒下《のきした》を借りている足袋《たび》屋中川屋の夫婦やその娘、おきちと、この数日ですっかり馴染《なじ》んでいた。おきちなど、「勝平兄さん」と呼んでなついている。

おれのことは呼び捨てのくせに、と由蔵は鼻白《はなじろ》む。

この勝平に、天文方《てんもんかた》の高橋作左衛門《さくざえもん》の一件にどこまでかかわらせるべきなのか由蔵は考えあぐねていた。だいたい彦右衛門が、勝平にどう伝えていたのかもわからないのだ。由蔵が黙っていると、勝平のほうから訊《たず》ねてきた。

「まずはなにをいたしましょうか。やはり由蔵さんは埼玉屋《さいたまや》の寄子《よりこ》の下手人《げしゅにん》を挙《あ》げたいのでしょう」

由蔵は首を回した。夜目《よめ》に慣れてきたとはいえ、勝平の表情までは見えないまま口を開いた。

「清次《せいじ》のことは聞いているのか？」

「あらかたご隠居から聞かされております。高橋作左衛門という天文方のお方のことも」

はてさて、それでもあの彦右衛門が敵か味方か判断がつきかねる。たかだか埼玉屋の寄子ひとりが殺《あや》められたことを、憤《いきどお》っているはずがない。損得などない、おれの商《あきな》いが面白いと彦右衛門はいった。けれど、それだけで江戸の町を差配している町年寄が動くだろうか。

勝平に質《ただ》しても無駄だろう。彦右衛門の心の内など本人しか知らないのだ。

「では、間宮林蔵《まみやりんぞう》に当たりましょうか」

唐突に勝平がいった。

いきなり急所を突く言葉に由蔵は狼狽《ろうばい》しつつ応《こた》えた。

「それは待ってくれ。間宮のほうからおれの処《ところ》を訪ねてくるかもしれない」

ふっと勝平が笑ったような気がした。

「相手の出方を窺《うかが》ってばかりでは埒《らち》があきません」

「わざわざいわれなくてもわかっているよ」

由蔵は上体を起こし、声を荒らげた。勝平が黙る。

大きく息を吐《は》いて、由蔵は再び夜具に潜《もぐ》り込む。「寝る」、といって由蔵は目蓋《まぶた》を閉じ、勝平に背を向けた。

「勝平さん。ご隠居がなぜあんたを置いていったのか、おれは知りてえ。が、ひとまず勝手に動くのはやめてくれ。もう同じ思いはしたくねえんだ」

「わかりました」

勝平の低い声が響いた。


明け方、障子戸を叩く音がした。まだ、陽《ひ》がすっかり昇っているわけではなかった。白々《しらじら》とした光が家の中に満ち始めたくらいだ。

「由蔵、起きろ。わしだ」

常連の、信州小藩の留守居役《るすいやく》、滝口主計《かずえ》だ。遠慮なしの大声だ。頭に杭《くい》でも打ち込まれたような気分で起き上がる。三和土《たたき》に下り、由蔵は心張《しんば》り棒を外《はず》した。障子戸を開けると、そこにいたのは、果たして滝口であったが、その背後にもうひとりいた。頰被《ほおかぶ》りをし、さらに笠《かさ》をつけ、俯《うつむ》いている。明らかに面体《めんてい》を晒《さら》したくない様子だ。だが、その長い顔にたしかな見覚えがある。高橋作左衛門だ。

「連れてきた」と、滝口はいった。

「由蔵どの、まことに申し訳なかった。よもやあのようなことになるとは」

作左衛門が口の中でぼそぼそいうや、頭《こうべ》を垂《た》れた。やはり作左衛門はどこかおどおどした気の小さい男に思える。異国人に日《ひ》の本《もと》の地図を渡すような大罪を犯すふうには見えない。

「ともかく、お入りください」

由蔵はふたりを促《うなが》すと、表を覗《のぞ》き、誰もいないことをたしかめてから戸を閉め、念のために心張り棒をかいた。

勝平が夜具をすばやくたたみ、部屋の隅《すみ》に積んだ。

「一体、どうなさったのです。急に来られても、こっちも困りまさ」

三和土から板の間に上がった由蔵は嫌味《いやみ》っぽくいった。

勝平は夜具を片付け、古本の山を壁際《かべぎわ》に寄せている。滝口が不思議な顔で、てきぱきと動く勝平を眼で追っていた。由蔵がどう説明すれば良いかと考えあぐねていると、「由蔵の兄ぃ」と勝平がこっちを向いた。

「いま、茶でも淹《い》れます。おっと、茶葉はありませんでしたね」

「ああ、そんな気の利《き》いた物はねえよ」

由蔵が鼻であしらうと、「じゃあ、中川屋さんにもらってきますか？」と、返してきた。

「いい、いい。気遣いは無用だ。白湯《さゆ》で十分だ。なんだ由蔵、弟か？」

滝口が大刀《だいとう》を腰から引き抜くと、履物《はきもの》を脱《ぬ》いだ。

「あ、こいつはうっかりだ。あっしは勝平と申します。由蔵の兄ぃとは在所が同じなもんで。江戸でばったり出くわしましてね。奉公先をしくじって行き場がねえ、あっしの面倒を見てくれてるんでさ」

滝口の急な来訪にもかかわらず、勝平の口からすらすらと言葉が飛び出す。あらかじめ考えておいたのだろうか。だとしても、物言いまでがそれまでの勝平とは異なっていた。ほとんど見せたことがない笑顔まで作っている。町年寄は、軽微《けいび》な犯罪であれば裁《さば》く権限があった。繁多《はんた》な奉行所の助けとなるからだ。なるほど、こういう気転も町年寄の手代としては必要なのかもしれない。

滝口は疑いもせずに首肯《しゅこう》し、高橋どのも、と手招いた。

「由蔵の商いの手伝いでもするつもりか？」

滝口が訊ねると、勝平は頷《うなず》いた。

「ええ、ちっとの間はそのつもりでおります。一宿一飯《いっしゅくいっぱん》の恩義ってやつでさ。一宿どころではねえですが」

滝口は、ふむと唸《うな》って口許《くちもと》を歪《ゆが》め、由蔵へ問うような視線を向けてきた。清次が殺められたことを知っている滝口は、それを勝平に話しているのか、といいたげな眼をしていた。

作左衛門がようやく笠を取り、頰被りを解《ほど》いた。

由蔵は、滝口の前に座ると、

「勝平はあらかた知っております」

滝口の顔は明らかに不快を表していた。作左衛門は肩をすぼめて座りながら、不安そうに勝平を見る。

「高橋さま」と、由蔵は声を掛けた。

作左衛門が、はっとした顔で居住まいを正し、再び頭を下げる。

「いくら詫《わ》びても詫び足らぬが。まさかこのようなことになるとは私も思い至らなかったのだ。許してくれ、由蔵どの」

由蔵は息を吐いた。

「陽が昇って間もない内にやって来たのは、詫びだけじゃないのでしょう。清次が殺められたのは、おれのせいでもある。あんたを送らせなけりゃ、よかったといまも後悔しておりますよ」

火鉢《ひばち》に置かれていた鉄瓶《てつびん》が音を立て始めた。勝平が立ち上がり、三和土の水瓶《みずがめ》の上部に吊《つ》るされた棚から湯呑み茶碗を取る。ふたりの前に、白湯を出した。

作左衛門が、がばと顔を上げ、滝口をちらと窺い、口を開いた。

「滝口さまより問われた。それについて直《じか》に話そう。私は――弟に謀《はか》られたのだ」

悔《くや》しげに歯を食いしばった。

由蔵が眼を吊り上げる。弟とは、渋川《しぶかわ》家に養子に入った渋川助左衛門《すけざえもん》だ。

「『大日本沿海輿地《よち》全図』をしいぼるとに最初に見せたのは我が弟だ。どうしてもそれがほしくなったしいぼるとは、江戸に滞在している間に写し、譲ってくれといった。だが、異国人に地図を渡すのはお定めに触れる。そんなことは、私も重々承知している。天文方の筆頭として、書物奉行として、国を売るような真似《まね》は出来ないと、固く断った」

「ならば、弟御《おとうとご》にしいぼるとへ渡すようにいわれた物をなぜたしかめなかったのか、おれはそいつを知りたいんですよ。本当は、高橋さま、ご存じだったのではないですか？」

由蔵の言葉に、作左衛門は首を横に振る。

「迂闊《うかつ》だったのだ。助左衛門からは画《え》だといわれた。以前、話した通りだ。しいぼるとは日本に強く興味を抱《いだ》いている。日本の物なら、なんでもいいのだ。地図は渡せないが、せめて画だけでも、と」

そして作左衛門はひとりでシーボルトに会うため長崎屋へ赴《おもむ》いた。それも前に聞いた話と同じだった。由蔵は作左衛門をじっと見つめる。

「さて、それが果たして御吟味《おぎんみ》で通りますかね。騙《だま》された、謀られたといったところで、弟御が白《しら》を切り通せばそれまでですよ。まあ、こんなことをいいたくはありませんがね、おれは、町奉行の榊原《さかきばら》さまから、高橋さまの居所が知れたら報《しら》せるよういわれております」

まさかそんな、と作左衛門の顔から血の気《け》が引く。

「ここにいる勝平を、番屋へいますぐに遣《つか》わせましょうか？　おれの顔見知りの八丁堀《はっちょうぼり》が飛んで来ます」

「由蔵、貴様！」

滝口が声を張った。由蔵は、片頬《かたほお》を上げた。

「種《たね》売り商いもようやく銭《ぜに》になり始めたんでさ。御番所《ごばんしょ》に睨《にら》まれたくはねえし、ちょいとばかり恩を売っておけば、やりやすくなるってもんじゃありませんか」

「見損《みそこ》なったぞ、由蔵。助けを求めてきた者を己《おのれ》の商いと引き換えるのか」

滝口は右脇に置いた大刀の鞘《さや》を握り、「高橋どの。行きますぞ」と、立ち上がりかけた。

袴《はかま》の裾《すそ》が湯呑み茶碗を倒した。白湯が床《ゆか》にこぼれる。勝平が慌《あわ》てて手拭《てぬぐ》いを手にして、床を拭った。拭いながら、ちらりと由蔵へ視線を向ける。

「高橋どの、こやつは幕吏《ばくり》の狗《いぬ》だ。素町人《すつちようにん》に頼ったわしが愚《おろ》かであった」

滝口が濡《ぬ》れた足先を忌々《いまいま》しく見る。

由蔵は、どん、と片膝《かたひざ》を立てた。

「どうとでもいいなせえ。こちとら、種を売って飯《めし》を食っているんだ。人助けをやっているわけじゃねえ。日の本の地図が異人の手に渡ったってのは、十分、売れる種になる。読売屋《よみうりや》だって飛び付いてくるかもしれねえ」

それに、と由蔵は立て膝に腕を掛け、作左衛門と滝口を見据《みす》えた。

「清次のことも御番所には届けられていねえ。高橋さまを送り届け、その帰りに殺められたんだ。それを知らぬ存ぜぬといわれちゃ、おれの気がすまねえんだ」

滝口の頬が強張《こわば》る。

そのとき、壁を叩《たた》く音がした。

「朝っぱらから、うるさいねぇ。なにを怒鳴っているんだよ、眼が覚《さ》めちまったじゃねえか」

隣の年寄りだ。由蔵は舌打《したう》ちして、「こうるせえ、婆《ばば》あだな」と悪態《あくたい》をつく。

「詫びて来ましょう」

勝平が素早く立ち上がり出ていった。

「安普請《やすぶしん》の長屋じゃ、隣に話が筒抜けになっちまう」

由蔵は、ひとりごちると、声を落とした。

「高橋さまからなにかしらの糸口が摑《つか》めりゃ御《おん》の字だと思っています。番屋に引き渡すとしても、話を伺ってからにいたします」

「まだいうか。高橋どのは武家だぞ、町方は支配違いだ。それに我が藩のご家老と昵懇《じっこん》の仲なのだぞ」

「そんなことは、おれにはどうでもいいんですよ。滝口さま、この一件の始まりは、ここにいらっしゃる高橋さまだってことを忘れてもらっちゃ困るんですよ」

由蔵は作左衛門を見据える。色をなした滝口は、「お立ちなされ」と、静かにいうと作左衛門を促した。

「ちょっと待った。いいことを教えてあげますよ。あなたさまを追っていた黒装束《くろしょうぞく》の武家のことだ」

由蔵の言葉に作左衛門が眼を瞠《みは》る。

「先ほど、支配違いとおっしゃいましたが、あれは、榊原奉行が放った者。御番所ではあなたの動向を探っていたのですよ。まあ、いい方策とはいえねえが、あなたさまを追いかけ、追い詰め、誰と繫《つな》がっているか探ろうと思ったんじゃないですかね」

つまり、滝口さまの仕《つか》える藩に逃げ込んだとなれば、ご昵懇のご家老さまにも迷惑がかかる、と由蔵は薄く笑って付け加えた。

作左衛門は俯き、膝の上の拳《こぶし》を握り締める。

「こっちも教えてやったんだ」

由蔵が詰め寄ると、作左衛門は息を吐き、

「滝口どの。申し訳ござらぬが」

そういって目蓋をきつく閉じた。滝口が顎《あご》を引き、再び腰を下ろした。

かたじけのうございます、と由蔵も片膝を下ろした。

「間宮林蔵さまとはどういう間柄《あいだがら》か知りてえ」

「間宮、林蔵……」

作左衛門のこめかみあたりがピクリと動いた。もう一度、間宮、と呟《つぶや》くようにいうと、身体《からだ》を瘧《おこり》のように震わせ始めた。

怯《おび》えなのか、怒りなのか。作左衛門の表情からは読み取れない。

「いえねえんですか。おれは、どういう間柄かと訊《き》いているだけですがね」

「ま、間宮は」

滝口が執《と》り成《な》すように口を挟《はさ》んできた。

「由蔵、そのようにきつく責め立てるな。高橋どのとて、お前に対して呵責《かしゃく》を感じているからこそ、自《みずか》ら釈明しようとここに来たのだ」

はん、と由蔵は顎をしゃくった。釈明とは聞いて呆《あき》れる。

「その、間宮というのは、蝦夷地《えぞち》を測量した男であろう」と、滝口がいった。

「そんなことは知っております。滝口さまはまだわかってくださらねえようですね。それだからこそ、おれは話が聞きてえんです。おそらく高橋さまには、おれたちにいえねえ話があるはずなんだ。そうじゃありませんか？」

「まことか？　高橋どの」

滝口が眉間《みけん》に皺《しわ》を寄せて訊ねた。作左衛門が唇を嚙《か》み締め、首を縦《たて》に振った。

そうか、と滝口は腕を組んだ。

由蔵は作左衛門から視線をはずさず、再び問う。

「長崎へ戻ったしいぼるとから、あなたさまは文《ふみ》を受け取っている。他に、間宮宛ての文と進物《しんもつ》もあったと聞いています。それはどうなさいましたか？」

「なぜ、それを」

作左衛門が眼を見開いた。

「異国人との交流は、文一通であっても、禁じられていることはご存じではなかったのですか？」

「むろん、知ってはいたが、中身は参府の折の礼だけだった。そんなものまで届け出る必要はなかろうと思った。それに間宮の処へ私は直々《じきじき》に参った。しいぼると先生の文だからな。下男《げなん》には任せられない。そのとき、私はお上《かみ》に届け出るかと間宮に訊ねたのだ」

すると間宮は、進物が更紗《さらさ》一反《たん》であることをたしかめ、文もその場で眼を通したという。それには、シーボルトが指定してきた数種類の樹木の押し葉を送って欲しいと綴《つづ》られていた。この程度のことならば届け出ることもない、かえって役所の手を煩《わずら》わすと、一笑に付したという。

「しかし、間宮は」と、作左衛門が由蔵を窺う。

「勘定《かんじょう》奉行さまに届け出ておりますよ」

ではでは、と荒い息を吐き作左衛門が身を乗り出した。

「文は、文には他になにが書かれていたのだ。由蔵どの、知っているなら教えてくれ」

「そこまでわかりませんよ。なんなら、高橋さまが直接、間宮さまにお訊きになればよろしいのでは？」

「やはり、間宮はそういう奴《やつ》だったのだ。私は、実弟と間宮によって騙されたのか」

作左衛門が絞《しぼ》るような声でいった。

「間宮と初めて会ったのは伊能《いのう》先生の一周忌だった」

二

伊能忠敬《ただたか》が没したのは、文化十五年（一八一八）だ。間宮は伊能から測量技術を教授され、蝦夷地の地図を作るべく、蝦夷に渡った。

「間宮との仲立ちをしたのが、誰であったかは忘れてしまったが、間宮のほうから私に近づいてきた。私の父、至時《よしとき》が伊能先生の師だったこともあったのだろう。私も間宮に会いたいと思っていた。『大日本沿海輿地全図』を完成させるためには、間宮が行った蝦夷地の測量図が必要だったからだ。伊能先生は蝦夷地全土を測量出来なかった。つまり間宮と先生の測量図を繫ぎ合わせる必要があったのだ」

初対面の後、ふたりが会ったのは、浅草の料理屋だった。作左衛門は、供《とも》として絵図面を引く下役《したやく》の者を連れて行った。

だが、作左衛門はそのとき、間宮が傲岸《ごうがん》不遜《ふそん》な人物だと感じたという。その頃の間宮は、松前《まつまえ》奉行配下の下役人に取り立てられていた。己の技量が認められたことで少しばかりいい気になっていたのだ、と作左衛門は憎々《にくにく》しげにいい放った。

作左衛門が日本全図の完成に協力を仰《あお》ぎたいと申し入れると、

「わざわざ恐れ入ります。伊能先生の実測図は、お上の命で行われたもの。私のような者に許しを得る必要などございますまい」

即座に返答した。作左衛門は実際に蝦夷地の測量を行った間宮の功績を称《たた》え、やはり全図を完成に導くために、協力を得たいと続けた。

「天文方は楽でよろしいですなぁ。人が作ったものをただ繋ぎ、整えるだけでよい。冬の蝦夷地をご存じか？　あそこは極寒《ごくかん》の地。身体中の熱があっという間に逃げて行く。獣《けもの》の皮を着込んでも追いつかぬ。いやはや、いつ命を落としてもおかしくはない」

そういった。その後、樺太《からふと》へ単身で向かい、樺太と二里《り》弱（約八キロメートル）離れた大陸の間に海峡があること、樺太が島であるとたしかめたこと、露西亜《ロシア》人や清国《しんこく》人と遭遇《そうぐう》したこともあるなど、冒険譚《たん》よろしく話し始めた。

「六分儀《ろくぶんぎ》は使ったことがおありかな？　鏡の反射を用いて広い角度を測るための器具ですよ。私は、松前奉行に捕縛《ほばく》された露西亜人より教えを受けましてね。五年ほど前のことですが、露西亜が蝦夷地を測量していたことがあったでしょう?」

同じく蝦夷地に興味を示していた露西亜国は、小さな島が連なる列島を度々《たびたび》訪れていた。文化八年（一八一一）、艦長が国後《くなしり》島で松前奉行の配下に捕縛され、二年以上に亘《わた》り留《と》め置かれた一件だ。

「やはり、大国の者たちの知識は大したものですな。私の技術はまた格段に上がりましたよ。我が国の遅れは眼に見えている。恥ずかしいくらいだ」

「それは、伊能先生、そしてその師である私の父を愚弄《ぐろう》しているのですか？」

「おふたりの知識、功績は私も十分認めております。それに伊能先生は、商人の出。その努力を敬っております。だが、遅れは遅れ。世界は常に新しい技術、知識を求めている。我が国がいくらそれを取り入れようとも、所詮《しょせん》は後追い。肩を並べるなど無理なのです」

机上《きじょう》でいくら研鑽《けんさん》を積んだところで無駄だ、と作左衛門を気の毒そうに見た。

「せめて江戸市中だけでも歩かれたらいい。私が測量技術を指南いたしましょう」

作左衛門の怒りは頂点に達した。しかし、ここは伊能忠敬の日本全図を完成させることが急務だ。作左衛門は間宮に頭を下げた。

「これはこれは、大師匠の至時先生のご嫡男《ちゃくなん》が私に頭を下げる？　家督《かとく》を継ぎそのまま天文方のお役に就《つ》いた高橋さまが？　農民出の私に？　さぞ腹立たしい思いでございましょう」

間宮もわざとらしく、慇懃《いんぎん》に頭を下げた。

こやつは――作左衛門は拳をきつく握りしめた。だがいま大切なのは伊能が生涯をかけた地図だ。蝦夷地の測量図を加えなければ、日の本の地図は完成しないのだ。

「間宮は明らかに私を見下《みくだ》していた。奴の態度はそれをありありと表していた。間宮のいうように、お上に申し上げれば、どうということもなく間宮の測量図を使用出来た。だが、学問を修める者として、優《すぐ》れた相手は尊《たっと》ぶべきだと父から教わった。それは農民の出であろうがかかわりないことだ。さらに、私は間宮からすれば弟弟子だ」

しかし、間宮の胸底には別の思いが潜《ひそ》んでいた、と付け加えた。

「身分の差ということですかい？」

ほとんど話し終えた作左衛門に由蔵が訊ねた。

「間宮は、自分の生まれが劣《おと》っていることをひがんでいる。私のように世襲《せしゅう》で役を得る者は憎《ぞう》悪《お》の対象になるのだろう。奴は虚栄《きょえい》を張ることで己を保《たも》っているのだ」

つまり、作左衛門を陥《おとしい》れることに、なんのためらいもなかったということか。

「高橋さま、『ラランデ暦書《れきしょ》』という蘭書《らんしょ》ですが」

由蔵がいいかけると、作左衛門の表情が険《けわ》しくなった。なぜ知っているのかという顔だ。

「……父の頃から和訳を進めている書物だ。それには我が弟の助左衛門もかかわっている。異国の天文学者が著《あらわ》したものだ。天文学を修める者には垂涎《すいぜん》の書であろう。天体の動きから、経度、緯度を導き、月や日輪《にちりん》、日蝕《にっしょく》などの算出……」

お待ちくださいと、と由蔵は作左衛門を制した。

「あっしらには、小難《こむずか》しくて」

「すまん。しかしあの書は、特別な物だったのだ」

と、作左衛門は俯いた。

「浅草の天文台が火事に見舞われ、草稿、書物そのものを失った。だが、再び入手でき、いま改めて翻訳を進めているところだ。これを間宮が見たいといってきたが、天文方の仕事であるからと断った。それも侮《あなど》られたと思ったのであろう」

なるほど、推測していたことは間違いではなかったようだ。

「いまは助左衛門に任せたが、どこか不満でもあるようだった」

「兄の高橋さまから命じられたのであれば、従うでしょう。ましてや、その天文学とやらに役立つとすれば」

「弟は渋川家の仕事として成《な》し遂《と》げたいのだ。高橋家ではなく。あの書物を和訳すること、それを学ぶことは、学者として誉《ほま》れになる。渋川は天文方の名家。助左衛門自身も己の名をあげたいだろう。兄の私の陰でなく」

つまるところ、学者同士の見栄《みえ》の張り合いではないかと、由蔵は憤りさえ覚えた。

「高橋さま、こいつは最後の最後にお伺いいたします。正直にお答えください」

由蔵は念を押すようにいった。

「しいぼるとに渡ったのが、もしも日の本の地図だったとしたら――」

高橋がこめかみに血の管を浮かせた。

「くどい！　私は日の本の地図など知らん！」

「おれは、もしもといったはずですよ。もしもそうだったとしたら、見返りを当然求めるのではありませんかね。そう思ったんですよ」

由蔵は、冷静にいった。作左衛門は感情の起伏《きふく》が殊《こと》の外《ほか》激しい。言葉を違《たが》えれば、こうして激昂《げっこう》する。そのくせ、妙におどおどする。

「むろん、それは――あるだろうな。しいぼるとからこちらの望む物を譲るといわれたなら、心が動くやもしれん。お定めを犯してまで地図を渡すのだぞ。死を賭《と》すことにもなるのだ。礼を求めるのは当然ではないか」

語る高橋の表情が次第に恍惚《こうこつ》とし始めた。

「私は、世界の海原《うなばら》を巡《めぐ》った異人の綴った書物をどうしても読みたかった。異国の地図の、その正確さをたしかめたかった」

「高橋どの。いま、なんと？　しいぼるとから贈られたのか？　それはつまり」

滝口の問いに、えっ、と作左衛門が我に返って、動揺する。

「それは、違う。まことに知らぬ、弟から渡された物の中身は見ておらん」

作左衛門が喚《わめ》いたが、滝口にも由蔵にも、偽《いつわ》りだと知れた。

作左衛門は、シーボルトに地図を渡したのだ。

「いいか、私は九月になるまで、滝口さまのところで世話になる。九月になったら堂々と奉行所でもなんでも行ってやる。滝口どの、私はお主《ぬし》の藩の家老とは昵懇の間柄。私を番屋などに連れて行けば、お主も家老も恥をかくどころか、私に連座して、評定《ひょうじょう》にかけられるぞ、わはは」けたたましい笑い声を上げた作左衛門は、気が触れたように手足をばたつかせて暴《あば》れ、「捕縛してみろ、一蓮托生《いちれんたくしょう》だ！」と、怒鳴り散らした。滝口が、「くそっ」と呻《うめ》いて身を押さえるも、暴れ続ける。

「では、骨で見つかった本石町《ほんこくちょう》の医者を知っていますか」

由蔵は訊ねた。高橋は眼を見開き、打って変わってきょとんとした顔で、「知らん」といった。

勝平が湯呑み茶碗を片付けながら、

「これでよかったんですか？　ふたりを帰してしまって」

腕まくらで寝転《ねころ》がっている由蔵にいった。

滝口と作左衛門のふたりに寝込みを襲《おそ》われたようなものだった。なかなか寝付けなかったせいもあるが、次のことを考えようにも頭がぼうっとしている。

「しょうがねえさ。番屋に引っ張って行かれちまったら、こっちがこれ以上、探りを入れられなくなる。それこそ、間宮に直に当たるしかねえ」

「それでいいのではありませんかね。ゆうべもいいましたが、あっしが行きますよ」

由蔵は、がばっと半身《はんしん》を起こす。

「冗談じゃねえ。間宮は清次を刺した奴かもしれねえんだぞ」

「間宮はあっしのことを知りませんからね」

勝平は事もなげにいった。

由蔵はそのまま胡坐《あぐら》を組んで、勝平を窺う。町年寄、喜多村家の手代――どういう出自の者なのか。気遣いも出来る。度胸もありそうだ。

「朝飯を食いっぱぐれちまいましたね。これから飯を炊《た》きますか？」

三和土に下りた勝平が、米びつを覗く。由蔵の返事がないのを訝《いぶか》しんだのか首を回した。

「どうかいたしましたか」

「いや、なんでもねえよ」

由蔵は弾《はず》みをつけて立ち上がった。

「飯はいい」と、勝平に告げると、由蔵は風呂敷を広げてその上に古本を置いた。

作左衛門は、お定めを犯した大罪人だ。どうすればいいものか。しかし、まだ覚え帳に綴るわけにはいかない。虚栄を張っていると間宮を評した作左衛門も、虚栄の塊《かたまり》だ。学者の見栄など、おれの頭じゃわからねえ。

「では、ちょいと喜多村に着替えを取りに戻ります」

勝平の言葉に、まだ、うちにいるつもりかと、由蔵はげんなりしながら、障子戸を引いた。

町木戸が閉まる、暮れ四ツ（午後十時頃）を報せる拍子木《ひょうしぎ》が人通りの途絶《とだ》えた通りに響いていた。由蔵は、近くの総菜屋《そうざいや》でお菜《かず》をふたり分買い、隣の婆さんから冷や飯を分けてもらった。勝平は戻らなかった。喜多村のほうが、居心地《いごこち》がいいのだろう。清々《せいせい》したと、由蔵はこんにゃくの煮物に箸《はし》をつけた。これまでひとりで飯を食っていてもなんとも思わなかったが、なぜか置いてけぼりにされた気分になった。馬鹿馬鹿しい。おれは、誰も信じねえ。

と、障子戸ががたりと音を立てた。

「由蔵さん、あっしです。心張り棒を外してくだせえ」

「ちょっと待ってろ」

勝平の声を聞いて、どこかほっとした自分がいた。かつて清次が近寄って来るのを疎《うと》ましく思っていたこともあったが、いなくなった後の寂しさは拭えなかった。

由蔵は障子戸を開け、「飯の用意をしておいた」とぶっきら棒にいって背を向けた。

「こいつは、ありがたい。飯を食いそびれたもんで」

勝平が、由蔵さん、と声を掛けてきた。

「間宮林蔵ですが、水府《すいふ》さまと付き合いがありましたよ」

由蔵は思わず振り返った。水府といえば、水戸《みと》藩だ。

間宮林蔵と水戸藩――。意外な繋がりを聞かされ、由蔵は心張り棒を手にしたまま三和土に立ちすくんだ。

「由蔵さん、飯、いただいてもよろしいですかね」

板の間に上がり込んだ勝平が腰を下ろすなりいう。

ああ、勝手に食いな、と由蔵は心張り棒を再びかいた。

箱膳《はこぜん》に掛けてあるふきんを取った勝平は、こんにゃくの煮物と青菜の煮浸《にびた》しを嬉《うれ》しそうに眺めた。

「飯が冷めてすっかり硬《かた》くなっちまってるから湯をかけてくれ」

「いや、食べさせていただけるだけで十分でさ」

そういって、勝平は膝を揃《そろ》えて座ると箸を取り、丁寧《ていねい》に頭《こうべ》を垂れてから飯を口に運んだ。やはり、町年寄の喜多村家はこうした躾《しつけ》が厳しいのだろう。町年寄は町人の中では一番上の地位だ。将軍にも目通りが叶《かな》う。手代の勝平も礼儀は叩き込まれてきたに違いない。まだ、ともに過ごして日は浅いが物腰や口調からもそんな感じがする。

由蔵は美味《うま》そうに飯を頰張る勝平に焦《じ》れ、目の前に座ると、口を開いた。

「で、間宮と水戸藩に付き合いがあるってのは、どういうことなんだ。いや、それより余計な真似をしては危ないといったろう」

勝平が手にしていた飯茶碗を膳に置き、由蔵をじっと見つめる。

「ご心配恐れ入ります。ですが、ただ待っていたところでなにも起こりませんからね」

それは、と由蔵は言葉に詰まりながらもいった。

「間宮は必ずおれのところに姿を見せる。高橋作左衛門を送って行ったところを襲って始末したのがおれじゃないとわかっているはずだからだ」

「それでどうするんです？　まさか清次さんの仇討《あだう》ちが出来るとは思っておりませんでしょう？」

勝平はなんの感情もこもらない声音《こわね》でいう。由蔵はぐっと顎を引いた。

「間宮をどうにかしたいのならば、それなりの情報を摑みませんと。それは御成道《おなりみち》の達磨《だるま》と呼ばれている由蔵さんならば、一番よくご存じのはずじゃありませんかね」

たしかにその通りだ。

「まずは腹ごしらえをしてから聞かせてくれ」

「承知しました」

勝平はそういうと、再び飯碗を取り、搔《か》き込む。

すっかり食い終えると、火鉢から鉄瓶をとって湯を飯碗に注ぎ、こびりついた飯粒をきれいに香《こう》の物で拭い取った。勝平は満足げに「ごちそうさまでした」と、由蔵に向けて笑《え》みを浮かべた。

勝平は井戸端で洗った器を手拭いでぬぐい、箱膳に納めると、ようやく人心地《ひとごこち》ついたように息をついて、座った。

小石川にある水戸藩上《かみ》屋敷を間宮が訪れたのは、八ツ（午後二時頃）の鐘が鳴り渡っている頃。出て来たのは、それから一刻《いっとき》（約二時間）後だったと、勝平は話し始めた。

「もちろんどんな話をしていたかなど、わかるはずはありません。ですが、門番に訊ねたところ、このところよくお見えになるそうで」

「門番が不用意にそんなことを話すものか」

由蔵は思わず聞き返していた。水戸家は徳川御三家のひとつだ。誰が来ただのと軽々しく話すはずはない。

じつは、と勝平が含み笑いで答える。

武家の形《なり》をし、「あの御仁《ごじん》は誰某《だれそれ》ではないか」と聞いたというのだ。

「懇意《こんい》にしている古手屋《ふるてや》で衣裳《いしょう》を借りましてね。町年寄は市中の見廻りのようなこともいたしますんで、ときには身を変えるような真似もするのですよ」

出鱈目《でたらめ》な姓名を告げれば、門番は当然違うと応える。それでも引かずに、あの御仁に自分は恩がある、どうしても礼がしたい、水戸藩のお方なのか、ようやく探し当てたなどといい募《つの》ったと勝平はいった。

そのような芝居がかったことまでこの男は出来るのか、と由蔵は感心しながら続きを待った。

「門番は、それでも姓名はいいませんでしたが、しつこいあっしが鬱陶《うっとう》しかったんでしょう。御《ご》普請役雇《ふしんやくやと》いの方であるとだけは教えてくれましたよ」

なるほど、と由蔵は腕を組んだ。普請役雇いか。農民出身の間宮が在所から出てきて、初めて就いたお役だ。いまは勘定奉行所勤めの隠密《おんみつ》。身分を偽っているのだ。

「間宮か。しかし、水戸のどなたに何用だったのか」

勝平は、首を横に振る。

「そいつはこれからでございましょうが、いまの藩主は臥《ふ》せりがち。まだ継嗣《けいし》とは決まっておりませんが、紀教《としのり》さまではないかと」

由蔵は呆気《あっけ》にとられた。いまでこそ間宮は幕府に取り立てられたが、元は農民の出――いや、待てよ。間宮林蔵の在所はたしか、常陸国《ひたち》。常陸国は古来、水源に恵まれ、農産物豊かな土地という意を持つ水府であり、水戸藩の所領だ。

間宮の在所は常陸——という由蔵の呟きに勝平がふと口角《こうかく》を上げた。

「お察しの通り縁がないわけではございません。それに、水戸藩は以前より蝦夷地にご興味がおありです。間宮が蝦夷地の測量をしていたことは徳川御三家であれば当然知るところ。だとすれば、水戸藩が間宮に近付くのもさして不思議ではありませんよ。元は領民ともいえるのですから」

勝平がさらに続けたのは、水戸藩が海防に熱心だということだった。異国船が数多《あまた》日本の沿岸に姿を見せているのを憂慮《ゆうりょ》していた。数年前に水戸藩領の沖合に現れた英吉利《イギリス》国の捕鯨船《ほげいせん》騒ぎがあったのもそれに輪を掛けた。

「ああ、それなら、知ってるぜ」

由蔵は部屋の隅においた風呂敷《ふろしき》包みから覚え帳を取り出した。舌先で指を湿《しめ》らせ、丁《ちょう》を繰《く》る。

「これだ。文政《ぶんせい》七年（一八二四）の五月だ。常陸国大津浜《おおつはま》に英吉利人が十二人上陸している。でかい勢子船《せこぶね》を沖に泊め、小早《こばや》で来たと書いてる」

「へえ、そいつはどうなったんで？」

「水戸藩じゃその十二人を捕《つか》まえて斬首《ざんしゅ》しようとしたが、幕府から解き放ちを命じられている。それから、こんなのもある」

由蔵は同じ丁の中に別の記述を見つけた。水戸藩の騒ぎから二カ月後、薩摩《さつま》藩領の島においいて、やはり英吉利人の船員が牛を強奪《ごうだつ》。うちのひとりが藩士に射殺される事件が起きている。

「長旅をしてくる異国船は食いもんが足りなくなっているんだろうな。おれは異国人を見たことはねえが、この国の者とは人相《にんそう》も風体《ふうてい》もまったく違うって聞いた」

勝平は、ふっと笑った。

「あっしは長崎屋で会いました。伸びた髭《ひげ》が茶色く、色白で、瞳《ひとみ》が青でしたよ」

絵双紙屋の主人もそういっていた。

「もちろん妙な感じでしたが、きれいな色でしたよ。噂で聞くほど恐ろしいとは感じませんでしたね。背丈《せたけ》はかなりありましたが」

「ふーん、そうかい。そういえば、いま、長崎屋といったが、かぴたんの江戸参府のときだろう？　なんの用事で行ったんだい」

由蔵は、収穫を期待せずに訊ねた。

案の定《じょう》、勝平は、別室で控えていたため、隠居の彦右衛門がどのような用事で訪ねたかはわからないと応えた。ともかく、連日、様々な者たちが面会に来ていたことはたしからしい。

「最上徳内《もがみとくない》さまはお顔を存じ上げていたので、ご挨拶《あいさつ》をいたしましたが」

ほう、と由蔵が身を乗り出す。

「通詞《つうじ》を通してですが、熱心に会話をされていました。しいぼるとという医者とも仲が良いように思われました」

間宮は幕府隠密だ。最上徳内も内偵《ないてい》されているのかはわからない。それにつけても、間宮と水戸が結びつくことで互いに得られるものはなにか。

ところで、と勝平が声を落とした、こいつは別の話ですが、と口を開いた。

「喜多村に、越後屋《えちごや》の長崎店からの手紙の写しがありました」

長崎周辺が暴風雨に襲われ、異国船他、かなりの船が破損したという報せだった。江戸を水浸しにしたあの大雨は別のところも襲っていたのだ。

シーボルトの帰国は八月だったはずだ。となると、出航は無理だ。

そうか――作左衛門は出航を待って、滝口の屋敷に逃《のが》れている可能性がある。海に出てしまえば、地図が渡ったかどうかなど、もうわかりはしないのだ。

「由蔵さん、どうしますか？　さらに間宮を探りますか」

ひとり考え込む由蔵に、勝平が声を掛けてきた。

「そうだな。むしろ叩きたいのは、高橋作左衛門のほうかもしれない」

勝平が眉根を寄せる。

高橋作左衛門もずっと身を隠しているわけにもいかないだろう。己の疑いを晴らしたいのであれば堂々と吟味を受けることだ。が、謀られたと言い張る作左衛門が応じるとは思えない。

なら、炙《あぶ》り出してやるまでだ。

種は使い方を誤れば、危険なこともある。が、仕掛けることも出来る。

三

翌朝、由蔵は長屋を出た。勝平は喜多村に呼び出され、朝早くに出て行った。通りに出ると、

「由蔵、お店やらないの？　勝平さんは？」

と、姿を見せたのはおきちだ。

「由蔵じゃないだろう。それに、その前にいうことがあるんじゃないのか」

おきちは唇を尖《とが》らせてから、「おはようございます、由蔵さん」と、嫌味な口調でいった。

「ああ、おはよう」と、由蔵はおきちに眼もくれずに応える。

「勝平なら、仕事でもう出掛けちまったよ。なにか用事だったのかい？」

「勝平さん、今度、浅草に連れて行ってくれるって約束したんだ」

うーん、とおきちはつまらなそうな顔をした。

「天水桶《てんすいおけ》さんも、この頃来ないけど、喧嘩《けんか》でもしたの？」

「なにをいっているんだ。そんなわけはないさ。天水桶さんはれっきとしたお武家だ。お役でお

忙しいんだろうな」

へえ、お役があるんだ、とおきちは眼を丸くしたが、まだどこか疑っているような顔をした。

「わかったよ、勝平が戻ったらいっておくよ、おきちが拗《す》ねていたってな」

由蔵は手を伸ばして、おきちの頭をぽんと叩く。と、ふいに視線を感じて振り返った。

「様々な種を売っているというのは、お前か？」

笠を着けた武家だ。どこか陰《いん》にこもった気を放っている。

「おきち、家に戻んな。お客さんだ」

張り詰めた由蔵の様子におきちも気づいたのか、素直に頷いて駆け出した。走りながら、振り返って不安げな顔をした。由蔵が笑みを浮かべ、手を振るとおきちは安心したのか、家に戻って行った。

「帳面を見るだけなら、種はひとつ二十文《もん》。だろう？」

「恐れ入ります。よくご存じで。ですが生憎《あいにく》、本日は休みでございましてね」

それは残念、と武家は、笠の紐《ひも》に指をかけた。由蔵は武家の顔を下からさりげなく覗き見る。

とうとう、来たか――。

「伊能忠敬の『大日本沿海輿地全図』を異人に渡した者の噂は入っておるかと思うて出向いて来たのだが」

「そんな大層な種があるなら、おれが買いてえ——間宮林蔵さま」

と由蔵は口角を上げた。

間宮は黙って、笠を取った。肉付きのよい丸顔で、やや細い眼。伊之介が描いた似顔《にがお》はなかなか特徴を捉《とら》えていた。絵心がまったくない由蔵は感心した。前田家の聞番《ききばん》で役に立たなかったら、絵師にでもなれと勧《すす》めてみようか。

「なぜ薄ら笑いを浮かべているのだ」

間宮は不快に唇を曲げる。

「いえ、ちょっとした思い出し笑いで」

「私の顔をいつ見たのか知らんが、それなら話が早い」

間宮は、由蔵を見据える。

「高橋作左衛門がさる藩の屋敷にいることはすでにわかっている。私では踏み込めんのでな。ぜひ、お主《ぬし》に引っ張り出して来てもらいたいのだ」

由蔵は間宮を半眼《はんがん》に見る。間宮が、ふんと鼻を鳴らした。

「私の報告ひとつで、お主も地図を異人に譲り渡した一件にかかわっている仲間として罪になるのだぞ」

「馬鹿な。どなたにでしょう?」

間宮は由蔵を見据えながら、人差し指を立てた。上ということだろうが、どこまでの上であるのかは見当がつかない。作左衛門は武家だが、この一件はなぜか町奉行所が動いている。奉行の榊原主計頭《かずえのかみ》が間宮に命じていることがあるだろうか。いや、間宮は水戸藩とも通じている。

ただ、そんなことはどうでもよかった。由蔵が問い質したいのは、清次のことだ。間宮が手を下したとしたら、許すことが出来ない。

由蔵は、ちらと通りを横目に見た。息を大きく吐き出した。

「舎弟《しやてい》に清次って奴がいたんですがね。ちょっと前に刺されて命を落としました」

「それは気の毒だな。それを私に話してどうする？　悔《く》やみのひとつでもいってほしいのか？」

間宮は片頬を上げ、皮肉めいた物言いをした。

「それもいいかもしれませんね。ですが、おれが聞きたいのはそんな言葉じゃありません。清次がなぜ殺められたか、その訳が知りたいんで」

由蔵はさらに間宮を強く見据える。その視線を受け止めた間宮が険しい顔をした。

「その者を私が刺したといいたげだな。私は、お上の禄《ろく》を食《は》む者。人を殺めたりはせぬ。なにゆえ、私を疑う？　返答によっては町役人《ちようやくにん》を遣わすが」

間宮は落ち着き払っている。だが、口調はどこか白々しい。やはり、こいつが清次を殺《や》ったんだと由蔵は拳を握り締める。間宮に悟《さと》られてはならないと思いながらも、憤りのあまり身が小刻《こきざ》みに震える。

　間宮は眼を細め、そんな由蔵を見る。

「お主は売れる種がほしいのであろう。高橋作左衛門の吟味は逐一《ちくいち》、お主に知らせてやってもよいぞ。悪い話ではないと思うが」

　それにな、と、間宮が顔を寄せて来た。

「まあ、御成道の達磨なら知っていると思うが、私は隠密でもある。此度《こたび》の一件は我が国を脅《おびや》かすやもしれぬほどの大罪。高橋作左衛門が地図の写しを異人の医師に渡したことがはっきりすれば、すぐに長崎奉行へ伝えねばならん。帰国を止めねばいかんのだ。しいぼるとは、まもなく長崎を発《た》つ。疑いだけでは、異国船の荷物改めは出来ぬ。もう時があまりない」

　なんだ、この男は。たかだか町の情報屋風情《ふぜい》に教えることか。

「榊原奉行から、お主がこの一件で話をしたことを聞かされている。だが、お主は高橋の居場所を知りながら、報せには来ない」

　お奉行はお怒りであったぞ、と間宮は引きつったような笑い声を上げた。

「さあ、どうする？　高橋作左衛門を少しだけ、屋敷から出してくれればよいのだ。あとはこちらでなんとかする」

「高橋さまを捕《とら》え、なにがなんでも大罪人に仕立て上げるつもりじゃねえんですかい？　あなたさまには、学者としての顔もある。はっきりいや、高橋さまに妬心《としん》を抱いているんじゃありませんかね」

間宮が、再び笑う。

「こっちの手の内を見せるのは悔しいが、水府さまとのご関係も気にかかるんですが」

「そこまで知られておるとはなぁ。これは参った」

間宮が肩を揺らした。

「お主の売る古本は紙魚《しみ》だらけだそうだな。だが、そうした空白を埋めるのも私の仕事だ。学問も似ているやもしれん。わからぬ欠片《かけら》を埋めていく。私は見知らぬ土地を歩き、地図を作ることに命を懸《か》けてきた」

大袈裟《おおげさ》にいうておるのではない、まことに命を懸けてきたのだ、と間宮はいった。

「高橋作左衛門に妬心を抱いている、か。お主のいう通りだ。高橋は生まれたときから恵まれていた。将来も約束されていた。私とはまるで違う」

その高橋がしくじった、己の学問のため足許《あしもと》が見えなくなっていた、いい気味だと思った、と間宮は腰の後ろに手を回した。なにかをすばやく抜き取り、ぐっと由蔵に身を寄せてきた。首のあたりがひやりとした。冷たく鋭いものを当てられている。

由蔵は動けなかった。こんな往来で、なにをする気だ。間宮の全身から禍々《まがまが》しい気が溢《あふ》れてくる。

「これは、熊の爪《つめ》を研《と》いだものだよ。蝦夷地で手に入れたのだ。熊の爪はお守りでな。私はこうして根付《ねつけ》にしていつも腰から下げているんだ。こんな柔《やわ》らかな首筋など切り裂くことも突き通すことも容易《たやす》い」

間宮の息が顔にかかる。突き通す？　やはりこいつか。清次を――。

「脅《おど》しは私の本意ではない。だが、急いでいる。船が出てしまってはもう遅いのだ」

鋭い爪の先が、皮膚に食い込んでくる。由蔵の肝《きも》が冷えた。

「由蔵！」

天水桶の陰から伊之介《いのすけ》が飛び出し、駆け寄って来た。間宮がすっと身を引いた。

助かった――。由蔵は首を押さえる。ぬるりとした感触があった。わずかだが鮮血が滲《にじ》んでいた。首許の血に眼を留めた伊之介の眉が吊り上がる。

「お主、由蔵を傷つけたのか」

「はて。そのような真似はしておりませんが」

間宮は根付の熊の爪を再び帯の間に挟み込み、口を開いた。

「貴殿とは、以前こちらで会《お》うておりますな。たしか、加賀前田家の佐古《さこ》伊之介さまでございましょう」

伊之介は一瞬、身を強張らせた。

「たしかに会うているが、私は名乗った覚えはない。つまり、そこもとは私を探っていたということか?」

佐古さま、と由蔵が声を掛ける。

「こちらは、例の間宮林蔵さまですよ」

ほう、と感嘆した間宮がにっと笑う。

「例の、とはどういうことかな。ずいぶんな物言いのようにも思われるが」

由蔵は首許の血を掌《てのひら》で拭った。

「高橋作左衛門さまと通じているおれを殺《や》ったはずだったが、どっこいおれは生きていた。別の奴を殺めちまったと、慌ててたしかめに訪ねて来たが、そこにいたのはこの佐古さまだった」

間宮は冷めた表情で、由蔵を見据えた。

「妄言《もうげん》もそこまでいけば大したものだ。種売り屋としては詰めが甘いな。再度いっておくが、私はお主の舎弟を殺めてはおらぬぞ。むろん、お主の無念の気持ちはわからなくはない。お主の手伝いでその男は命を落としたのだろう?」

由蔵は間宮を見返す。本当なのか。本当に間宮は清次を手に掛けていないのか。

こいつは——。由蔵の背に汗がプツリと浮く。

「それならば、間宮さま、誰がおれの舎弟を手に掛けたと思われますか？」

間宮が、一瞬呆気にとられたように口を開けた。伊之介も眼をしばたたく。と、間宮が突然、さもおかしいというように大きな笑い声を上げた。甲高《かんだか》いその笑い声に、御成道を行く者が足を止めたくらいだった。

「おれは真面目《まじめ》に伺っているつもりなんですがね」

由蔵は眉間に皺を寄せる。

「いや、すまん。いまのいままで私を疑っていたではないか。それが、どうだ。私に下手人のあてを問うとは」

伊之介が笑い続ける間宮の肩を摑んだ。間宮が侮るような眼を向けてくる。

「お笑いめさるな。由蔵は弟とも思っていた男を殺されたのです。それが自分のせいではないかと己を苛《さいな》んでいる。あなたさまへ疑いをかけたことは詫びなければならぬのかもしれませぬが、それを差し引いても、由蔵と清次を笑いものにするのは許せませぬ」

伊之介が厳しい口調で言い放った。間宮は伊之介の手を乱暴に払いのける。

「許せぬなら、どうするというのだ。大藩《たいはん》に仕えるそこもとが町人風情に情けをかけてもなんの益《えき》もなかろうに」

間宮は皮肉めいた口調でいう。

「佐古さま。おれが余計な口を利いたのが悪かったんだ。このお方がよしんばなにかを知っていたって話すはずがねえ」

由蔵の言葉に間宮は、「そうでもないぞ」とさらりといった。

「その代わり、高橋作左衛門をあの屋敷から外に出してくれればな」

「そいつがまことに下手人に繋がる種かどうかはわからねえでございましょう」

由蔵は間宮を見上げる。

ふん、と間宮が鼻を鳴らした。

「かつては藤岡の生糸問屋《きいとどんや》で相場を読んでいたお主だ。利益を得るためなら、種のやり取りは当たり前ではなかったのか?」

どこまで探りを入れてやがるのか。食えねえ奴だと、由蔵は心の内で吐き捨てる。

「お主の父親は、人が好かったのだな。病《やまい》の蚕玉《かいこだま》を買い取らされたというではないか。そのために店に大損させたと聞いた」

由蔵は、拳を握り締めた。伊之介は間宮の止まらない口許をじっと眺めている。

うそっこき由蔵、うそっこき由蔵――。童《わらべ》たちの囃《はや》し立てる声が頭を巡る。

「お主がこのような商いを始めたのは、そうした父親の贖罪《しょくざい》のためか。それとも父親への反発か」

たしかなものを求めるのもよかろう、しかし、それが正しかろうと間違いであろうと構わんではないか、残ったものだけが「真実」だ、と間宮はそういって身を翻《ひるがえ》した。

「間宮どの、お待ちなされ」

伊之介が声を掛けた。

「佐古さま。もうようございます」

由蔵は声音を抑えつついった。

「間宮さま。承知致しました。高橋さまを藩の屋敷から出しましょう。おれもそのつもりだったんだ」

振り返った間宮がむっと唇を結んだ。

「屋敷の外へ出れば、高橋さまは捕えられてしまう。そのまま御吟味の場に引き出されることになる。しかし、なにゆえ地図が異人に渡った話がいまごろ出て来たのか」

間宮がそれをいうはずがないとわかっていても、聞き出したかった。だが、案の定、間宮は皮肉な笑みを浮かべただけだ。さらに由蔵は続けた。

「そいつは、間宮さまでしょう？　しいぼるとから届いた荷を届けたからだ。高橋さまには届け出る必要はないといいながら、ご自分は勘定奉行に提出したそうじゃねえですか」

これで、高橋作左衛門を陥《おとしい》れられると、思ったんじゃねえですか？　由蔵はそういい募りながら、首筋の痛みが酷《ひど》くなったように感じた。

「やはり、渋川助左衛門さまもかかわっているんじゃねえですか？　おふたりで高橋さまを追い落とす。ただの妬心のためにね」

しかし、渋川助左衛門の名を聞いても、間宮は表情を変えなかった。それどころか、「報せを待っている」といって間宮は歩き出した。

「こっちは高橋さまを屋敷から出すといったんだ。おれの問いに応えてくだすってもいいんじゃねえですか」

身を翻そうとした由蔵を伊之介が制した。

「落ち着け、由蔵」

「佐古さま、おれだって話をしたんだ。間宮さまにも少しは応えていただかねえと、あいこにならねえ」

間宮がゆっくりと振り返った。

「あいこか。ひとつだけなら、教えても良い。渋川助左衛門との面識はある。どちらかといえば、高橋どのよりも、渋川どののほうが馬が合うような気がする」

「それは、どういう意味でしょう」

間宮は不思議な顔をして由蔵を見た。

「意味などない。気が合うか合わぬかは、人次第であろうが。くだらぬことを並べ立てず、高橋を早《はよ》う出せ」

それからな、と間宮はにっと笑った。

「町年寄喜多村の手代がお主の処にいるだろう？　この一件を嗅《か》ぎつけた喜多村がなにゆえ絡《から》んできたのかも考えることだな」

そういうと、足早に立ち去った。

由蔵は舌打ちした。なにも記されていない真っ白な覚え帳が由蔵の脳裏に映る。おれは、なにを綴ればよいのだろう。

「由蔵、大丈夫か。顔色が悪いぞ」

伊之介が心配そうに訊ねてきた。

「間宮林蔵は我らを調べ尽くしている。おそらく清次を殺めた者も突き止めているに違いないと、あの物言いから思えた。それに、どうするのだ。あのような約定《やくじょう》を勝手に交わし、滝口さまにどのようにお願いするのだ」

由蔵は、佐古さま、と声をひそめた。

「これから、仙太《せんた》の処へいくつもりだったんでさ」

伊之介が訝しむ。

「仙太ってのは読売屋ですよ。おれの得た種を使って高橋さまを滝口さまの屋敷から出します」

「そんなことが出来るのか？」

伊之介が眼を丸くした。

由蔵は、長崎の暴風雨のことを話した。

伊之介が唸る。

「つまり、高橋どのは、しいぼるとの帰国を待っているということか？」

由蔵は強く頷いた。


「あれ、お珍しいお客が来たもんだ」

神田旅籠町《かんだはたごちょう》の裏長屋を訪ねた由蔵は、仙太の頓狂《とんきょう》な声に迎えられた。師匠《ししょう》の為永春水《ためながしゅんすい》が営《いとな》む版元『青林堂《せいりんどう》』から一字取って、『白林堂《はくりんどう》』と名乗って読売を出している。

二間《ふたま》の長屋の一間に読売のための版木《はんぎ》や紙が置かれていた。

由蔵は上がり込むなり、

「仙太、おめえに種をやるって、いったよな」

そういった。

「ああ、なんかあるのかい」

身を乗り出してきた仙太に、由蔵は口頭で語った。

それを書き綴りながら、仙太が次第に嫌《いや》な顔をし始めた。由蔵が話し終えると、

「こんな種、どうやって読売にするんだよ！　面白くもなんともねえや。長崎から異国船が出航したなんて話、誰も買いやしねえよ」

筆を投げた。

由蔵は仙太に顔を近づけた。

「元はといえば、おめえが最初におれにくれた種じゃねえか。おめえ、この種、どこから仕入れやがった。地図が異人に渡ったたって話だよ」

仙太が、ぐっと返答に詰まった。

由蔵から、視線をそらし、「そいつはいえねえよ」と、唇を尖らせた。

「由蔵さんだって、わかっているだろうよ。種元は明かさないのが、仁義《じんぎ》ってもんだ」

「おれは、この種のせいで、古本商いもろくに出来ねえんだ。申し訳ねえと思ったなら、読売を出せ。いいか、おめえの好きなように書いていいぞ。ともかく、日本の土産《みやげ》をわんさか積み込んで阿蘭陀《オランダ》人が帰国したと書けばいい。これは本当のことだからな」

嘘《うそ》ではない。暴風雨が来る前に出航した船もあったのだ。

得た種をどう使うかは、得た者の勝手だ。

二日後、仙太の読売が市中に売られた。

当然売れ行きは芳《かんば》しくない。それでも、阿蘭陀人や異国船の画を入れたことで、興味を引いたらしい。

シーボルトが帰国したと作左衛門が勘違いしてくれれば、安心して、出てくるはずだ。

由蔵は、おどおどした作左衛門の姿がすべて偽りだったと思う他はなかった。これまでの話は、自分の身を守るためだ。もしかすると、清次を殺めたのは――作左衛門かもしれない。

四

シーボルトが日本を去ったと知れば、必ず、作左衛門は出て来ると思ったが、予想に反して、なかなか姿を現さなかった。

かなり慎重《しんちょう》になっているのだろう。確実な情報を得るまで待っているのか。

寒さが増してきた。すでに冬だ。

しかし、奉行所は諦《あきら》めていなかった。

文政十一年（一八二八）十月十日、夜。

天文台は、浅草の幕府御米蔵《おこめぐら》のほど近くに設《もう》けられている。高橋作左衛門の屋敷は天文台と隣接していた。猿屋町《さるやちょう》方面と浅草御蔵前《おくらまえ》方面に捕り方《とかた》が潜《ひそ》み、作左衛門の屋敷を取り囲んでいる。そこへ、作左衛門が姿を現した。あたりを窺い、屋敷の門を潜《くぐ》ろうとした刹那《せつな》、飛び出した捕り方によって、またたく間に取り押さえられた。

突然のことに作左衛門は気が触れたかのように身をよじり、喚いた。

「お前らは、一体なんだ。私は、なにもしていない。なにもしていない。離せ、離さんか」

急な捕り物に驚いた界隈《かいわい》の町人たちはたちまち野次馬《やじうま》と化したが、由蔵もそのひとりだった。

作左衛門が捕縛されるのを黙って見ていた。

不意に作左衛門が野次馬の中から由蔵の顔を見つけ、叫んだ。

「おい、お前だ。由蔵。お前が私を御番所に売ったのか！　私は騙されてたのだと、こやつらに伝えろ。私はなにも知らなかったといえ！」

作左衛門が由蔵へ向け、歯を剝《む》き出した。

捕り方に取り押さえられながら、縄《なわ》を打たれ、もがく作左衛門に向かって由蔵は鋭く叫んだ。

「清次を手にかけたのか！　本石町の医者もか！」

は？　と作左衛門が頓狂な声を上げて眼を剝いた。

突然、ひひひ、と作左衛門は引きつった笑い声を上げた。その身を縛り上げていた捕り方までたじろぐほどの奇妙な声だった。

身をよじりつつ笑う作左衛門はすでに正気を失いつつあるように見えた。唇の端《はし》からは唾液《だえき》が糸を引くように垂れ、眼はまばたきひとつせず、白目が血走っている。

「私が人殺しなどするわけがなかろう」

「いい加減にしやがれ、てめえの嘘はもう飽《あ》き飽きだ」

「ふたりを殺めたのはなぁ、天文方の下役だ。本石町の医者は、長崎屋でおれを見たと脅してきおった。たかだか町医者風情が、この私をだ！　十六で星図を描き、ケンペルの『日本史』や『北夷考証』、レザノフの国書も、この私が翻訳したのだ。書物奉行で、天文方筆頭、蛮書和解御用《ばんしょわげごよう》を掌《つかさど》る、私だぞ。その私を守るためだ。学問知識のない無知な者など、いくらでも代わりはいる。だが、私の代わりはおらんのでな。うははは。由蔵、すまなかったなぁ、私の下役が勝手をしてなぁ。お主の舎弟はお主と勘違いされてしまったのだ。下役は、お主も私の罪を暴く者だと思うたのであろうな。私は下役からお主を刺したと聞かされ、叱り飛ばしたんだぞ。由蔵には味方になってほしかったからな。しかしあのような下役に頼むのではなかった。そのせいで、お主の怒りを買ってしまった」

「なぜおれを訪ねて来た？」

由蔵が問うと、作左衛門がけらけら笑う。

「妙な噂が流れておれば、お主を利用して打ち消すつもりでいた。弟も間宮も邪魔だったからな。奴らになすりつけようと目論《もくろ》んだが、うまくはいかぬなぁ。学問以外は苦手で困る」

「てめえは何様のつもりだ。学問をやってる奴はそんなに偉《えれ》えのか？　頭がよけりゃなにをしても良いのか、ふざけるんじゃねえぞ！」

由蔵は作左衛門に飛びかからんばかりに叫んだ。杉野が、怒声を浴びせる由蔵の前に立った。

「由蔵、やめろ。こいつの吟味はおれたちがする」

おいおい、と作左衛門が嘲笑《ちょうしょう》を浮かべた。

「町奉行所が私を裁けるものか！　この不浄役人《ふじょうやくにん》が」

ふうん、と頷いた杉野はさくさくと作左衛門の前に進み出ると、

「不浄役人で悪かったな。けどな、おれたちが出張《でば》るってことは、もう武家として扱えねえほど、てめえが悪人だからだよ」

そういって、せせら笑った。

「私は、天文方の筆頭だ。書物奉行でもあるのだぞ。だいたいお前らのような無知な者どもは伊能図の素晴らしさもわかっておらぬだろうが。私が、地図を譲り渡したのはなぁ、なにより伊能先生の『大日本沿海輿地全図』を世界に認めさせたい思いがあったからだ。あれは他国の地図と比べてもひけをとらぬ日の本の測量技術の高さの証《あかし》だ。わかるか、我らの気高《けだか》く、高尚《こうしょう》な思いが！」

「わかんねえよ。ただの悪党だってことはわかるがな」

杉野が作左衛門を睨《ね》めつけると、十手《じって》を振り上げ、首許をひと打ちした。

グエッと、妙な声を出して、作左衛門は気を失った。

捕り方にずるずる引きずられていく作左衛門を見ながら、あれが天文方の筆頭か、と由蔵は呟いた。

由蔵は、喜多村の彦右衛門から、勝平を通じてこの夜に捕り物があると知らされた。

長崎奉行所にも高橋の捕縛が伝えられ、シーボルトは自邸に留《とど》まることになった。

シーボルトは、将軍にも謁見《えつけん》している。しかも、長崎で鳴滝塾《なるたきじゆく》を開いていた。日の本の医者や学者を育ててもらった恩が我が国側にもあるだろう。だからこそ、シーボルトの行いは、許しがたくもある。だが、異国人を我が国の法では裁けない。おそらくは、即座に国外退去させられるだろう。地図以外にも様々な物を得ているはずだ。

由蔵は、なぜ作左衛門が出て来る日を彦右衛門が知っていたのか、訊ねた。

「あっしは、喜多村の手代です。ですが、いまは由蔵さんを助《す》けております。ご隠居の動きはわかりません。ただ、本日は家にいるかと」

「そうか」

由蔵は長屋を出た。

勝平が言葉を濁《にご》していたのはなぜか。町年寄の喜多村の隠居が、気まぐれに、世の種を売り買いしている由蔵を面白がって手を貸してくれたとは思えない。損得勘定などないといっていたが、そうではないだろう。

喜多村家にとってのうまみはなんだ。

由蔵は頭を巡らせながら、日本橋本町《ほんちょう》の喜多村家に向かった。

出て来たのは、強面《こわもて》の手代だ。

「御成道の由蔵と伝えていただければ。ご隠居に取り次いでおくんなさい」

訝しげな顔をしながらも、手代は奥へと入っていった。

しばらく待たされたが、隠居本人が出て来た。武家とともにいたことに、由蔵は眼を瞠る。

「これはこれは、由蔵さん。こちらがどなたか存じておろう」

隠居がいった。武家が口許に笑みを浮かべる。

「御成道の達磨。過日はすまぬことをしたな」

由蔵は思わず首筋に手を当てた。熊の爪を突きつけられたときの痛みが甦《よみがえ》る。間宮林蔵――。

喜多村の隠居とも繋がっていたのか。いつからだ。勝平が間宮に探りを入れたときにはその報告がなかった。その後か。

「悪かったなぁ、由蔵さん。間宮さまとは、先日知り合ったのだよ。勝平も驚かせてしまったが」

隠居は悪びれる様子もなく、事もなげにいった。

「勝平から、私が家にいると聞いたのかい？　あいつもしょうがないねぇ。由蔵さんの手伝いをしろといったが、私のことまで教えろとはいってないんだがねぇ」

由蔵は身構えた。

「ご隠居、なにを考えていらっしゃるのか、おれにはわかりかねますが」

「ははは、わからんでもいい」

とそのとき、屋敷の前に駕籠《かご》が二挺《ちょう》着いた。

「さて、間宮さま、参りますかね」

隠居が表に出ようとする。由蔵はその前に立ちはだかった。すると、強面の手代が「なにをしやがる」と由蔵の肩を摑む。

「ああ、いいんだよ。この人には色々世話になっているものでな」

隠居の言葉に手代が下がる。そして鋭い視線を由蔵に向けた。

「由蔵さん、うちもね、町年寄の喜多村だよ。奉行所とは昵懇だ。幕政にかかわる大名にも――いや、お世話をしているというほうが正しいかもしれないが」

と、からから笑った。

「由蔵、すまぬが、人を待たせておるのでな。用がないなら去《い》ね」

間宮が低い声を出した。

「用があるからわざわざ足を運んで来たんだ。なにゆえ、高橋さまが屋敷に戻る日がわかったのか知りてえ」

ずいと由蔵は身を乗り出した。

「なんだ、そのことかい。簡単なことさ。種だよ、お前さんが扱っている」

彦右衛門は笑った。

由蔵は息を呑んだ。

「読売屋を使ったのはいい手だった。けれどそれではいつ高橋が屋敷に戻るかはわからないからね。高橋がしいぼるとから譲られた品を渋川さまに伺ったのだよ。間宮さまを通じてね」

クルーゼンシュテルンの『世界周航記』と、阿蘭陀領の東印度《インド》の地図だという。

「とくに『世界周航記』は、高橋が喉《のど》から手が出るほど欲しがっていた蘭書らしい。それゆえ、奉行所が十月十日の夕刻に、高橋の屋敷を調べるようだと噂を流した。奉行所が蘭書をすべて持っていってしまうと、焦っただろうな。案の定、のこのこ出て来たというわけだ」

間宮が冷たくいった。

「それを入手したのは、世界のことを、幕府に報せるためだったのでは？」

由蔵が言うと、間宮が笑った。

「あやつにそんな殊勝《しゅしょう》な気持ちはない。我が物にすることで悦に入っていただけだ。渋川どのにもさんざん見せびらかしていたらしい。入手先は頑《がん》として口を割らなかったが、しいぼるとからの荷が届いた頃から自慢していたというから、地図の見返りであったのだろうな」

お上に荷を届け出なかったのは、幕府に取り上げられてしまうからか。

「まあ、この顚末《てんまつ》をまとめるといい」

彦右衛門がいった。

「お前が、これを種として売れば結構な銭になる。これを詳しく綴れば、お前の名はますます知れ渡る。大名家の留守居役も、瓦版《かわらばん》も飛びついて来るだろうさ。だが、これ以上、追うのはやめることだな」

間宮が眉間に皺を寄せた。

「もう終わったことだ。後は高橋作左衛門には厳しい取り調べが待っていよう」

「終わってねえ」

由蔵は、間宮に嚙み付いた。

「清次の仇《かたき》を討っていねえ。まだ、本石町の医者だって――捕まってねえんだ」

間宮が唇を曲げ、懐《ふところ》から懐紙《かいし》を取り出した。

それを開くと、木の先に細い針が付いている目打ちのような物があった。

「お前の舎弟が刺されたであろう場所に落ちていたものだ」

由蔵は絶句した。

「お前の舎弟は、その場で事切れず、お主の塒まで這《は》うように戻ったであろう？　刺された現場を特定するのに骨が折れた」

あのときの清次の姿が浮かび上がる。

これはな、と間宮が細い針を指先で撫《な》でた。

「目当ての針といってな、分度器《ぶんどき》や鎌《かま》分度の穴に挿《さ》して使うものだよ。下役でもこんな道具を大事に持ち歩いているとはなぁ」

つまり、測量器具のひとつだといった。作左衛門が喚いていたのは本当の事だったのか。その表情を見て取った間宮が首を横に振る。

「高橋は自分の足では歩かぬ男だ。常に机上で学問をしておる。優秀であったのはたしかだろうが口だけ達者な似非《えせ》学者よ。そんな奴がこのような道具を持ち歩いているはずもない」

「なら、誰の物だ！　高橋がいった通り天文方の下役か？」

「そうだ。そやつは阿蘭陀人の江戸参府の際、高橋とともに長崎屋を訪れている。まさに地図の写しを渡すときにもな。それだけはあやつもまことをいった。そやつはな、高橋のためにお主の舎弟と例の医者を殺めた。そやつの脇差《わきざし》に血の痕《あと》が残っていたよ。この目当ての針は脇差で刺したときにはずみで落ちたのだろう。人を殺すには、相当な覚悟がなければ出来ない。ましてや赤の他人、恨《うら》みもない者なのだ。それを高橋のためにしてのけた。なぜだと思う？」

由蔵は奥歯を食いしばる。もしも自分が思った通りの応えであったなら、身の内から怒りが湧《わ》いてくるだろう。

「どうだ？　御成道の達磨。わかるか」

間宮の探るような声音を不快に感じつつ、由蔵は口を開いた。

「――学問のためですか？」

おう、と間宮が声を上げた。

「大当たりだ。下役は、いま自分を失うことは天文方にとって損失になる、世界からも後《おく》れを取る、と高橋に掻き口説《くど》かれてな。さらに、天文方での処遇《しょぐう》をよくしてやると人参《にんじん》をぶら下げられたのだ」

「では、その者は」

「すでに捕えている。その者より、高橋がしいぼるとに地図を見せたということ、紅葉山《もみじやま》文庫へ案内をしたこと。そして自分が地図の写しを描き、地名を漢字ではなく、かなにしたなどの口書きも取っている。直接、奴が医者とお主の舎弟を手にかけたわけではないが、下役を利用したのはたしかだ。そちらの罪も背負わせねばならんな」

「間宮さま、これ以上は。由蔵さん、私たちは行かねばならないのだよ。悪いねぇ」

ご隠居、と由蔵が声を掛ける。

「水戸のお屋敷へ報告ですか？」

「それが、どうかしたかね。伊能図の写しが回収された。これで、幕府も安堵《あんど》なさるであろうな。間宮さまが命を懸けて作られた蝦夷地の地図も守ることが出来たのだからね」

由蔵は、彦右衛門が大事そうに抱えている風呂敷包みに眼を留めた。

彦右衛門が、にっと笑って、皺を深くした。

「これかえ？　高橋作左衛門が命を懸けて手に入れた『世界周航記』だよ。紀教さまに差し上げるつもりでねぇ」

まあ、紀教さまのことだ、これをきっと上手《じようず》に用いてくださるだろうねぇ。お上に献上《けんじよう》して、いかに世界が広く、地形がどうなっているかわかっていただくためにね、と彦右衛門は肩を揺らし、

「我が国を他国から守るためにね、水戸藩は懸命なのだと訴えかけることが出来る。次の藩主の座は紀教さまで決まるね。それと教えてあげよう。いまの藩主はそろそろダメだよ。死ぬよ」

冷淡な口調でいった。

「喜多村もこれで、大事にされるのではないのか？　水戸藩に恩を売って。樽屋の一件もあまり

功を奏さなかったゆえな」

樽屋の一件か。たしか文政の九年のことだ。倅《せがれ》が樽屋の主人、つまり父親の妾《めかけ》を殺めた事件だ。

「人聞きが悪うございますよ、間宮さま。あのときは、奈良屋とともに倅が乱心ということにして、事を収めてやったというのに。樽屋はなんの恩義も感じてやしない。いまだにうちを見下してくる。おっと、こいつは記さないでおくれよ、由蔵さん」

由蔵は黙って、表に出るふたりを見送るともなしに佇《たたず》んだ。

ふざけるな。清次はなんのために命を落としたのか。

悔しい思いだけが由蔵を貫《つらぬ》く。

清次、すまねえ。

由蔵は、足袋屋の軒下にいつものように筵《むしろ》を敷き、文机《ふづくえ》代わりの素麺箱《そうめんばこ》を置いた。左右、背後にはうずたかく積まれた古本がある。

その間に座って、由蔵は禿《は》げた筆の穂を舐《な》め、墨に浸《ひた》すと白い紙に記し始めた。

『天保《てんぽう》元寅《とら》年三月落着　高橋作左衛門一件』

「由蔵さん、今日はちょいと隠居から呼ばれているんで、行って参ります」

勝平が裏店《うらだな》の木戸を潜《くぐ》って来た。

「おう。隠居のことだ。また大きい種だといいがな」

「そうですね。斉昭《なりあき》公の後ろ盾《だて》を得て、喜多村も格を上げましたからね」

藩主となった紀教は、斉昭と名を改めた。

町年寄の樽屋《たるや》、奈良屋に比べ、喜多村はわずかに家格が劣っていた。が、此度《こたび》の一件で間宮林蔵とともに、高橋作左衛門、長崎通詞などの捕縛に尽力したとしてお上から言葉を賜《たまわ》り、水戸家とも大っぴらでないが付き合いを密にしていた。

結局、思惑は別にして、喜多村の隠居はこの一件をまんまと利用した。腹立たしい思いはあるものの、町年寄と結ぶのは悪いことではない。うまく使いこなせればいいと由蔵は思っていた。

勝平がちらりと、由蔵の手許を見た。

「高橋さまの一件ですか。ようやくお書きになるんですね」

「まあ、この間、斬首になったからな」

作左衛門は、吟味においても見苦しく、かつまた尊大な態度を取り続けた。シーボルトより譲られた書物が世界を知るうえで、いかに有益なものであるか、それがわからず異国人との私的な交遊を禁じるお上は無能である、と滔々《とうとう》と語った。『大日本沿海輿地全図』の写しは、完全な写しではないのだから罪はない、といきなりいい出したかと思えば、かつて由蔵にもいい放った、

「伊能先生の偉業を、測量の正確さを西欧諸国に知らしめるべきなのだ」と、大声で叫び出す始末だった。

吟味に当たった目付《めつけ》や町奉行も呆れ、はたまた憤り、お手上げ状態だったという。作左衛門は、ほぼ正気を失っていたのだろう。死罪をいい渡されたとき、私は国のためにしたのだ、私を失えばこの国はますます後れを取る、とぶつぶつ呟いていたらしい。

年が明けた文政十二年二月、刑死を待たず獄中で死んだ。その亡骸《なきがら》は塩漬けにされ、この三月二十六日に引きずり出されて、首を刎《は》ねられた。

この一件に当たり、作左衛門の息子は遠島《えんとう》、そして部下、下働きの者なども追放、押込《おしこめ》、叱りなどの裁きを受けた。また、刑は確定していないが、阿蘭陀通詞を務め、作左衛門とも繋ぎを取っていた者を筆頭に、シーボルトにかかわったと思われる長崎の者たちも捕縛され、江戸、長崎を合わせ五十名ほどの大事件になった。

清次を殺めた作左衛門の下役はすぐさま死罪となった。これで仇を討てたのかどうか。胸糞悪《むなくそ》い思いが残った。学問とやらがそんなに大事なのか。くだらねえ奴らの手にかかった清次が哀《あわ》れだ。この一件に引き込んだ由蔵もまた、慙愧《ざんき》の思いにとらわれる。

けれどひとつ、由蔵は腑《ふ》に落ちないことがあった。

最上徳内だ。徳内は、シーボルトとかなり深く交流している。シーボルトは江戸参府の折、長崎屋に訪ねてきた徳内より、蝦夷地の地図を見せられ、写しを取ったのではないかという噂が囁《ささや》かれていた。さらに蝦夷地の民《たみ》たちと長きにわたって交わってきた徳内の話に興味深く耳を傾けるシーボルトの姿を長崎屋の者が見ている。

だが、シーボルトの吟味からは、徳内の話が出ていない。参府の帰路、一行の姿が見えなくなるまで見送ったという徳内のことを洩《も》らさなかったのは、シーボルトの親愛の証であったのか、それともすでに七十過ぎの高齢である徳内を慮《おもんぱか》ったのだろうか。

だとしても、蝦夷地の地図の写しが船より見つかっていれば、徳内の罪は免《まぬか》れない。作左衛門と同じく、お定めを犯したことになる。それを長崎奉行所が見逃したのか。

不意にある思いが過《よぎ》った。シーボルトはやはり異国からやって来た間者《かんじゃ》だったのではあるまいか。伊能図の写しは押収されたとはいえ、万が一を考え、さらに写しを取ったとも考えられる。シーボルトが国外追放となったいま、調べる術《すべ》はない。

作左衛門の獄中死から数日後、間宮がふらりと由蔵を訪ねてきた。

「斉昭公はほっとなさっておりましたか？」

「それは皮肉か？」と、間宮が口の端を片方だけ上げた。

むろん、蝦夷地を水戸藩の領地に出来るかどうかはわからないが、異国に対する海防は急務。蝦夷の地理が異国に知られなかったことには安堵していたという。

その際、間宮は斉昭に、徳内の話をしたらしい。

斉昭はそれを聞きつつ、「役に立つかのう」と笑ったらしい。

それがまことだとすれば、斉昭が動いたとも考えられる。けれど、それは、わからない。

「高橋は自分の足では歩かぬ男だ。常に机上で学問をしておる。口だけは達者の似非《えせ》学者よ」

そういった間宮の言葉がまざまざと甦る。作左衛門は父の跡目《あとめ》を継ぎ、天文方、書物奉行を務め、蘭書の和訳も好きなように出来た。

間宮や徳内の生き様とはまったく異なる。彼らの知識は、極寒の地を足で歩き、蝦夷の民と交わり、苦労に苦労を重ね、得たものだ。作左衛門のような学者がすべてにおいて悪いわけではないだろう。だが、間宮にしてみれば、生温《なまぬる》い机上の学者としか見られなかったのであろう。

実弟の助左衛門も同様に、兄、作左衛門の驕《おご》り高ぶった態度が許せなかったのかもしれない。

さらにいえば、作左衛門になにを問うても、ただ耳だけの知識だ。しかし、間宮や徳内は生きた知識を身につけている。蝦夷地を我が領地にと考えている斉昭公ならば、作左衛門と徳内とどちらをこの世に残すか明白だ。

「気の毒だが、徳内の分もひっかぶってしまったわけだ」

「え？　なんです？」

勝平が訊ねてきた。

「もたもたしてねえで、さっさと行って来いよ。隠居が待ちくたびれちまうぜ」

「ああ、そうでした」

と、勝平が脚《あし》を踏み出した途端、天水桶のほうを見た。

「また、天水桶の陰に隠れようとしてたよう」

ケラケラ笑いながら、おきちが、佐古伊之介の手を引いて来た。

「由蔵どの、勝平どの。習慣とは恐ろしいものですね」

今日は、いい陽気でござるな、と照れ臭《くさ》そうに頭を下げた。そこに、滝口主計《かずえ》も姿を見せる。

作左衛門のことで憔悴《しょうすい》しきっていた。

「此度は、迷惑をかけたな」

「詫びはいりませんや。高橋さまが斬首となって、後味が悪いですか?」

「無論だ。決して悪い奴ではなかったのだぞ。一時の気の迷い。学者として抗《あらが》えない向学心ゆえのことであったとわしは信じたい」

そうですか、と由蔵は笑いかける。

「なんだか、天気はいいのに辛気《しんき》臭いですね。どうです。皆で、上野のお山に花見に繰り出しませんか。遅咲きの桜もありましょう」

由蔵が立ち上がると、「きちも行く」と、おきちが伊之介の手を取った。

「じゃあ、おれは隠居のところへ行って来ます」

歩いていれば、話の種は転がっている。花見で喧嘩などしている奴らでもいれば儲《もう》けものだ。

高橋が伊能図の写しを渡したのは、蘭書を得るためだ。シーボルトが間者なら、伊能図を欲したのは母国に渡すためだ。下役が清次と医者を殺めたのは立身を果たすためだ。それぞれの思惑とそれぞれの「真実」がある。

おれは、その「真実」を精査し、削《そ》ぎ落とし、事実だけを綴っていく。それを求める者がいるなら、売る。用い方は買った奴が考えればいい。

見えるものなど、ほんのひと握りだとしても、おれは世に溢れる種を拾い集める。

「ところで、滝口さま。上さまがお世継ぎさまと吹上御庭《ふきあげおにわ》で、角力《すもう》見物だそうですよ。お買い上げになりますか?」

「そうした呑気《のんき》な話はよいのう」と、滝口は懐から銭を出した。

〈了〉

◎おもな参考文献

『近世庶民生活史料　藤岡屋日記』第一巻　鈴木棠三・小池章太郎編　三一書房
『江戸の情報屋』吉原健一郎著　ＮＨＫ出版
『人物叢書　シーボルト』板沢武雄著　吉川弘文館
『シーボルト事件で罰せられた三通詞』片桐一男著　勉誠出版
『ふるさと人ものがたり藤岡』黒澤明彦・飯塚壽男著　藤岡市

＊取材協力――藤岡市教育委員会

初出

本書は、月刊文庫『文蔵』二〇一七年十二月号～二〇一八年十月号、二〇一八年十二月号～二〇一九年五月号の連載「由蔵《よしぞう》覚え帳」を改題し、加筆・修正したものです。

〈著者略歴〉
梶 よう子
東京都生まれ。2005年、「い草の花」で九州さが大衆文学賞、08年、『一朝の夢』で松本清張賞を受賞。15年、『ヨイ豊』で直木賞候補。その他の著書に、「御薬園同心 水上草介」「みとや・お瑛仕入帖」シリーズや、『北斎まんだら』『連鶴』『立身いたしたく候』『お茶壺道中』『商い同心　先客万来事件帖』『赤い風』『本日も晴天なり　鉄砲同心つつじ暦』などがある。

噂を売る男
藤岡屋由蔵《よしぞう》

2021年８月10日　第１版第１刷発行

著　者　梶　よう子
発行者　後藤淳一
発行所　株式会社ＰＨＰ研究所
東京本部　〒135-8137　江東区豊洲5-6-52
第三制作部　☎03-3520-9620（編集）
普及部　☎03-3520-9630（販売）
京都本部　〒601-8411　京都市南区西九条北ノ内町11
PHP INTERFACE　https://www.php.co.jp/
組　版　朝日メディアインターナショナル株式会社
印刷所
製本所　図書印刷株式会社

ISBN978-4-569-84995-9

PHPの本

流転の中将

奥山景布子　著

会津藩主・松平容保《かたもり》の弟で桑名藩主の松平定敬《さだあき》。国許に見捨てられながらも、越後、箱館と義を求めて戦い続けた波乱の生涯を描く長編。

定価　本体一、八〇〇円（税別）

PHPの本

天離《あまさか》り果つる国（上・下）

宮本昌孝　著

飛驒白川郷に織田信長ら、天下の列強が迫り来る。若き天才軍師は山間の平穏な別天地を守りきれるのか。今明かされるもう一つの戦国史。

定価　本体各一、九〇〇円（税別）

暁《ぎょう》天《てん》の星

葉室麟　著

葉室麟が最期に「書かねばならない」と挑んだテーマとは。不平等条約の改正に尽力した明治政府の外相・陸奥宗光を描いた未完の大作。

定価　本体一、七〇〇円（税別）